U1007561

拾珍译丛

三个世界的西班牙人

〔西〕胡安·拉蒙·希梅内斯 著
赵德明 译

Españoles de Tres Mundos

Juan Ramón Jiménez

漓江出版社

图书在版编目(CIP)数据

三个世界的西班牙人 / （西）胡安 · 拉蒙 · 希梅内斯著；赵德明译. —桂林：漓江出版社，2018.12

（拾珍译丛）

ISBN 978-7-5407-8523-9

Ⅰ.①三…　Ⅱ.①胡…②赵…　Ⅲ.①散文集-西班牙-现代　Ⅳ.①I551.65

中国版本图书馆CIP数据核字（2018）第210081号

三个世界的西班牙人

SANGE SHIJIE DE XIBANYA REN

［西］胡安 · 拉蒙 · 希梅内斯　著

赵德明　译

出 版 人：刘迪才

出 品 人：符红霞

策划编辑：陆　源

责任编辑：陆　源

助理编辑：孙静静　林培秋

装帧设计：周伟伟

责任监印：周　萍　黄菲菲

出版发行：漓江出版社有限公司

社　　址：广西桂林市南环路22号

邮　　编：541002

发行电话：0773-2583322　　010-85893190

传　　真：0773-2582200　　010-85890870-814

邮购热线：0773-2583322

电子信箱：ljcbs@163.com

网　　址：http://www.lijiangbook.com

印　　制：北京大运河印刷有限责任公司

开　　本：880 × 1230　1/32

印　　张：13.75　　字　　数：280千字

版　　次：2018年12月第1版　　印　　次：2018年12月第1次印刷

书　　号：ISBN 978-7-5407-8523-9　　定　　价：58.00元

目录

序　言

三个世界的西班牙人：伦理学与美学

毋庸置疑，收录胡安·拉蒙·希梅内斯散文作品一事，在难得的收录他著作的工作中，是最为难得的事情之一。或者确切地说，收录他开始写散文到撰写《三个世界的西班牙人》之前的散文作品，就是收录他散文风格的演化。这是一个漫长的创作周期：从胡安·拉蒙·希梅内斯成为散文家开始——正是 1898 年写的《女子书信》——一直到五十年代，距离他去世前不久各种点评、注释文章为止。如果试图稍稍整理胡安·拉蒙在散文常用素材方面坚持不懈地调整、修改和精选的作品，那么事情就复杂了，因为他说："我的任何文字，只要重新发表，总是要变化、变化……"* 研究胡安·拉蒙的学者以及出版他著作的出版家，非常清楚这些文本问题，或者说，就是简单整理如此广泛多样的作品继续生发出的内容问题。

---

* 引自胡安·拉蒙·希梅内斯《三个世界的西班牙人》的《自序》。——原注

追踪《三个世界的西班牙人》中的肖像是如何构思、如何陆续推出的，的确是困难的任务。在 1942 年 Losada 出版社出版的《三个世界的西班牙人》第一版序言中，作者预先告知读者："本书大约有一百五十幅漫画，分为五部分:《一清二楚的逝者》《1898 年一代中粗野、半粗野者以及其他人》《国际的和孤独的》《洞穴人与魔鬼》以及《净界里的唯美主义者》。"这是一些文章标题，它们不断地流露出某种程度的"嘲讽"神情，依照汇编者的陆续分类，在本书不同的再版中，只有在 2005 年 Espasa 出版社哈维尔·布拉斯科与迪亚斯·德·卡斯特罗编辑的版本里超过了一百五十幅漫画，这一版是迄今为止最为完整的版本，即本书使用的重印版。

《三个世界的西班牙人》的第一版汇集了六十幅漫画，在 1958 年的重印本里还是这六十幅。在 1960 年马德里 Afrodisio Aguado 出版社的版本中，理查多·顾雍又增加了十幅。到 1968 年再版时，这个数字几乎翻了一番，达到一百三十幅，是从不同渠道征集来的。在随后的 1969 年马德里 Aguilar 出版社和 1987 年马德里 Alianza 出版社由顾雍编辑的版本里，都保持了一百三十幅漫画。在上述 2005 年 Espasa 出版社的版本里，布拉斯科和迪亚斯·德·卡斯特罗收录了一百五十六幅肖像，可以清楚地看出胡安·拉蒙是按照他提出的"抒情漫画论"写出来的，其中包括两幅令人惊讶的自画像:《用于不同种类小人的自画像》和《已经公布的正反面》。在这个版本里，还收录了一个人物小传的附件：惠特曼[1]、艾米莉·狄金森[2]、罗伯特·弗罗斯特[3]，以及艾略特[4]。纳入非西班牙诗人和艺术家肖像群里的还有：兰波[5]、波德莱尔[6]、马拉美[7]、拉福格[8]、德彪西[9]、叶芝[10]、高更[11]……起初书名是《国际的和孤独的》，后来改为《透明的肖像群》，如同胡安·拉蒙的大量计划一样，这本书中途夭折了。

我对有些肖像和漫画是否收进《三个世界的西班牙人》一时

---

① 惠特曼（Walt Whitman，1819—1892），美国著名诗人。代表作为《草叶集》。——译注

② 艾米莉·狄金森（Emily Dickinson，1830—1886），美国著名女诗人。——译注

③ 罗伯特·弗罗斯特（Robert Frost，1874—1963），美国诗人。著有《少年的意志》《波士顿以北》等。——译注

④ 艾略特（T.S.Eliot，1888—1965），英国诗人、剧作家、评论家。代表作为《荒原》。——译注

⑤ 兰波（Jean Nicolas Arthur Rimbaud，1854—1891），法国诗人。著有《醉舟》《彩画集》等。——译注

⑥ 波德莱尔（Charles Pierre Baudelaire，1821—1867），法国诗人。代表作为《恶之花》。——译注

⑦ 马拉美（Stéphane Mallarmé，1842—1898），法国诗人。代表作为《牧神的午后》。——译注

⑧ 拉福格（Jules Lafforgue，1860—1887），法国诗人。著有《怨歌集》《仙人的聚会》等。——译注

⑨ 德彪西（Achille-Claude Debussy，1862—1918），法国作曲家。主要作品有《贝加马斯卡组曲》《大海》等。——译注

⑩ 叶芝（William Butler Yeats，1865—1939），爱尔兰诗人、作家。著有《茵纳斯弗利岛》《基督重临》等。——译注

⑪ 高更（Paul Gauguin，1848—1903），法国著名画家。主要作品有《四个布列塔尼女人的舞蹈》《白马》《我们来自何处？我们是什么？我们向哪里去？》《两个塔希提女人》等。——译注

有些踌躇，其中主要原因是胡安·拉蒙本人没完没了地调整和再调整他的全部著作，使得无法彻底整理本书。此外，实际上，胡安·拉蒙流亡国外后，不可能再掌握留在马德里的原始手稿，其中有些稿件失踪了，因为有人强行闯入了藏有手稿的寓所。如上所述，胡安·拉蒙仅仅收集了分散发表的六十一幅肖像，放入初版中，这些肖像是作者重新写成的，或者是来自“我的一些友人保存的复印件”*，其破碎性或曰急就章的性质是显而易见的。无论如何，其中有些细微区别应该加以鉴定。首先，应该确定漫画和肖像之间的区别。大家知道胡安·拉蒙原计划写三部人物小传：《西班牙英雄》《各种西班牙人的肖像和漫画》《三个世界的西班牙人》。其中有些文章写于各个不同时期，有各种不同目的，后来这些目的逐渐形成了一个目标。但是，上面这三部作品中的《各种西班牙人的肖像和漫画》，作者给出的这个书名表明，他对“肖像”和“漫画”已经有了明确的区分。如果认可了胡安·拉蒙自己实际上逐渐合并了这二者的概念，那么按照严格意义上说，这个区分回答了什么问题呢？

“漫画”的叫法，在一定程度上，包含着不确定性，尽管“抒情的”这个形容词减轻了“漫画”的断然性质。如果说漫画是一种扭曲或者嘲笑某人相貌或者外貌的图画，那么毫无疑问，《三个世界的西班牙人》是充分展示这个意义的实例。但是，我想，

* 引自胡安·拉蒙·希梅内斯《三个世界的西班牙人》的《自序》。——原注

不少文章已经大大超出了这个严格的叫法。那么就不再是指对人物的扭曲或者嘲笑，而是根据一些对人物性格或者面貌特征的主观判断加以描写的文章了。于是人物小传变成了极端印象主义的画像了，即胡安·拉蒙在顾雍发表的一篇短文里说的“重要的本质侧面”*，这样就确定了胡安·拉蒙关于“现代艺术最微妙的产物——抒情漫画”的思想。

“诗意的构思”与“抒情漫画”之间的概念界线也是微不足道的。即使胡安·拉蒙一再坚持文学（诗歌）描写人物的那两种形式有表达和意图之间的区分，重合之处也可能是有意义的，不仅是指遣词造句的具体发挥上，而且是指某些经常性的绘画态度。胡安·拉蒙本人在那篇序言里就谈到了“风格的多样性”。当然，理解这个多样性并非难事，但是一般性特征比能划出明显区别的特征要多。就本质而言，一切“漫画”都具有一种非常相似的富有表现力的色调，各种“漫画”都是在一种类似于诗的概念范畴中运作的，这与胡安·拉蒙明确指出的“漫画是按照模式用各种方式加以处理的：简洁方式，巴洛克方式，现实主义方式，高高低低、歪歪扭扭的方式……但都用抒情性加以补充”** 不抵触。实际上的确如此。请注意：《三个世界的西班牙人》的文章陆陆续

---

* 此话收在 1987 年 Alianza 出版社出版的《三个世界的西班牙人》的《序言》里。——原注

** 引自胡安·拉蒙·希梅内斯《三个世界的西班牙人》的《自序》。——原注

续写了三十年，时间如此之长，恐怕要以某种形式影响其中的文字笔画。

与《三个世界的西班牙人》一道分享某些风格和创作意图的作品，胡安·拉蒙写得不算少——差不多最后都收到以下几本书中:《早期散文集》《安达卢西亚挽歌》《约瑟的想象》《马德里之书》《我童年的人和影子》《旅游与梦游》《格拉纳达的遗忘》……由于这是从胡安·拉蒙早期作品中就可以清楚识别出来的质量问题，所以他的写作风格和意图是明白无误的。甚至在某些散文诗里，也可以找到修辞与“漫画”吻合或曰艺术工具的相似性。的确，这类文章有相当数量，后来经过胡安·拉蒙多次修订、加工，也加入了《三个世界的西班牙人》的名单中，后来归属到《创作中的作品》* 也是显而易见的事情。但是，另外有些作品，由于这样或者那样的原因，却没有这么走运。

我的看法倾向于，另外那些作品不见得与胡安·拉蒙分出的五章中某一章不协调，《三个世界的西班牙人》的副标题表明:《旧世界、新世界和另外一个世界》拓宽了题材多样性的范围。如果这样推测，我觉得也不算冒险：胡安·拉蒙这位诗人大量的手稿、那个时代人物的新肖像以及前一个时期的人物肖像，还在继续不

* 引自 2005 年 Espasa 出版社出版的《三个世界的西班牙人》布拉斯科《引言》。——原注

停地相逢、碰撞。* 根据这个意义逐渐重新提出的问题，完全可以肯定的是：到目前为止依然有效的碰撞数字远远超出了从前。前面提过，胡安·拉蒙本人说过“一百五十”这个数字，但是，如果考虑到他在完成“万能的安达卢西亚方言”工作计划的过程中，连续不断地变化、调整，那么“一百五十”仍然是个不准确的数字。

在《胡安·拉蒙·希梅内斯的画像艺术》** 一文里，理查多·顾雍复制了一份名单：在波多黎各大学胡安·拉蒙·希梅内斯夫妇大厅发现的“应该上漫画”的人物清单。里面一共有一百二十三人，其中有重复出现的，还有填补在空白处的，还有删除的。还有少数几篇，胡安·拉蒙扣上了这样的帽子——“野生草图”；还有几篇是编辑拒绝采用的，理由是“极难看懂”；对其余几篇的情况一无所知。在目前这个版本里，哈维尔·布拉斯科与迪亚斯·德·卡斯特罗计算出有八十八人原来准备入画而没能实现，或者说这八十八人不知所踪。其中有些特别引人注目的名人，例

---

* 指胡安·拉蒙·希梅内斯在《三个世界的西班牙人》的《自序》中说的“我所处时代的风貌”。——原注

** 1969 年 Aguilar 出版社出版的《三个世界的西班牙人》的序言标题。——原注

如，塞萨尔·巴列霍[①]、加尼维特[②]、曼努埃尔·马查多[③]、赫拉尔多·迭戈[④]、胡安娜·德·伊巴尔宝鲁[⑤]、胡安·希尔－阿尔贝特[⑥]、胡安·拉莱奥[⑦]、路易斯·罗萨莱斯[⑧]、卡门·孔德[⑨]、拉蒙·卡亚[⑩]以及路易斯·费利佩·魏万科[⑪]。假如能够了解一下他们的传记，肯定很有吸引力，胡安·拉蒙计划为他们作画的时候，他们还都相对比较年轻。

---

① 塞萨尔·巴列霍（César Vallejo，1892—1938），秘鲁诗人、小说家。重要作品有《特里尔塞》《钨矿》等。——译注

② 加尼维特（Ángel Ganivet García，1865—1898），西班牙南方作家。——译注

③ 曼努埃尔·马查多（Manuel Machado，1874—1947），西班牙现代主义诗人。——译注

④ 赫拉尔多·迭戈（Gerardo Diego，1896—1987），西班牙 1927 年一代诗人，塞万提斯文学奖获得者。——译注

⑤ 胡安娜·德·伊巴尔宝鲁（Juana de Ibarbourou，1895—1979），乌拉圭女作家。——译注

⑥ 胡安·希尔－阿尔贝特（Juan Gil-Albert，1904—1994），西班牙诗人、散文家。——译注

⑦ 胡安·拉莱奥（Juan Larrea，1895—1980），西班牙先锋派诗人。——译注

⑧ 路易斯·罗萨莱斯（Luis Rosales，1910—1992），西班牙 1936 年一代诗人，塞万提斯文学奖获得者。——译注

⑨ 卡门·孔德（Carmen Conde，1907—1996），西班牙女教师、女诗人，小说家。——译注

⑩ 拉蒙·卡亚（Ramón Gaya，1910—2005），西班牙画家、作家。——译注

⑪ 路易斯·费利佩·魏万科（Luis Felipe Vivanco，1907—1975），西班牙诗人、文学批评家。著有诗集《道路》等。——译注

我想巴列－因克兰① 这个例子比较极端。到目前为止，没有任何关于巴列－因克兰的文章，出现在以前的《三个世界的西班牙人》的任何版本中，这至少是很不寻常的。布拉斯科和迪亚斯·德·卡斯特罗决定收入一篇关于巴列－因克兰往事的文字，就是特蕾莎·戈麦斯·特鲁埃娃收在 2005 年 Espasa 出版社出版的《马德里丛书》* 那一篇。确切地说，那是一篇奇闻逸事的记录，而不是地地道道的肖像文章。如果考虑到《三个世界的西班牙人》的作者多次表示对巴列－因克兰的仰慕之情，那么这篇记录就应该格外引人注意了。胡安·拉蒙在一封致恩里克·迪耶斯·卡内多的信中，提到了巴列－因克兰“在散文方面的才华横溢”**。他在一篇发表在《太阳报》的文章 *** 里说道：“巴列－因克兰的语言是火焰，是铁锤，是精华，是开启未知世界的凿子……是高度造就人的话语，是用他自己的语言造就出来的人。”难道这样的文章没有流露出“抒情漫画”特有的那种闪烁诗意风采的光辉吗？因此，请回想一下：胡安·拉蒙写过一篇赞扬巴列－因克兰

① 巴列－因克兰（**Ramón María del Valle-Inclán**，1866—1936），西班牙诗人、戏剧家、小说家。著有诗歌《四季奏鸣曲》《圣洁之花》《阴暗的花园》等。长篇小说《班德拉斯暴君》对拉美小说有影响。——译注

* 具体收入《隐居者疗养院》。——原注

** 1911 年编号 183 信件，收在阿尔丰索·阿雷格莱·海茨曼编辑的《书信集》，2006 年。——原注

***《拉蒙·德尔·巴列－因克兰——城堡失火》，1936 年 5 月 10 日。理查多·顾雍收集。——原注

的《爱情的刀口》*，还在1936年**在古巴一次讲座中提到了这部作品的人物。就是在这一年，胡安·拉蒙开始了他在美洲的流亡生活。也是在这同一年里，巴列-因克兰与世长辞。所有这一切加重了人们的诧异：为什么胡安·拉蒙不选择巴列-因克兰作为他一个或者若干个肖像的原型呢？这也许只有天晓得啦。除去上述所有情况之外，某篇并非不可宽恕的“漫画”大概放错了地方，找不到了。

但是，巴罗哈①按照美学的定义，可以看作是反对胡安·拉蒙的——应该说胡安·拉蒙反对巴罗哈——胡安·拉蒙却给巴罗哈画了两幅肖像，虽说不是恭维性质的，但至少表明了胡安·拉蒙对巴罗哈其人而不是作品有些兴趣。没有进入胡安·拉蒙法眼的还有：克拉林②、佩雷斯·加尔多斯③、艾米利亚·帕尔多·巴桑④，以及与胡安·拉蒙同代的任何小说家，例如布拉斯科·伊巴涅

---

* 1903年在太阳神剧场。——原注

** 《追忆巴列-因克兰》，据哈维尔·布拉斯科与安东尼奥·比耶特拉做的胡安·拉蒙·希梅内斯大事年表。——原注

① 巴罗哈（Pío Baroja，1872—1956），西班牙作家、小说家。著有七十多部小说，还有戏剧和诗歌。——译注

② 克拉林（Clarín，1852—1901），西班牙小说家、评论家、散文家。代表作为《庭长夫人》。——译注

③ 佩雷斯·加尔多斯（Benito Pérez Galdós，1843—1920），西班牙著名小说家。代表作为《民族逸事》。——译注

④ 艾米利亚·帕尔多·巴桑（Emilia Pardo Bazán，1851—1921），西班牙女作家。代表作为《乌略阿府邸》。——译注

斯[1]、胡安·巴莱拉[2]、佩雷达[3]、阿拉尔孔[4]，这证明了胡安·拉蒙对那个时代的小说一向不大喜欢。而他多次表示关心的是弗朗西斯科·希内尔[5]以及教育自由协会里那些名人——胡安·拉蒙非常积极地参加该协会的文化活动——同样还非常关心西班牙浪漫派的诗人们，例如从埃斯普龙塞达[6]、拉腊[7]，一直到贝克尔[8]、罗萨莉亚·德·卡斯特罗[9]，与他们一道分享非常纯洁的“感伤”。他围绕着同时代的科学家们的详尽思考，大概也能道出类似的感情来，例如：医学家拉蒙·伊·卡哈尔、医学家尼古拉斯·阿丘卡罗、军事科学家伊萨克·贝拉尔、法学家霍爱金·科斯塔、数学家特

---

① 布拉斯科·伊巴涅斯（Vicente Blasco Ibáñiez，1867—1928），西班牙小说家。代表作为《茅屋》和《碧血黄沙》。——译注

② 胡安·巴莱拉（Juan Valera，1824—1905），西班牙小说家。代表作为《佩比塔·希梅内斯》。——译注

③ 佩雷达（José María de Pereda，1833—1906），西班牙小说家。代表作为《渔女情》。——译注

④ 阿拉尔孔（Pedro Antonio de Alarcón，1833—1891），西班牙小说家。代表作为《三角帽》和《丑闻》。——译注

⑤ 弗朗西斯科·希内尔（Francisco Giner de los Ríos，1839—1915），西班牙教育家。教育自由协会的创始人之一，主张教育改革。——译注

⑥ 埃斯普龙塞达（José de Espronceda，1808—1842），西班牙浪漫主义作家。代表作为《萨拉曼卡大学生》。——译注

⑦ 拉腊（Mariano José de Larra，1809—1837），西班牙浪漫主义作家。代表作为《马西亚斯》。——译注。

⑧ 贝克尔（Gustavo Adolfo Bécquer，1836—1870），西班牙浪漫主义作家。代表作为《诗韵集》《传奇集》。——译注

⑨ 罗萨莉亚·德·卡斯特罗（Rosalía de Castro，1837—1885），西班牙浪漫主义女诗人。代表作为《萨尔河畔》。——译注

奥菲洛·埃尔南多、医生马拉尼翁、物理学家路易斯·席马罗……

尽管《三个世界的西班牙人》的作者一再声称他的“漫画”不是要辱骂被画之人，也不打算说长道短，然而书中有大量例子表明并非如此。“别认为本书对什么人有什么大不敬之处。”* 但实际上，胡安·拉蒙毫不犹豫地使用修辞的利刃伤害那些由于某种原因他要伤害的人们。比如，他说佩雷斯·德·阿亚拉①这个人：“他的散文在挖掘坟墓。”说皮奥·巴罗哈：“他不停地走啊，走啊，走啊，像是一只蚂蚁。而他的全部著作，就是向我们展示他没完没了地低飞，身边留下自己的影子，像一列货车。”说古铁雷斯·索拉纳②：“（我）觉得他很做作，画面是用粗俗的笑话、混凝纸板、玻璃假眼睛、咸金枪鱼、光头构成的。”说聂鲁达：“挖掘自己和别人矿脉的可怜虫，有时分不清楚什么是原创，什么是翻译。”说柯尔布斯·巴尔卡③：“他好像是用葡萄藤、青草、泉水、煤炭、蚂蚁、炉渣、露水写作。”说贝尔卡明④：“缩成一团，双手

---

* 引自 1987 年 Alianza 出版社出版的《三个世界的西班牙人》的《引言》中胡安·拉蒙的注释，由理查多·顾雍复制。——原注

① 佩雷斯·德·阿亚拉（Ramón Pérez de Ayala，1881—1962），西班牙小说家。——译注

② 古铁雷斯·索拉纳（José Gutiérrez Solana，1886—1945），西班牙画家、作家。——译注

③ 柯尔布斯·巴尔卡（Corpus Barga，1887—1975），西班牙诗人、小说家、散文家、记者。——译注

④ 贝尔卡明（José Bergamín，1895—1983），西班牙作家。著有《火箭和星星》《诗歌的地狱边境》。——译注

插在口袋里，脸色苍白，眼睛发蓝，黑暗中觉得眼前可能有蜘蛛网。”说阿索林[①]：“他的文学创作就成了情感速记，通过他的眼神直接落实到文字符号上了，不用他手写。”说巴斯特拉[②]：“我觉得巴斯特拉像西班牙北方比斯开地区的马拉巴尔人，他有北方的风流、南方的粗暴：他像一棵榆树，又像松树，在浪费时间，不脱帽，不脱靴子……”说萨尔瓦多·达利[③]：“他伪称是维纳斯女神的亲戚，满嘴谎言，像块下流的火炭，光着身子跑出来，手持一面镜子……”说达马索·阿隆索[④]：“好像患上了风湿性诗歌病，他的眼睛、肩膀、膝盖、嘴巴都讲究圆滑……”说贝纳文特[⑤]：“所有这些故作严肃、一本正经、装腔作势、表示生气……华而不实的毛病中，究竟有什么呢？”等等不一而足。

在如此辛辣、尖刻的文字中，很难区分哪些是作者在炫耀自己的聪明才智，哪些是有意冒犯别人。里面有非常明显的厌恶或者蔑视的例子，但是，字里行间占据主导地位的还是试图进行分

---

① 阿索林（Azorín，1874—1967），西班牙著名散文家、小说家、评论家。著有《堂吉诃德之路》。——译注

② 巴斯特拉(Ramón de Basterra，1888—1928)，西班牙诗人、散文家。——译注

③ 萨尔瓦多·达利（Salvador Dalí，1904—1989），西班牙超现实主义画派代表人物。——译注

④ 达马索·阿隆索（Dámaso Alonso，1898—1990），西班牙诗人、语言学家，西班牙皇家学院院长。——译注

⑤ 贝纳文特（Jacinto Benavente y Martinez，1866—1954），西班牙戏剧家。1922 年获得诺贝尔文学奖。——译注

析，还是胡安·拉蒙为了给文学创作赋予一种闪光的诗意空间而表现出的深刻思想以及敏锐的洞察力。几乎可以这样说吧：讲解性的光辉压倒了挖苦、讽刺的意图。总之，是一种批评的态度带着闪光的思想，出现在他选定的人物面前。通过对被画者个性中最为关键性的特征做细心的诊断，让这种诊断造就出真正洞若观火的奇迹。在这个意义上有几个例子值得一提。说到诗人塞尔努达①的时候，胡安·拉蒙这样写道："经历了一段时间之后，我发现他浅黑色的皮肤赛过了马来人，好像得过疟疾，像南方的风流老头。"说到希梅内斯·卡瓦耶罗②，他说："他视而不见，扬长而去，摆出一副绿色无线电报的神情。"说1898年一代的文学大师乌纳穆诺③："他从炽热的黄土高原上下来了，没穿大衣，浑身闪烁着红色、银色和黑色，站如松，笑不露齿……正在与飓风、闪电、主旋律般的雷声搏斗……"说加西亚·洛尔卡④："在青铜种族、橄榄色种族、白色种族、黑色种族、黄色种族里面，如同五种颜色面对阳光，他像个胖墩墩的褐色菠萝……"说拉蒙·伊·卡哈尔："在我们这个圈子之中，如此坚强、细心、敏感、变化快、善于思考

---

① 塞尔努达（Luis Cernuda，1902—1963），西班牙诗人、文学评论家。——译注

② 希梅内斯·卡瓦耶罗（Ernesto Giménez Caballero，1899—1988），西班牙作家、散文家、外交官、教师。——译注

③ 乌纳穆诺（Miguel de Unamuno，1864—1936），西班牙著名作家、哲学家、教育家。——译注

④ 加西亚·洛尔卡（Federico García Lorca，1898—1936），西班牙1927年一代中最著名的诗人、剧作家、散文家。——译注

的头脑真是没见过。”说魏亚龙[①]:“他这棵极富诗意的松树长得太快、太不寻常、太令人感到惊讶，早就打乱了他另一种节奏的发展。”说阿尔维蒂[②]:“咧开嘴巴纵情大笑……”说萨尔梅隆[③]:“乌亮的眼睛通过西班牙夕阳的小窗户，注视着自己干净的眼球。”说萨利纳斯[④]:“脚上还带着泥土，浑身上下是绿叶、花朵、果实，高度地浓缩在一起……”等等。

如果稍稍跟踪一下胡安·拉蒙作为散文家的路线，不难发现他从开始到现在的文字都是这样有条不紊、循序展开的。但是，没有参差不齐的断然界线，或者说，即使从外部划分，也是如此。沿着他几乎半个世纪以来激流般不停歇的创作活动来看，他的文字实际上具有不变的标记。事实上，这位诗人踏上散文创作之路的时候，是属于现代主义的，但并不排除在各个抒情领域里回想着浪漫的想象，在一种具有伦理学与美学出色结合的散文中，很快就确立了罕见的高质量水平。莫格尔老家某些景象留在内心深处的多愁善感，或者说诗人与家乡小毛驴一道的出游经历，通过一种新概念的严谨性，逐渐让位和排除了现代主义的遗产或曰过分伤感的遗产，他写道:“智慧啊，请告诉我事物的准确名字吧！”从前有过大量的梦想:“远方的花园”“悲伤的咏叹

① 魏亚龙（Fernando Villalón，1881—1930），西班牙贵族、牧场主，诗人、神智学者。——译注

② 阿尔维蒂（Rafael Alberti，1902—1999），西班牙作家、诗人。——译注

③ 萨尔梅隆（Nicolás Salmerón，1838—1908），西班牙政治家。——译注

④ 萨利纳斯（Pedro Salinas，1891—1951），西班牙诗人、散文家。——译注

调”“田园牧歌”。从胡安·拉蒙《一个新婚诗人的日记》散文诗的内在化开始后，从前的梦想一一被取代，而象征主义越来越有“秘密而透明”的地位，胡安·拉蒙想把自己的全部创作都建立在这个地位上。

我有这样一个印象：大约在1914年，即胡安·拉蒙开始撰写“漫画”文章的时候，可以这么说，他拥有一种新的想象冲动。我强调一下：也许他那时正在远离创作《小银和我》(“大约在1906年在与慷慨的席马罗博士生活了两年之后，从老家莫格尔回来，开始写《小银和我》”*）中浓浓的伤感主义情绪，这一点可以具体说明，他正在发生一些典型的情绪变化。首先，出现了一种更新的、广泛记录细微区别的元素：幽默及其讽刺或曰嘲笑的变种。幽默支配着一切，支配着才智、令人钦佩的敏锐，让这位诗人去创造艺术效果完美的人物和景物。他从静态描写、从绘制外景、从在一个有少量故事情节的出生地留下的环境印记，正在转向深入主观现实，通过一些优美的艺术样板转向介入主观现实，转向寻找合适的语言工具来让诗意的养分刺激散文结构。这些开放的空间，在进行有步骤的调查期间，通向复杂的内心世界。这位诗人就是这样使用具有非同寻常的创造活力的艺术知识，来颂扬散文的。这是一种表现力，只有巴列-因克兰的创造力能与胡安·拉蒙有着巴洛克内涵的活力相媲美，只有这二人才能分享他

---

* 引自1962年马德里**Aguilar**出版社出版的弗朗西斯科·卡尔费阿斯编辑的《早期散文集》第九版《序言》。——原注

们那个时代西班牙散文的光荣顶峰。

如果关注一下简单的时间顺序排列，那么《三个世界的西班牙人》包括了从大画家戈雅和诗人埃斯普龙塞达开始，到毕加索、塞尔努达或者诗人阿尔托拉吉雷[①]为止的整个时期。一般说来，这是在寻找诱人的范式中进行调查和清理的一个漫长世纪。为此，胡安·拉蒙不需要被画者在现场或者与之来往，他只要把握人物身体或者心灵的某些魅力，就足以给出相应的介绍，这是诗人不止一次用来表达细腻情感差异的方式。他的格调一向非常严谨，动人的口语及其有效性给这一严谨性增加了光彩。这是一种细致的教师工作中的语言学经验，是他在自己生活经验相对应的各个方面努力调查的语言学经验。或许还应该补充的是，胡安·拉蒙的散文有个新版本[*]（可以看作是第一部评注版），很适合比较保险地钩沉他诗学演化过程中的特点。

在20世纪西班牙语作家中，还没有哪位作家在以下的意义上与胡安·拉蒙一争高下：确立一种范式，它不断生发出来自己的艺术模式，甚至变成了一种必不可少的参照物。他那些复杂、大量的散文和诗歌著作，逐渐成为浪漫主义、象征主义、现代主义的诗学标准与先锋派产生的反应之间的继承纽带。这不仅是从

---

* 引自2005年马德里Espasa出版社出版的哈维尔·布拉斯科与特蕾莎·戈麦斯·特鲁瓦合编的《胡安·拉蒙·希梅内斯散文选》第二卷。——原注

① 阿尔托拉吉雷（Manuel Altolaguirre，1905—1959），西班牙诗人、出版家、电影导演、编剧。——编注

严格的诗学角度而言，或者说从胡安·拉蒙的散文诗化而言是如此，而且就是在他严格要求、永不停歇、热情理解生活和体验创造性劳动的方式上，也是这样的。还有，人性和艺术的功能都明白无误地表现在《三个世界的西班牙人》里了。

何塞·曼努埃尔·卡瓦耶罗[①]

① 何塞·曼努埃尔·卡瓦耶罗（José Manuel Caballero Bonald，1926— ），西班牙作家、诗人、文学教授。2012年获得塞万提斯文学奖。——译注

三个世界的西班牙人

旧世界，新世界，另外一个世界

（抒情漫画）

（1914—1940）

自　序

拙著《三个世界的西班牙人》从书中的观点形成到创作全面完成，反映我所处时代的风貌，有这么一本书，足矣。原有六十一幅漫画，现在全书有一百五十幅，分为五部分:《一清二楚的逝者》《1898 年一代中粗野和半粗野的及其他》《国际的与孤独的》《洞穴人与魔鬼》以及《净界的唯美主义者》。马里亚诺·何塞·德·拉腊打头[①]，此公是个天天讲自杀的马德里人，后来成为举世闻名的孤独的安达卢西亚人，通常给他的头衔，最初是《各种西班牙人的肖像和漫画》的第一位，后来列入《各种西班牙英雄》，最后归进《三个世界的西班牙人》。起初，我想把肖像和漫画与正常人分开，把漫画与风景画分开，但是，很快我就明白了: 没有必要，所有的肖像都可能是漫画。眼下这个书名对于收入的这么一点点人物来说，显得太大。所以我说: 这个集子肯定会显得破碎。但愿有一天我能把这个集子塞得满满的。

现在，缺少的文稿在西班牙呢。一部分在马德里我们单元房

---

① 原文如此。事实上，中文译本所依据的原版书，打头的并非拉腊。——编注

被封的房间里，一部分（我不知道其数量以及哪些文稿）在朋友和熟人手中，这些至爱亲朋肯定是欺骗了一位老实妇女，怀着各种企图把文稿拿走了。应该说明的是，一位朋友已经把拿去的东西归还了。我相信总有一天那些偶然临时与我为敌的人们也应该有所觉悟，把文稿归还回来，因为他们和我之间已经没有结怨的理由。我相信今天让某些人兴奋的与人为善的精神一定会成为时尚的。我再补充一句：搜查我家的命令不是什么官方机构下达的，而是西班牙和国外一些作家的个人行为。对于那些居间调停这令人费解的搜查事件的政府官员（他们的名字我怀着敬爱之情记在心间了），我只能说一声“谢谢”。

现在缺少的漫画中，我清楚地记得有这么几位：“费加罗”[①]、费德里科·德·卡斯特罗、埃斯普龙塞达、迪亚斯·米龙、阿尔贝尼斯、卡哈尔、毕加索、特蕾莎·德·拉·克鲁斯、巴勃罗·卡萨尔斯、何塞·德·卡索、马拉卡尔、佩德罗·恩里克斯·乌雷尼亚、巴列－因克兰等人。很想找回来呀。眼下，我不能、也不愿意重新给他们画像了。如果能有另外一些人答复，哪怕有不同看法，就更好了，他们是：乌纳穆诺、鲁文·达里奥、法雅、何塞·奥尔特加·伊·加塞特、莫莱诺·威亚、佩德罗·萨利纳等人。此外，我的笔记本里还有很多年轻人的身影。在我拿出的这个系列里，可以看出我长期关注我的同代人，尤其是年轻人。我

① 应指西班牙作家、政治家安东尼奥·埃斯比纳（Antonio Espina），他以“费加罗”为笔名。——编注

反复提倡的准则（对不起，下面要用一条语录了）就是："鼓励年轻人，严格要求和惩罚中年人，宽容老年人。"霍尔赫·纪廉，哎呀，各路神仙啊！啊呸！在一封丑陋的地下书简中，指责我对青年的关心。他认为这样的关心和文章都是多余的。可是，他的好文章里不是也有一篇吗？留下来的漫画可能还有综合了西班牙天文学家、化学家、语言学家、建筑工程师等想象人物，如今我手头上一幅也没有了。关于美洲的作家，我在这里写过几篇。如果将来能认识什么人、我又想起了什么，那就准备写一些。

这些"漫画"的处理方式各有不同——简单的、巴洛克式的、写实的、高高的、斜斜的、旁敲的、乏力的，依据模特的情况而定。我一向认为散文应该像诗歌一样走多样化的道路。我想在我的漫画里（克维多过去也是这么认为的）最好请进巴洛克风格。在很多篇"漫画"里，我都用了巴洛克风格，但总是用抒情性加以完善。在写本书的时候，我的梦想就是追求"抒情漫画"。（我的其他著作，例如《我童年的人物和身影》《令人怜悯的肩膀》《长长的故事》等，也有这样的追求。）在本书中，我异想天开地把自己认识的西班牙人都汇集到我想象出来的一座广场上，汇集到我记忆中的一处客厅里。这样一来，那些本不该"流芳百世"的人们，我人为地把他们给救活了，好像还活在客厅里和广场上，在接触生活里那真正永久不变的侧面。对活人，我仅仅是复制我熟悉、交往或者见过面的那些人；对逝者，仅限于我在心里或者梦里拿他们当活人一样来往或者见过的人们。在人性和神性价值上不符合一般性质量要求的被画者，至少在这个意义上对我有用，因此我感谢他们：用到我需要的一种写作方法上，从而使得我的幽默（也许还有他们的幽默）别具一格。对于每个被画的人，我努力根据他们的性格使之个性化。每个人名字下方的日期指明：在那些不是我直接认识的模特身上，写下那些一清二楚的逝者去世的日期或者出现在世界上的日期，因为这个日期是他亮相的开始；在那些我一度认识或者现在认识的人们下方，我写下多次见到的日期，或者我文章的日期。死者的日期可能有错，因为我手里没有可兹验证的正式文件，我依赖的是自己的记忆力。恳求有证件的人给核实一下吧。这种漫画我收集了几幅，是我的一些朋友保存的复印件。我无法跟我的原稿进行比对，一件也不行，因此可能有改变之处，因为只要重新发表我的文章，我总要变化、变化。我从报刊上抄下来的文章中，里面可能有"印刷错误"。我必须立即纠正之。（佩德罗·萨利纳斯和何塞·贝尔卡明的外形，我把他俩早期作品《兆头、火箭和星星》写成了自然优美的开场白。而何塞·德·卡索说过此事，那显然是指向未来的事物。奇怪的是佩德罗·萨利纳斯，他躲到巴黎铁塔之后，愿意回到正路上来，这是《兆头》一开始正面说的。至于贝尔卡明的侧影，依然在这本宝书里保持原样不动。要是贝尔卡明从来就没有写过长篇的话，那么……）

来到眼前的现实给许多漫画提供了真相或者假象，这让我从不同角度吃了一惊。忠实于我对模特写照的模特不是很多。要么是画像不真，要么是模特们作假（读者可以看得出来的）。我怀疑自己是否应该在这么一个短短的集子里收录这么多画像。西班牙近年来，尤其是1936年以来，情况大变。人和事如此之不同，或者说显得如此不同，要想跟始终如一的我保持半数一致，恐怕都要重写本书以及别的著作了。但是，假如我们从重写的角度看人、看事，那么到了咽气的时候，恐怕就留不下什么著作了，至少我的情况是如此吧。如果我们对一个人有了明确的评估而后来证明是对的或者不对，那么肖像、漫画都不应该因为肯定或者否定的热情而有所增减，或者消失。一句话，另外再画吧，我就画了。如果说实际上有所纠正，那应该与变化无关，而是与附属美学的形式有关系。细节差异改善了接受或者书写的质量，而并没有改变可能与我们、与我有关系的人物面貌。修改风格，如同修改诗歌或者别的什么文章一样，我是无法避免的。在最糟糕的情况下，应该消失的人，特别是从我们眼前消失的人，是那人自己。修改后的肖像来点小小的报复让我感到荒谬或者幼稚。肖像不能修改，漫画也不能，抒情漫画也不能，依照一个被画者的连续行为进行修改是不行的，因为他自身已经成为一个形象了，已经存在于世了。这里说的不是写诗，不是随意创造一个人物，而是对另外一个人的文学性的模仿（即散文），该人不是我们能创造，也不是我们愿意创造出来的人。

胡安·拉蒙·希梅内斯

1940年10月

于美国佛罗里达州

科勒尔盖布尔斯市

漫　画

下列漫画分别属于本书的五个部分①

1. 一清二楚的逝者

古斯塔沃·阿道夫·贝克尔

爱德华多·罗萨莱斯

尼古拉斯·萨尔梅隆

罗萨莉亚·德·卡斯特罗

贝尔纳多·洛佩斯·加西亚

何塞·马蒂

伊萨克·贝拉尔

何塞·阿松森·席尔瓦

托马斯·梅奥贝

① 此处列出59个人名。而正文总共61篇，所介绍人物比该名单要多出“安东尼奥·埃斯比纳”和“贡恰·门德斯”两位。另外，正文记述人物的顺序，与名单的顺序也不尽相同。——编注

2. 1898 年一代中粗野和半粗野的及其他

米盖尔·德·乌纳穆诺

鲁文·达里奥

拉蒙·梅嫩德斯·皮达尔

安东尼奥·马查多

胡安·德·埃切维利亚

费尔南多·德·罗斯·里奥斯

何塞·古铁雷斯·索拉纳

拉蒙·德·巴斯特拉

何塞·莫莱诺·威亚

费德里科·德·奥尼斯

胡安·何塞·多门齐纳

哈维尔·德·温特乌森

佩德罗·萨利纳斯

3. 国际的与孤独的

弗朗西斯科·希内尔

何塞·恩里克·罗多

曼努埃尔·巴尔托洛梅·克西奥

伊·卡门

恩里克·格拉纳多斯

理查多·卢比奥

何塞·奥尔特加·伊·加塞特

曼努埃尔·德·法雅

阿尔丰索·雷耶斯

尼古拉斯·阿丘卡罗

特蕾莎·德·拉·帕拉

埃乌赫尼奥·弗洛利特

诺拉·博尔赫斯

4. 洞穴人与魔鬼

拉蒙·戈麦斯·德·拉·塞尔纳

艾乃斯蒂娜·德·强波尔辛

费尔南多·魏亚龙

巴勃罗·聂鲁达

拉法埃尔·阿尔维蒂

达马索·阿隆索

费德里科·加西亚·洛尔卡

罗莎·查塞尔

爱德华多·维森特

埃乌赛比亚·柯思梅

何塞·贝尔卡明

埃尔内斯托·希梅内斯·卡瓦耶罗

塞拉菲娜·努涅斯

5. 净界的唯美主义者

何塞·玛利亚·伊斯基尔多

霍尔赫·纪廉

弗朗西斯科·博莱斯

本哈明·哈尔内斯

安东尼奥·马里查拉尔

曼努埃尔·阿尔托拉吉雷

维森特·阿莱桑德雷

杜尔塞·玛利亚·罗伊纳斯

埃米利奥·布拉多斯

本哈明·帕伦西亚

路易斯·塞尔努达

1 古斯塔沃·阿道夫·贝克尔[1]（1870 年去世）

贝克尔伸出一只手，身子靠在旋风上，大风推着他离开了忍冬花丛，那是他临时躲避五月大雷雨的地方，对于他那绝望的心情来说，那是个好地方：昏暗、芳香，充满了温柔。贝克尔浑身发抖，脸色发青，不停地咳嗽，与此同时，艰难地顶住大风，抓紧高筒礼帽，裹紧短披风，短披风勉强挡住料峭的春寒、旋风、扬尘和雨水，还有那不现实的竖琴。莫非那天早晨他从客厅昏暗的角落骗走了竖琴？那满满的琴弦，它们像开花的杏树。直立的琴架在沉睡。在哪儿会弹出他的曲调？真是混乱啊！什么忍冬花丛，什么苦闷气短，什么春天、秋天，什么女子，什么打冷战，什么理想，什么竖琴！要么是竖琴，要么是女子；要么是琴弦，要么是臂膀、梦境，任何爱情都是触摸不到的。

（用一个吻完成了他叛变的动作。）

他已经把一种从远方传来的声音牢牢地钉在人们的心中。难以忍受的心绞痛像橘树上的刺啊！大概是第一次犯病，不会要他的命。为了让如此激烈的疼痛产生节奏并且看看能否把疼痛沿着他的血液送进大海，他的心脏，那发出低音的长鼓，加强了第二个主动脉的音调，给他全部的听力，从头到脚，在令人窒息的乌云下，送上那个可以押韵的词、锋利又低沉的词、加强第二个诗歌音调的词，给黑乎乎的肥大心脏打上了铅印。精神沮丧的痛苦，在最后的瓦解中，居然反对幻想里金色、紫红色、白色的飞翔！用那个可以押韵的好词，他发生了变化，走自己的路，永恒之路，因为他那个时代的西班牙诗歌是生命，是关注点。

（今天阳光照到了我的心田。）

围绕着贝克尔，如同高高在上、理想的金银花处于团结在花冠四周的鸟群中，鸟喙迸发出热情的啾啾声，抒情诗这个从前和现在的通俗实体飞起来了。只有在这个实体上讲究真实，如同只有抒情诗可以押韵的词那样硬朗、发灰。在西班牙，将来会有好多年不能使用乐声，不能写抒情诗，除非贝克尔重返人间。乐声，抒情诗，抒情诗，乐声。抒情诗，黑心、白心的抒情诗，躲藏在嵌有族徽的门廊后面，躲藏在石墓里，躲藏在修道院的大墙里边，躲藏在面朝西边塞维利亚的阳台里边，在玻璃窗后面享受阳光和香水玫瑰。那儿有发自内心的乐声，小燕子唱出来的抒情诗。（最好的浪漫主义，隐藏得极好，准确无误，局限于那个时代不幸的环境里。）贝克尔写下了短诗，发出了深沉的乐声。

注释：

① 古斯塔沃·阿道夫·贝克尔（Gustavo Adolfo Bécquer，1836—

1870），西班牙浪漫主义后期的代表诗人。一生只留下一部《诗韵集》，多写对妇女、爱情、孤独以及死亡的感受。用词清新自然、简短质朴，几近口语，仅仅表达感觉和意象。对西语国家的诗歌发展有重大影响。——译注

1 古斯塔沃·阿道夫·贝克尔（1870年去世）

2 爱德华多·罗萨莱斯[①]（1873年去世）

又一位西班牙善良的老画家，令人尊敬的教师。有两个认识他的年轻人告诉我，他们见过他画《卢克莱西娅之死》，那情景让他们激动又惊讶。爱德华多·罗萨莱斯没有画室，一位什么喜欢艺术的内阁大臣给他在议会大厦里找了一间客厅，里面只有画、画家和寒冷。他告诉我：每当他要创作大画的时候，就不得不坐下来（有椅子吗？）咳嗽，仿佛浑身的力气、身高、体重留在了卢克莱西娅怀中，这是比喻，统统被掏空了。他还告诉我：后来，《卢克莱西娅之死》送到一个有帆布的大棚屋展览去了，那个大棚是什么马戏团之类的单位，位于今天的佛尔诺大街。那一阵子马德里下大雪，罗萨莱斯接到紧急通知后，虽然他咳嗽、冒汗，却不得不亲自搬运大画，路上在雪地里险些把画弄坏。

我眼前觉得他是在银幕上，在老片子里，现实已成往事。他咳嗽，没有声音，一贫如洗，咳嗽，雪地，咳嗽，艺术，咳嗽。他让鲜血——另外一种油彩留在油画上，贴在圣弗朗西斯科大街的墙壁上，那是两幅油画：《多比亚斯的遗嘱》和《女子裸体像》。

伟大的志向，巨人般的威力，钢铁般的毅力，滋养他的却是一块积贫积弱的土地。不停地晃动，手掌再也托不住画作的分量，心灵的火花让他的作品令人目眩。(谁能掂量出来一个心灵火花的劲头有多大？这火花点燃了一堆又一堆接连不断的大火，达到了世界极限。)

爱德华多·罗萨莱斯的火花逐渐变成了灰色、黑色，他本人瘦高，体弱，温柔的下巴，颧骨上还带着玫瑰色的火焰，小胡子两角飞扬，有呼吸障碍，痉挛，难以保持平衡。内心的劲头变成坚固的外表，一句话，用成吨的力量战胜了自我。这位情趣高雅、性格清澈透明的西班牙房客，他的精神生活没有受到重视，如今源泉已经枯竭，要搬家了。从塔楼出来，绕过塔楼的影子，黑影变成了褐色，显得阴冷。他很喜欢那个地方，眼神里流露出最后一丝金黄，然后沉浸在大地上，家乡和祖国的土地上，不需要别人的眼色，用不着垂直站立，用不着保持平衡了。

注释：

① 爱德华多·罗萨莱斯(Eduardo Rosales，1836—1873)，西班牙画家，是从浪漫主义转向历史现实主义的代表人物。代表作为《伊莎贝尔女王的遗嘱》。——译注

3 尼古拉斯·萨尔梅隆[①](1908 年去世)

瞳孔放大的眼睛（清晰对比的结果，巩膜和瞳孔的反差），眼球凸出，目不转睛，炯炯有神。有点儿像异族人的眼睛，优等民族吧，可能是印度人，是最早给我们西班牙拍摄照片的先驱者的眼睛，他们忧国忧民，有觉悟，有“现代化”思想。有人想念尼古拉斯·萨尔梅隆，是因为他那双有磁性的大眼睛（如今他跑到了邮票上，与他那不宜提及的“后来”共存了！），还因为他是那个时代具有诗意的实证主义里最专心的西班牙人：一心一意引进德国和法国哲学，进口优质图书，用自己的口语和书面文字改装克劳泽学说、康德学说和一元论学说。这三种学说无论外在形式和内在精神都迥然不同，改装德语和法语的最新哲学用词，这是非常困难的活计，但是，他要干，而且单干！路易斯·席马罗，那位令人难忘的医生常常对我说：“尼古拉斯·萨尔梅隆一开口说话就对自己的思想不停地雕呀、刻呀。”（毫无疑问，这很像从前人们说起何塞·奥尔特加·伊·加塞特的用词，加塞特为人傲慢，他是萨尔梅隆玄学课的接班人。他们雕刻语言，把石块和木头一样死气沉沉的词语投射到西班牙远方，投射到西班牙各地的废墟、草丛和褐色的沙漠里。萨尔梅隆的外貌就是色彩斑斓的，是反差强烈的。他像奥尔特加一样也对自己展开雕刻，但是他越来越趋向于法国伏尔泰的哲学思想，铅灰色的鼻子和下颌越来越跟此人相似。）

（或者也许是我觉得萨尔梅隆的模样就应该如此，因为我小时候见过他的蜡像，栩栩如生，那是在韦尔瓦山边的一座帆布大棚里。那形象很恐怖，面色惨白，双手惨白。身穿乌黑的长礼服，斜披着三色武装带，左胯上有个花结。眼神威严，情绪平稳，似乎必然如此，如同有生命的光学仪器。大棚的入口处，有一块蓝字木牌，闪出惨淡的蓝光，“西班牙第一共和国陈列室”。但是，我记忆中最深刻的是他那“政府首脑、哲学家、演说家”的形象，那是刻在塑像底座上的字眼。蜡像放在最后一间展室里，无人问津。我天天夜里跑去看，心情激动，站在他的塑像前面沉思，只有我和他。难道还能有他们？单独给他一章，字迹发黄，是乙炔放射的深绿色、摇曳不定的光线照耀在稿纸上。别的孩子，其中有贝里克·加西亚·莫拉雷斯，早就走了，不感兴趣，或者是害怕。我在蜡像群里，在他们那充满弹性、气味、活力的身影中间，转来转去。为什么要转呢？因为在身穿长礼服的身后与帆布大棚之间，在每两座曾经举国服丧的人物塑像之间，有一条条神秘的窄道啊！我那只被感动的眼睛一直在注视着“政府首脑、哲学家、演说家”的方方面面，他胸前披戴着有红、黄、紫三色旗的绶带，站在无人问津的帆布大棚的尽头面朝全国人民。那大棚是老百姓的农贸市场，是国家博物馆的活动营地，同时也是可以动的杰出人士公墓。那里有空置的墓穴，有用木头、皮毛或者铁皮建造的大箱子，很像兽窝、蛇窝。从那个混乱的时代开始，尼古拉斯·萨尔梅隆对我来说已经是先人陈列室中最后无人问津的传道者了。那么后人们呢？后来，时间消灭了一切，把一切都简单化了，几乎是庸俗化。这样一来，在遇难者所处的冰冷的海浪上面，仅仅留下一颗美丽的头颅，当然是英勇不屈、紫红色的头颅，饱含高尚思想的头颅……留给了后来的邮票。）

他是语言的雕塑大师，话语的音色已经在灵与肉体的石料中沉默。哲学啊！西班牙！形而上学！是谁把这些板块、这些粗话组装起来的？是谁把这个用奇迹拼凑的开放迷宫组装得如此井井有条？过去我们在塞维利亚大学努力学习的实证主义的理性一元论，今天在什么地方可以找到它的碎片呢？……我吃完午饭之后，尼古拉斯·萨尔梅隆已经从西班牙杰出人士公墓里回到了那充满浪漫气息的工作室，这工作室保存在一个特别秘密的地方。在马德里孤单的午休期间，那座空房子干干净净，发出空空洞洞的声音。他在演说家的礼服外面穿了一件雕塑大师的工作服，在礼服和工作服之间是国旗。他的办公桌依然保持原样，与他离去时相同，摆满了各种刻刀、凿子、錾刀、直角尺、矩尺、曲尺。石料、话语素材，尺寸不一、大小有别的木料，未经雕刻的在左边，已经雕刻、打磨的在右边。筒状物、圆锥物、球状物，有的是白色，有的是黑色，有的是灰色。各类图书也是用木料和石料制造出来的。这位哲学家的远大目光，以其无限的意义而熠熠生辉，照亮了我的心田，照耀着四面八方（人们忙着保持沉默），借助大理石、乌木、橡木、花岗岩，灌输死神珍藏的思想、爱情、奋斗。乌亮的眼睛通过西班牙夕阳的小窗户，注视着自己干净的眼球；乌亮的眼睛借助内省的红色火花，可塑性超过了可视性。在西班牙马德里的郊野公园，黄昏时分，月光送走阳光，宣布暮色的到来。

注释：

① 尼古拉斯·萨尔梅隆（Nicolás Salmerón，1838—1908），西班牙政治家。西班牙民主党领导人之一。1873年7月至9月担任西班牙第一共和时期的政府首脑。1875年流亡国外，企图成立共和集权主义党以及共和联盟，都没有成功。——译注

4 罗萨莉亚·德·卡斯特罗[①]（1885年去世）

整个加利西亚地区都在下雨。雨水让天地相连，肌肉纤维让心房、心室相连。整个加利西亚就是一个巨大、无声的心脏天下。大大小小的村庄，如同各式各样的教堂一样，统统都是黑色的，越来越黑，黑漆漆的，那是雨水刷出来的主要颜色，统统散发着人居肮脏的臭味。居丧的罗萨莉亚·德·卡斯特罗想念着老家的住宅，家乡，圆形的房屋里有玉米、葡萄、谷仓，附近还有自来水。她望着雨水发绿的颜色，水汪汪的泥地，带泥沙的浑水，望着雨水中走过去的那头不屈不挠的母牛、那个患白化病的少年、那个衣衫褴褛的江湖郎中、那个长毛朝圣者、那个脏兮兮的教士、那个脸上有雀斑的柔弱女孩、那辆可怜的小车。巴斯塔巴莱斯教堂的钟声响了，钟声低沉，水汽窒息了钟声：

巴斯塔巴莱斯的钟声啊，
我听见你们撞击的声音
给我送来了思乡的亲吻。

贫困，孤独。焦虑，痛苦。四周如此贫困和孤独，令人窒息。一张大嘴巴，一副丑陋但亲切的面容在哭泣，绝望地哭泣，抽泣不已。罗萨莉亚·德·卡斯特罗，加利西亚地区伤感的抒情女诗人，感到绝望，哭泣，总是哭泣，身穿黑色衣裳，满面悲伤，忘记了肉体，在自己的苦井里陶醉心灵。这颗美丽的心，被围困、隔绝、孤立、活埋的心，真真令人悲哀啊！人群如同兽群一样包围着她，人人都垂头丧气，伤心不已，个个身上散发着挥之不去的臭味，大家都逆来顺受、忍气吞声。而罗萨莉亚·德·卡斯特罗不在乎这些，也无法在乎。她痴迷地追求着自己内心世界的诗韵，把雨水和眼泪结合起来，把钟声和心声融合在一起。整个加利西亚地区就是一座湿漉漉的疯人院，她把自己关在里边。加利西亚地区是一座有窗户的监狱，接受雨水、雾霾、眼泪的惩处，罗萨莉亚通过雨水、雾霾和眼泪仅仅看到自己灵魂深处的温暖。

雾霾笼罩着加利西亚地区。大雾浮动，像圆圆的棉花团，像咸咸的奶酪球，像河水上面的白色纱团；雾霾像四面包围过来的城墙，在海滩上滚动，把一切——她，苍白的她，全然不理睬外界的她——变得漆黑一团。各种船只盲目地靠拢过来，但是不入港。很少有男人迷失在完全的忧伤里。远处，近处，她家里，田野上，荒凉的海岸，罗萨莉亚·德·卡斯特罗，围绕着那四块黑色的岩石，透水的四堵墙，远远地、近近地，快快地、慢慢地绕圈子，缩短了自己和家乡的距离。另外一些罗萨莉亚们，老一些的或者年轻一些的，没人能安慰的“寡妇们、守活寡的女人们”远远地，近近地，在每人的家中，在孤零零的岩石中间，在双人坟墓里，在有人、无人的坟墓里——深处睡着亡灵——围绕在罗萨莉亚·德·卡斯特罗身旁。

注释：

① 罗萨莉亚·德·卡斯特罗（Rosalía de Castro，1837—1885），西班牙抒情女诗人。出生在西北部的加利西亚地区，童年在家乡度过，喜欢音乐、美术、文学。有过不幸的婚恋史，四十八岁患癌症去世。她早期的诗歌创作深受浪漫主义思潮影响。代表作是诗集《萨尔河畔》，多写忧伤的情绪和悲观的人生。——译注

5 贝尔纳多·洛佩斯·加西亚[1]（1870年去世）

就是这么一句诗，一句在同样蹩脚的十行诗里面赘言多如枝杈、变化怪异混乱的诗，却赢得了著名十行诗诗人霍尔赫·纪廉出手相救，使得因正统爱国主义激动的贝尔纳多·洛佩斯·加西亚大难不死：

印度的阳光熠熠生辉

就是这么一句诗，让我看到了一位二十八岁的诗人始终直面一个阳光灿烂的净界、有热带紫色彩虹可以让人得救的地方：

印度的阳光熠熠生辉

每天下午，印度的太阳，那越来越炎热的孟加拉阳光，将会照耀孤独的西班牙时代，将会借助西班牙南方安达卢西亚的文艺晚会走向自己的坟墓，在暮色苍茫的想象里渐渐走向自己的坟墓。

注释：

① 贝尔纳多·洛佩斯·加西亚（Bernardo López García，1838—1870），西班牙诗人。出生在安达卢西亚。代表作《五月二日》歌颂西班牙人民反对法国侵略者的英勇斗争。另外他的长诗《亚洲》描绘了他想象中的文化“圣地”印度，受到西班牙保守派的批评。其实，加西亚非常爱国，只是对动乱中的西班牙感到焦虑和失望罢了。——译注

6 何塞·马蒂[1]（1895年去世）

甚至我那时已经到了古巴，还没有真正意识到何塞·马蒂的意义。要看田野，看背景。如果人没有任何背景，可是还要看他，读他，就看不到他的真面目。我总是希望了解人的背景、实情。背景帮助我认识事物，或者说，帮助我认识实实在在的人、真正生存意义的人。如果我没有背景，我就做个透明的人，做透明的事。

沿着这个古巴，绿色、蓝色、灰色的古巴，这个充满阳光、雨露，或者飓风的古巴，这个在孤独中棕榈挺拔，或者在狭窄绿洲上，或者是在闪亮的金沙上挺立的棕榈、可怜的小松树的古巴，在这个平川、海风、湿地、峡谷、山丘、清风、海湾或者大山的古巴，处处都有何塞·马蒂的身影，我是从马蒂的著作中发现了马蒂，是从别人撰写的马蒂书中了解了马蒂。西班牙的大诗人、思想家米盖尔·德·乌纳穆诺和尼加拉瓜的伟大诗人鲁文·达里奥为了介绍马蒂做了大量工作，因为西班牙要更好地了解马蒂（属于西班牙的马蒂，因为那时马蒂反对一个糟糕透顶、糊涂的西班牙，所以他是那些与西班牙政府唱对台戏的西班牙人的兄弟，因为西班牙殖民政府镇压马蒂）。鲁文·达里奥应该感谢马蒂；乌纳穆诺也应该感谢马蒂；西班牙和西班牙美洲在很大程度上欠了马蒂的债，是马蒂给西班牙美洲引进了美国诗歌，他比任何一位西班牙语作家做得都多，做得更生动和扎实。是马蒂把惠特曼这个更具美国特色（与埃德加·爱伦·坡相比）的诗人介绍给我们西班牙人的。马蒂介绍惠特曼的文章给鲁文·达里奥带来了灵感（这一点我敢肯定），用十四行诗写出了《蓝》里面那个“好老头”。这是我最早得知《秋之溪水》的作者惠特曼是这样一位充满活力、文雅的诗人。（此前，鲁文·达里奥已经去过纽约了，那时马蒂也在纽约。）马蒂除去自我反省之外，也在注意古巴，与此同时，也在阅读鲁文·达里奥的诗歌和散文。马蒂从创作伊始就十分尊重文化传承。马蒂得到的文化遗产今天让我感到惊讶：我居然完全读懂了这两位诗人。绝佳的传与承啊！

几乎是从孩提时起，我就阅读过马蒂的诗歌，但我不知出处：

> 我梦见大理石回廊
> 那里静谧、神圣
> 英雄们巍然屹立：
> 夜里，灵光烛照下
> 我和英雄们谈黑夜。

于是，我想起了马蒂。真是不由自主：我看见他像个怪人、异人，不像我们西班牙人，而是古巴人，通常所说的西班牙美洲人。我看见他更加耿直、犀利、直截了当、优雅、秘密，更加爱国和热爱世界。在马蒂的同代人里，还有一位名叫胡利安·德尔·卡萨尔[②]（作品古巴味道十足，但他在那个混乱时期，错误地理解了现代主义），是鲁文·达里奥把卡萨尔的作品介绍给西班牙读者的，随后又介绍了萨尔瓦多·鲁埃达[③]以及弗朗西斯科·威亚艾斯贝萨[④]。卡萨尔的作品一向不合我的口味。如果说达里奥的作品很有法国味道，属于颓废派，卡萨尔也一样，那么达里奥最佳诗作非常丰富、优美，那里面印第安文化、西班牙文化、深刻而带根本性的腔调，让我十分着迷。也许我感受到了，也表达出了一种内心过分追求完美的倾向，一种可能是情趣高雅的观点，这大概很难做心理分析，说成“内心美景”或曰玄学美景、“脑海里的美景”。但是，无论什么异国情调的美丽公主，圆形装饰物上的古希腊人、古罗马人，变化莫测的日本问题，还是什么“黄金世纪”的西班牙绅士们，都没能把我给征服。对我来说，拉美的现代主义是个新鲜玩意儿，是心里在追求自由。但马蒂是另外一回事，马蒂是因为“别的事情”站在那里，就在我身边。这怎么能怀疑呢！马蒂与别的西班牙美洲现代主义的诗人们一模一样啊！

在那之前，马蒂的作品我阅读得很少，但足以理解他的精神和文学作品了。马蒂的著作，如同大部分西班牙美洲作家的书籍一样，由于不是在巴黎出版和印刷的，要想在西班牙什么地方发现，实属不易。马蒂的散文作品，西班牙味道十足，由于过多地使用了古典主义的语汇，也许西班牙味道太足了，西班牙人居然不知道。换句话说，知道并也喜欢，但不知道作者是什么人，因为马蒂的名字只有在达里奥的“记事”里才出现。比如，达里奥的《卡斯特拉尔》，很有可能是马蒂写的。不同的是，马蒂从来不像达里奥那样，体验到鲜艳夺目的西班牙所产生的诱惑，无论程度如何，不管达里奥是否十分看重这种诱惑，他还是吃惊的，就像乡下孩子一样吃惊。达里奥常常不管什么“人物”，不管什么国王、大主教、将军或者院士，让他吃惊的是礼仪。马蒂一向对社交礼仪不感兴趣，哪怕有美女在场（马蒂当然喜欢美女，达里奥也如此，但方式不同）。马蒂唯一追求的古风表现在语言上，不过有条件：用词要有思想意义，或者说感情要恰当。如果我不来古巴，绝对不会产生把马蒂和达里奥比较一番的想法。注意：我丝毫不想用这种公正态度贬低马蒂而抬高达里奥，因为无论从哪个角度说，我都钦佩和热爱马蒂，如同达里奥钦佩和热爱马蒂一样（这是达里奥的真心话，说这话的时候我在场）。这两人的生活经历不一样，其本质在于对这两种经历的内心感受，因为马蒂身受西班牙的伤害，而达里奥却没有受过如此近距离的致命伤。

这个何塞·马蒂，这位绰号“蜘蛛的指挥官”，曾经在玫瑰花里、言谈话语、卿卿我我之间，吐出了高尚的爱恨情仇丝网，安排了自己的命运，结果倒在自己家乡的风景里（我去过那里），像一位充满了爱心的游侠骑士那样倒下了，毫无疑问他是因为过去、现在和将来各个时代，各个国家人们的热爱、渴望，也许还有冷淡态度和厄运而倒下的。他是古巴的堂吉诃德，他概述了永恒精神和西班牙语世界的理想。古巴朋友们，应该写《何塞·马蒂之歌》或者写《何塞·马蒂谣曲》，他生为英雄，死为豪杰，是一条无与伦比的好汉，他牺牲了作为诗人的宝贵生命，以此“像岩石般”保卫着自己的家园和父老乡亲。杀害他的那颗子弹是专门对准他的，这是毋庸置疑的，他因此而牺牲。那颗铅弹，如同来自许许多多丑恶地方、许许多多世纪之后罪恶的铅弹一样，里面有很多西班牙人、很多古巴人，在不知不觉中加入的铅元素。我很幸运，感觉自己心里没有这种铅元素射入马蒂的身体，这种铅元素与我格格不入。我感觉他一向在我身边，感觉他就在阳光里跟大家一样，在树下，在水边，有鲜花陪伴，受到人们的尊敬，赢得了人们的理解。我生性好静，相信行善有永恒的恩典。因为善心（布鲁诺·瓦特⑤，诗人、音乐家，一个纯粹和安静的人，自己流亡到了美国，成了马蒂的兄弟，对不起，他也是我兄弟，换成另外一种说法）被别人从表面上给破坏了，但是，可以肯定，如同坏心眼一样，都无法“从根本上”破坏。

注释：

① 何塞·马蒂（José Martí，1853—1895），古巴诗人、革命

家，伟大的爱国者，古巴独立之父，为古巴的解放事业贡献了自己的生命。1895年，何塞·马蒂牺牲在战场上，被西班牙殖民军的子弹射杀。他还是古巴文学从浪漫主义转向现代主义的代表之一。他的作品境界崇高，情感激越，内容充满青春活力。主要作品有诗集《伊斯马埃里约》《纯朴的诗篇》《自由的诗篇》，以及剧本《阿布拉达》等。——译注

② 胡利安·德尔·卡萨尔（Julián del Casal，1863—1893），古巴诗人、现代主义作家。他的作品讲究音韵，情绪颓废。在古巴诗歌界很有影响。作品有《风中树叶》《雪》《半身雕像与抒情诗》等。——译注

③ 萨尔瓦多·鲁埃达（Salvador Rueda，1857—1933），西班牙诗人。他的诗作讲究情景交融。代表作为诗集《健康之源》。——译注

④ 弗朗西斯科·威亚艾斯贝萨（Francisco Villaespesa，1877—1936），西班牙作家，现代主义美学的宣传者。著有诗集《幻想花园》、诗剧《奥本-胡麦亚》等。——译注

⑤ 布鲁诺·瓦特（Bruno Walter，1876—1962），原为德国一乐团指挥，后加入美国籍。——译注

7 伊萨克·贝拉尔[1]（1895 年去世）

西班牙发明家，海军军官，物理学家；留着八字胡；身穿阅兵礼服；一副全神贯注、忧心忡忡而又富有勇气的样子，站在莫格尔老家的骑士俱乐部里。（我有过一块乳白色的手帕，上面绣着贝拉尔号潜水艇。）这位发明家不断产生民间艺术：在报刊上直接使用照相底片；在戏剧方面，使用谣曲和景物；在间隔层里放长炭块和圆赭石。（从前，他画过一艘巨大的靛蓝色的潜水艇，形状像鲨鱼，或者像气球，画在后墙上，由于光线的缘故，让我感到惶恐不安。）

在塞维利亚城里，像蜜蜂一样嗡嗡唱的市民，三五成群地站在蜂房似的萨尔贝斯大街的人行道上，日日夜夜谈论潜水艇。在马德里大旅社，在艾斯拉瓦马戏团里，在火车上，在画廊里，人们众口一词。我好像看见了贝拉尔飞快地出现在城里城外、大街小巷。在港口学校，为了不让学生想家，从那个在校园内点起火堆的第一个夜晚，全校的孩子们都在说伊萨克·贝拉尔，说贝拉尔号潜水艇。

那个大杂拌的九月啊，真真令人难忘！伤感的情绪冷不防就进了学校，加上贝拉尔号潜水艇。加迪斯、皮卡尔多、杜阿尔特、托贝特的孩子们纷纷在说：贝拉尔号明天要驶入卡拉卡军港啦。第二天是星期日，下午远足，我们身穿沙沙作响的校服，排着长队出发，心里盼望着能在海滩上见到贝拉尔号。下午平平淡淡，天空的颜色像石膏，空空荡荡，惹人讨厌。童年、住校生活的下午就是不舒服。聪明、喜欢动脑筋的孩子把各个地方、一年四季都看成秋天。这些令人感到茫然的下午，好像有这样的感觉：世界的绝对价值从来就没有过，而相对价值不值一提。（完全是远处的那个小姑娘闹的。）走到海滩的沼泽地里，煤气工厂黑乎乎的样子令人难过，越发显得道路障碍重重。我们走得很快，脚下踩到了烂泥和金银花也没有感觉，头顶上笼罩着乌云，边缘处打着闪电。

从海滩上看到潜水艇了吗？有人说：看到了。有人说：没看见。"瞧哇！它在大教堂前面呢！""可是，你没看见呀？""嘿，那边那个！就在城堡那里嘛！""就在那边嘛！就是军港里边！"我看见了，也没看见。实际上，没看见。我登上有大牡蛎的黑色岩石，没看见潜水艇。一句话，谁也没看见潜水艇。真真奇怪呀！军港和加迪斯城之间好像没有海水了，感觉海湾已经干枯，或者说，只剩下了一片烂泥坑，像是搁浅在泥巴里的破船；感觉加迪斯城缩成一团，仿佛要坍塌下来。沿着城墙根下面走动的是人吗？黑黑的，像是蚂蚁。水色肮脏，黏糊糊的，像糨糊，难看，闪烁着深绿的粼光，艰难地流动着。我无法理解潜水艇怎么能在这样一个讨厌的下午里，凯旋般、快乐地开进加迪斯。在我心目中，一切官方色彩和飞舞的彩旗都已经黯然失色。莫非那艘潜水艇像个巨大的贝壳一样已经死了吗？那漂浮在水面上的是死鱼吗？

我经历了一件类似法国诗人特里斯坦·高别赫在意大利维苏威火山上遭遇的事情，那是我儿时生活里多次萌生的感觉。最好的潜水艇就在我的手帕上，紫色的，像水墨画，整天装在口袋里，画面上是一片海水，发出黄色的亮光。我的口袋装着真正的大海和潜水艇，纯巧克力的颜色，还有银纸，就在我校服的上衣口袋里。我的校服有黑色、红色和金色。伊萨克·贝拉尔也穿过这样的校服。

注释：

① 伊萨克·贝拉尔（Isaac Peral，1851—1895），西班牙军事科学家、发明家。曾经设计过一艘电动潜水艇。——译注

8 鲁文·达里奥[①](1940)

第五篇、第七篇、第十三篇、第十七篇，都是我的鲁文·达里奥。我的心里装着如此之多的鲁文·达里奥。他是那样地鲜活，总是一个样，又总是不一样，永远是新面孔。我为他描绘的外形没有雷同(《我的鲁文·达里奥》《反对鲁文·达里奥和为了鲁文·达里奥》和《西班牙的鲁文·达里奥》，等等)。一想到要写达里奥也是会死的，我就心痛。站在特拉诺瓦岛对面，不知道下午有飓风，听见达里奥去世的消息，我痛不欲生。从前有一段时间他还活着，我也活着(我还能在纽约摸摸他"那只手"，那是他在伊比利安公司的写字台，尤其是写字台上还有他一张照片——他花体签名的照片)。

今天，站在他坟前，我浮想联翩，想起来一个当水手的鲁文·达里奥，像是从照片里跳了出来，多年前在马德里老实善良的阿尔丰索·雷耶斯[②]送给我的那张照片。达里奥和雷耶斯是一对最要好的朋友。照片的背景是，美国佛罗里达的海岸平原，从西南向下延伸到尼加拉瓜。达里奥身穿夏季白色水手服，是船长吗？

……一个炎热、金色的下午，前往……

我心目中的达里奥可不是一头海豹啊！而是虽然粗野但情趣高雅的海上人妖。总的对我来说，他给我留下的印象更多是在海上，而不是陆地。感觉很难在尘土飞扬的土地捕捉到他的身影。我认为他对石质的东西没什么感觉，他觉得土壤就是庄稼。在西班牙的时候，我听说他生活在海边城市马拉加和马约尔卡的时间要长得多。他从这两个地方给我寄来了几首诗。马德里把他迷住以后关押起来了，像对付海蛇一样。马德里可能形成的海洋耸起鼻孔，要闻一闻，或者说通过航海罗盘的各个方位，预先闻一闻维纳斯女神的气息。我看见达里奥多次喝着威士忌，吃海鲜。他自己身上就有经受过海难的大海鲜的味道。毫无疑问，他喜欢的响器就是海螺。他的诗歌，不就是海螺加竖琴之歌吗？

……我听到了一阵翅膀的扇动声和一种不知名的声调……

鲁文·达里奥的作品里有大海，有许许多多大海的题材，是异教徒的大海。他的大海不讲玄学，不讲心理分析。他的海是元素，是永久性的历史地平线；他的大海里有杰出人士组成的岛屿。

他作诗的技巧是海洋式的：运用波浪的可塑性塑造诗句；肩膀、胸膛、臀部，都是海浪式的；腿部、腹部，也是海浪式的；借助海浪的推力，掀起高高低低的浪潮，沸腾的浪花滚滚向前。诗中的彩虹、竖琴、星星统统属于海洋。他笔下的一切海洋——大西洋、太平洋、地中海，就是一个海——维纳斯女神的海：

……天灯都在自己的灯笼上……

鲁文·达里奥一向晕海，海浪、维纳斯、盐巴，一切兴奋的因素，都会让他感到眩晕。他一向不知如何是好，不知道拿自己的礼服、礼帽、手套怎么办才好，尤其不会处理自己的外交化妆服。这些服装既不是他作为东方女王特命全权使节的心爱服装，也不是他作为海神手下的舰队司令服。他在小旅馆的衣架上挂起了自己最大的那幅裸体画像。所以有时有人以为他是摔倒在人行道上去了——画像与服装纠缠在一起了。滚圆的身躯和多脂肪的小脚，看上去像站立的鲨鱼，应该说像是用尾巴支撑的鲨鱼，让坎肩难以承受。有时候，我把达里奥想象成珊瑚岛上动物世界里的苏丹王储，身边妻妾成群、美女如云。不对，不对，先生们，他往常的节奏变化并非诺亚式的晕船，好像大海在不断地冲击。等到他拿出那块落伍的怀表时，借助“嘀嗒、嘀嗒”的声音，我方才明白了原委——他的眼神迷失在那些不可能有咸味的、远方的大街小巷，为他指引方向的是一个罗盘：

……仿佛那粗野的声音……

他真正的祖国是那座岛屿，属于古希腊英雄阿尔戈、美与爱的女神基西里娅、哥伦布。他喜欢的词是“群岛”。他心里说“群岛”的时候，仿佛充满爱意的海上巨人贪婪地咀嚼一打牡蛎。对达里奥而言，陆地存在的意义就是给维纳斯女神生育的神和人一座临时的天堂。总是维纳斯女神，从年轻时起就在绿色的女人岛上监视达里奥：

……维纳斯从深渊里用伤心的目光望着我……

如果鲁文·达里奥一定要改头换面，人间的各路神仙（包括基督，他对达里奥的灵魂感到好奇，后者非常感激基督的慰问）可能会把达里奥安排到一座鲜绿的岛上。绿岛位于蔚蓝大海的西方，呈椭圆形，珍贵无比，居住着永远被尊崇为圣人、静静地满怀希望的诗人。达里奥还把永生看成是西方交响乐里最后的孤岛，把不朽看成是一种盼望——远航的人们因思乡而产生的盼望。我多次梦见这位掠夺海上财宝的海盗船长，梦见各位仙女，梦见彩云飘飘，梦见珊瑚岛屿，梦见群英荟萃，梦见美人鱼，梦见阳光雨露，梦见珍珠玛瑙，梦见海风徐徐。达里奥有自己的打算，已经放下了当海上记者的企图，因为这让他感到忧伤。那些光荣的战利品，除去给法国高蹈派诗歌增加美感之外，没有别的用处，可能成为他飘浮在天地、空气和水之间的房屋奢侈品。蓝色！加倍的蓝色！鲁文·达里奥，你掌握风向的本领比任何一位船长都好，他们用国王的海上红旗玷污了蔚蓝的天空。

注释：

① 鲁文·达里奥（Rubén Darío，1867—1916），尼加拉瓜伟大诗人。拉丁美洲现代主义诗歌运动的主要领袖。代表作为《蓝》《世俗的圣歌》和《生命和希望之歌》。他的诗歌追求"蓝色"，因为"蓝色是艺术的，是理想、苍茫、无限的象征"。探索诗歌节奏和韵律形式的各种表现，强调抒发胸臆。后期作品关注社会和国际问题。达里奥的文学思想对于西班牙和西语拉美诸国的文学发展有重大影响。——译注

② 阿尔丰索·雷耶斯（Alfonso Reyes，1889—1959），墨西哥著名学者、诗人、散文家、小说家、翻译家、文学评论家、外交家、教育家，古希腊文学研究和西班牙黄金世纪专家。有大量散文和研究专著。——译注

9 弗朗西斯科·希内尔[①]（1915）

他像一团火，随风而来，随风而去。直立时，如金蛇飞舞；流动时，如星火燎原，火星四溅；进入正轨时，如纯金溪流，没有明显的团体形式，出现在这里、那里，瘦瘦的，薄薄的，难以捕捉，像顽皮的火焰，弹跳灵活。（那么给这场烈火，无论死活，起了一些什么名字呢？还有那些并不知道这场烈火的名字，都是些什么呢？那个“圣弗朗西斯吉托”是什么意思啊？还有“堂弗朗西斯吉托”“堂巴克”“阿希斯”“小圣徒”“巴克”都是些什么意思啊？没什么意思！名字之外总要叫点什么嘛。跟他自己叫的名字弗朗西斯科·希内尔一样嘛，或者说，跟他家里人叫的“堂弗朗西斯科”一样。确切地说，就是一种精神化的地狱。）

好啦，肯定是亲切的意思嘛，非常亲切，但无不是出于喜爱，出于真正的酒醉、爱心的冲动、彻头彻尾的痛苦和内疚。对，他是一团快乐的火焰，一生献给了大地，满脑子的思想，一心的警觉。这个受了惊吓的幽灵，忧心忡忡，高尚的激情支配着他，凭借到处燃烧、时时刻刻燃烧的力量，耗尽肉体。但是，灵魂是鲜活和充实的，是夏日里流淌在乡下的血液、无法止住的鲜血源头。他那些不计其数的舌头舔着一切（玫瑰、创伤、星星），不断地进行向善的更新。一切的一切都在他身上：孩子在孩子那里，女子在女子那里，男子汉就是男子汉，年轻人就是年轻人，病人就是病人，精明的就是精明的，坏的就是坏的，健康就是健康，衰老就是衰老，无辜就是无辜；树木在风景、鸟群和花丛中；此外，还有阳光，可爱的阳光，阳光啊。

……他这个受伤者的宝剑发出的炎热光线，从北到南、从东到西划过天空，永远令人目眩，为白日补充光彩。剑光走完东西南北的道路之后，渗透到时间的各个奥秘之处。对每人每事，剑光的做法是：摧毁，亲吻，烧焦，熄灭，哭泣，大笑，复活。一天夜里，就像东方神话讲述的那样，这一回已经远行的（去哪里了呢？）剑光没来得及准时回到宝剑上，于是，宝剑和阳光单独在一起了，宝剑（多么可爱的蓝色余光呀！）伸展在大地制成的剑鞘里；阳光（在伤心，仿佛与自己的自由女神一道迷失了方向）四处流浪，无边无际地漫步在自己无限的小麦田里。

注释：

① 弗朗西斯科·希内尔（Francisco Ginerde los Ríos，1839—1915），西班牙哲学家、文学家、教育家。他是克劳泽学说在西班牙的倡导者。克劳泽学说是德国哲学家克劳泽提出的，主张“泛神论与有

神论调和”，哲学界称之为“万有在神论”，其中强调个人发展的重要性。最早把这一学说引进西班牙的是胡利安·桑斯·德尔·里奥（Julián Sanz del Río，1814—1869）。重要的倡导者是希内尔。为此，希内尔创办了独立于政府和教会之外的“自由教育协会”。希内尔的主要著作有《文学与艺术研究》《教育研究》《哲学与社会学》。——译注

10 曼努埃尔·巴尔托洛梅·克西奥[1]（1915）

“好哇，好家伙。好哇……”

拍拍肩膀，哈哈一笑，热情洋溢地问候，晃晃手中的入场券，玫瑰般艳丽的种种音调。摘下眼镜，在红红的眼圈四周不对称地留下来深深的印痕，刹那间，在内心与阳光的艰难博弈中，好像什么也看不见。忽然间，如同意外露面的太阳从曙光的乱云里出现，他那新鲜的花朵从攀缘植物丛中露脸，他那颗有彩虹光泽的海星从浪花的海藻里涌现出来。鲜花、海星，胜利者银色和蓝色的精神之光。

是的，他在这里，这是他的眼睛，这是一双在天国里依然好动的手，眼神毫无倦色。（我回想起一幅北方黎明的海景图，与克西奥一模一样：海上雾气弥漫，色彩斑斓，有一艘轮船在沙滩上搁浅了，水天一色，一颗明亮的星星静静地监视着海水和蓝天的变化。）他站在那里，像一棵粗壮的马蹄莲，上面还有新鲜的露珠呢。（克西奥有许多植物般的柔情和矿物般的富有。如此具有风景气质的男人，我觉得不多。）他已经来了，掌握着光辉的思想，他是那昭告人间的天使，长着巨大的翅膀，可是被世人抓住了一只脚丫子！

他说：一座花园迎风移动，大地在我们脚下如同海涛，仿佛浩瀚的大海，咱们大家都是激情的水手。澎湃的情绪会让他晕倒吗？他会溺水吗？不会，不会的，他活着呢。活着，继续活下去，如同精力充沛的海豚。就像那场危险的大火，在翻动灰烬的时候，从家里流淌到了外面，轻而易举地从里到外，变成了可以发出洪亮声音的青铜器，他沉醉于自己兴奋的精神世界，冒出刺眼的火花，变得智慧无穷，令人神魂颠倒，浑身颤抖，仿佛那摔倒在《希腊人》的《基督的复活》里守护天使的宝剑。

注释：

① 曼努埃尔·巴尔托洛梅·克西奥（Manuel Bartolomé Cossío，1857—1935），西班牙教育家、西班牙艺术史专家。希内尔逝世后，由他担任西班牙自由教育协会的负责人。倡导全民教育，强调个人发展。主要著作为《希腊人》。——译注

11 伊·卡门[1](1920)

卡门在这里。卡门已经不在这里了。那么她在哪里呢？克西奥伤心地说："她在加利西亚。"他眼睛盯着西北方向，嘴里发出"嘘嘘……"，眼神里有火花。她在加利西亚，在那座孤零零的乡下花园里，这个季节与外界无法来往。于是，这里，在这座阴暗的客厅里，留下了她的另外一座"花园"，也许可以这么叫吧，"花园"里有锦缎、刺绣、西班牙老百姓穿的衣裳、兽皮、丝绸，还有平凡的女子在盼望着、盼望着……

卡门一刻也不安静，不停地来来去去，充满了热情，像只大蝴蝶，一座花园、一座花园地追逐着晒成古铜色的向日葵。她用自己黑色、含磷易燃的想象力，用北方凯尔特族热烈、风趣、形象化的说话方式，启迪别人，雕刻人和物，哈哈大笑，爱抚和挑逗。(她说："这是一个被人抛弃的金发女郎。"我不知道一个漂亮的女子说这话有什么要命的深意，但这句话提前就钉在我的幻想里了，特别准确地告诉我：这是一种陌生的女性生存状况。等到后来我认识这位记忆中的女子时，觉得这是第二次看见她。本来就应该是这个样子嘛：优雅、快乐、动作轻盈、金黄头发、被人抛弃的女子。卡门一度是我某个中心的罗盘，是我诗歌里金绿色的魔杖和飞鸟。）

她的心宽宏大度，火红的心是敞开的，让音乐和颜色的旋风翩翩起舞，就像一个涂上了草莓色的音乐陀螺。假如给她从头到脚拉上一根弦，她会像一把慷慨的大提琴，整个身体会发出颤音。克西奥也笑了，和蔼可亲地点点头，那是一颗五十岁还有孩子气的花白脑袋。她呢，本身有童心，加上他的鼓励，编造故事，提出想法，进进出出，跟大家说话，转身而去，进来问候，送来食物，弹奏钢琴，展示作品，从花园里招呼我们到阳台上去，又从阳台上叫我们去花园看看。她双手捧出了跳动的幻想，同时掌控着全部令人伤心又快乐的客厅、阳台、楼梯、花园（是女主人，也是女奴）……

注释：

① 伊·卡门（Carmen López Viqueira，1866—1938），克西奥的妻子。西班牙女诗人、音乐家、画家。——译注

12 理查多·卢比奥[1]（1915）

眼前是一片灰色（是雾天里的松树吗？），背景是无色、发亮的大阳台，有玻璃，没窗帘，亮光从北边进来；眼前是一张笑脸，清秀，昂首，下巴粗犷，像普通矿山上发现了银脉，或者说像灌木丛中的潺潺小溪，或者说像老树皮的裂缝里萌发新芽。淡定得像卡斯蒂亚诺农舍里飘出来的袅袅青烟，与妻子分居，我不明白内中缘由，不知道他是满意还是痛苦，就知道他是“卢比奥先生”，全名理查多·卢比奥，他慢悠悠地点点头。是梦，抑或现实？

在他来访问我的记忆时，我常常依稀看见他向粉刷过的走廊隐去，悄然笑着消失在一处旁门那边的木板后面。那小小的旁门，秘密地面向何方？竟然会像一口有磁场的竖井那样吸引着他。是门？是画？是镜子？对，卢比奥进进出出的是岁月，是几百年的时间，不管时间，不论生死，悄然、错乱地进出镜子、图画和小门，在门楣处变成活人，登上画面，出现在镜子里。只要踏上一块松动的砖头，只要一个木楔自然轻轻落地，或者只要充足的阳光突然变化，在那些被遗忘的走廊里，我们就会走错了朦胧的路径。有时候，那道墙壁肯定是内部围墙，那门、那镜子、那幅画是通向田野的。于是，那位内心梦境的可亲访问者就成了走在幻境路上的孤独旅伴，就成了河岸上的树，每时每刻在场，又不在场；我们每走十步就更新一次那单调的树行；毛茸茸的苔藓附着在褐色的树皮上，不断地出现在我们手边；一只美丽的小鸟在那变了形的树冠上跳来跳去，盼望着我们每天提供的理想面包渣。

可他已经不在阳台上了。他是不是已经厌烦我们了呢？我们本以为他会出现，可是他拿走了另外一把甚少使用的钥匙。他躲藏到哪里去了呢？哪个小房间里？哪块画布上？哪棵树干？哪块玻璃？哪个洞内？克西奥喊道："理查多！"他扬起头颅，想看看这边和那边。突然，一声悦耳的旋律穿过一道道大门、小门，穿过一堵堵墙壁，从远处一个房间里传出来了，令人感到意外，是木制乐器的淳朴珍藏品（是巴松管、单簧管、双簧管、长笛），仿佛地下矿泉在回答那位发现了它们未经触动之秘密的人，它们的秘密比起钢琴、小提琴或者竖琴的优势，毫不逊色，有时甚至会略胜一筹。

注释：

① 理查多·卢比奥（Ricardo Rubio，1856—1935），西班牙教育家，植物学教授。卢比奥是克西奥的好友，也是他在西班牙自由教育协会的副手。——编注

13 何塞·阿松森·席尔瓦①(1896年去世)

我愿意想象一下何塞·阿松森·席尔瓦赤裸裸的样子：他手里只拿着那第二次写成的《夜曲》。我不需要他其余的诗歌，也不需要他的肖像、传记。很想烧毁他颓废生活的一切资料以及他那些混乱的文章：什么丝光线内衣、傻气的聊天、巴黎的书籍、赌场里的吹嘘、漆器仿品。可怜的何塞·阿松森身上纨绔子弟的生活作风，荒唐、轻浮、土气的生活作风，跟可怜的胡利安·德尔·卡萨尔一模一样，围绕他真正精神状态的一切，都是为了吓唬或曰折磨冷漠却无辜的首都波哥大的哥伦比亚人、普通老百姓，以及或敏感或忍耐力极强的人们。

纨绔子弟的生活作风终究是不好的，尤其是外露的时候，不管时间和地点就逢场作戏，日常生活里言行古怪、荒唐。真正的、可能的纨绔子弟作风，可以理解，但不能容忍，它是完全彻底的，而不是附庸风雅、华而不实的。在我老家安达卢西亚地区，我听说摩尔人认为虚有其表的人是那些不能继承贵族头衔和财产的次子。我喜欢这些人，看不惯那些既得利益的贵族阶层。我觉得那种“光有意愿，没有能耐”的纨绔子弟作风令人作呕，因为这属于乡巴佬式的模仿。也许这在青春期一开始容易发生，岁数大一点以后就好了，因为年轻人总是喜欢别样的生活。纨绔子弟的生活作风有多种多样，其中很多人差不多就是佩特罗尼乌斯[2]、布鲁梅尔[3]那个样子吧，在他们二人之前或者之后的纨绔子弟还有波德莱尔、王尔德、邓南遮[4]、古尔蒙[5]、科克托[6]、戈麦斯·德·拉·塞尔纳[7]、大画家达利等人，或荒诞不经或难以捉摸，或打扮过分或令人尴尬的生活作风。把现代人化装成原始人是小孩把戏，依我说，是蹩脚的装腔作势。最为装腔作势的是要扮演莫扎特、戈雅、夏多布里昂、歌德本人，连扮演者都会觉得滑稽可笑。自自然然、实实在在，就不是装腔作势；刻意修饰就是装腔作势。年轻时的“感情”就不装腔作势，只要年轻人愿意，就可以真诚、纯洁、朴实无华。贝克尔就不装腔作势，因为他不赶时髦，不附庸风雅；而席尔瓦由于轻浮地模仿巴黎而装腔作势，甚至采取了当众自杀的方式。这半条件反射式的纨绔子弟作风，不含一点儿感伤主义。感伤主义讲究助人为乐，慷慨大方，为别人活着——为一个夭折的男孩、为那远方的母亲、为一个不幸的姐妹活着，或者为自身的苦难、孤独、疾病而献身。对，献身，但绝对不装腔作势。是使徒圣保罗式的积德行善，是高尚的笨拙。所以，何塞·阿松森·席尔瓦的绝妙《夜曲》不是装腔作势，绝对不是，也不可能是。

这部《夜曲》是一系列作品的起源，毫无疑问是浪漫主义最后一部、最具有代表性的诗作，又是西班牙美洲文坛上第一部现代主义诗作。他把这两种文学倾向融合在一起了，或者说把理想主义的两个时期融入一个恰到好处的世界里：吸收了每个时期的最佳、最真实、最本质的东西，又扬弃了每个时期多余的成分。《夜曲》是赤裸裸的诗歌，作者也是赤裸裸的，女人是赤裸裸的，因此不会发生类似骑马斗牛士们在毕加索画面上赤裸裸的公牛和赤裸裸的马群之间的事情。《夜曲》是写出来的，又几乎不是写出来的，是用指头在空中画出来的。它有夜曲的品质，是一首前奏曲，是肖邦的一首永恒的练习曲，就是人们说的女性的东西，因为曲子里充满了女人和月亮。如同肖邦浑然天成的珍宝、德彪西赤裸的激流，我把这位短命的哥伦比亚诗人的悦耳旋律之河，收藏在心中，收藏在我的灵与肉中，直到永远、永远，让我一次次陶醉，让我一次次失眠。(《夜曲》是说出来的音乐，里面集中了爱情、梦、精神、魔力、感官快乐、人与神的忧伤。)

注释：

① 何塞·阿松森·席尔瓦（José Asunción Silva，1865—1896），哥伦比亚著名诗人。拉丁美洲诗歌从浪漫主义向现代主义过渡的代表人物。他的作品充满了浪漫气质，追求个性自由，主题多写“死亡”和“黑夜”，旨在抒发内心的痛苦、忧伤和绝望。代表作为《黄

昏》和《夜曲》。对拉美诗坛有重大影响。——译注

② 佩特罗尼乌斯（Petronius Maximus，396—455），西罗马皇帝。生活糜烂。后来被起义群众处死。——译注

③ 布鲁梅尔（Beau Brummel，1778—1840），伦敦社会名流，特别讲究时装打扮，人称“花花公子”。后来成为时装评论家。——译注

④ 邓南遮（D'Annunzio，1863—1938），意大利著名作家、诗人、小说家。19世纪末、20世纪初意大利文坛泰斗。作品的题材多写情色、情欲，不讲道德和良知。主要著作有《死的胜利》《岩石的姑娘们》《歌颂蓝天、大海、土地和英雄》《阿尔奇恩尼》等。——译注

⑤ 古尔蒙（Remy de Gourmont，1858—1915），法国诗人、小说家、剧作家和哲学家。法国象征主义运动的重要评论家之一。著述多达五十种。重要著作有《尾声》《哲学漫步》《希克斯丁》《一个女人的梦》等。——译注

⑥ 科克托（Jean Cocteau，1889—1963），法国诗人、歌剧脚本作者、小说家、演员、电影导演、画家。主要著作有剧本《奥尔菲》、小说《调皮捣蛋的孩子们》、导演电影《诗人的血》、电影剧本《爆炸装置》等。——译注

⑦ 戈麦斯·德·拉·塞尔纳（Ramón Gómez de la Serna，1891—1963），西班牙作家。他独创的“杂感”文体，对西语世界的先锋派作家有重大影响。主要著作有《不可信的博士》《小说家》《马戏团》等。——译注

14 恩里克·格拉纳多斯[①](1916)

他身穿双层大衣，苏格兰围巾蒙到眼下，手里拿着一小块手帕，眼球突出，像苏格拉底那样望着半个地球，嘴巴在笑，亚洲式的胡须一动一动，说出来的话语亲切、柔和，有加泰罗尼亚口音。刹那间忘记了场合，在房间一角说起了我的《小银和我》，他说，他喜欢，因为内容动人，善于嘲讽。接着，他掏出了应该马上解释的歌曲，为的是首演《戈雅之画》。

1916 年，那是在纽约。雪白与黑色，管道似的街道，到处是高大烟囱的通风口，它下面是地下室，行人如织，像显微镜下的微生物，我们也在其中，世界各国的五颜六色摇来晃去，这个环境充满了巧合与不和谐。这里有画家画出的生死窗口，有自然状态的生与死，另有一处窗口陈列馆，挂着世界所有画家的全部作品。到处（街道、公园、房间）都有世界各种画作的各种模特，哪怕是最罕见的，都有时代和风格的叠印。我们中有很多人正在走出自己的画面，或者自言自语，就像在纽约说话一样，正在出城或者打算进城。

恩里克·格拉纳多斯感到害怕，感到恐惧，灵魂和肉体都可以看见。恐惧什么？一切！依然怕大海，怕抽象的纽约，怕旅馆，怕剧场，怕人。他那完完全全的善良性格可以容忍一切，但是，他心中的焦虑显然无法减轻啊！下午，我听见他在弹钢琴，声音怯怯的、远远的，很优美，仿佛在道歉，仿佛要躲藏到那首世俗、得意、颤抖的《安娜·菲特修》里面去；随后，不大情愿地接受了人们的掌声，认为自己受之有愧；最后，从基督徒巴勃罗·卡萨尔斯[2]的角度以及从阿根廷红色大厅的角度看看另外一个方向。

纽约的喧嚣抓住了恩里克·格拉纳多斯，把他拖来拽去，真是预兆啊！好像大海抓住了一个还在自由状态的遇难者。四处肮脏的波浪把他推到这里、那里，水上、水下，弄伤了他，还让他笑了。这时，一阵龙卷风抢走了我的礼帽，把礼帽带到那条窄道上空五十层楼去了，然后，快速和决定性地扔进了一个垃圾桶里，算是完整的句号吧。从第六大街上的一堆煤上吹起一块火炭，落到了格拉纳多斯的围脖和胡须之间，发出了一股焦煳味。跑呀！逃跑！旋律通过空气和水飞跑。

从水上跑。他向大海跑去，这是他心中最大的焦虑。“如果狮子追你，赶快下海！”我一上小床，就有人对我这样说道。他在甲板上露了一面，盖住了脸的下半部，怕别人看见，他害怕生存环境，急忙逃走，好像害怕心中的魔鬼。逃避什么呢？他乘坐的客轮萨塞克斯号被鱼雷击中了。恩里克怕海，还是带着他的情人安帕罗跳了海。别的人没有跳，因为并无危险。人们从船上看见他出现在一个木筏上。随后，一个浪头袭来，木筏就不见了。（他躲开了恐惧；他忠实的情人，随他而去了，因为她嫉妒浪花，嫉妒维纳斯女神。）

注释：

① 恩里克·格拉纳多斯（Enrique Granados，1867—1916），西班牙钢琴家、作曲家。19世纪末西班牙音乐民族化运动的领导人之一。代表作《西班牙舞曲》深受老百姓欢迎，歌剧《玛利亚·德·拉·卡门》也是脍炙人口的作品。1900年创办音乐协会和私立音乐学校，培养了大批音乐人才。另有杰作《托纳迪利亚》和《戈雅之画》（1916年在纽约首演）。返回西班牙途中，所乘坐的客轮遭受德国鱼雷的攻击，格拉纳多斯不幸遇难。——译注

② 巴勃罗·卡萨尔斯（Pablo Casals，1876—1973），西班牙出生的大提琴家、乐队指挥，以精湛的技艺、深厚的文化修养闻名遐迩。他的演奏技巧有独到之处。政治上反对法西斯主义，反对佛朗哥独裁政权。1956年迁居波多黎各。始终为世界和平奔走呼号。——译注

15 米盖尔·德·乌纳穆诺[①]（1916）

堂米盖尔出山了吗？他直截了当，不管多么困难，像低飞的雄鹰一样或者说像海豚一样，朝着我们俯冲而下；他坚信沿着人生之梦可以找到一位精力充沛的梦游症患者；他本来是睡着的，现在已经从自己真假生活里醒来了……

……可这是什么呀？咱们后退，他也后退！不，不，刚才咱们不在这里呀！因为乌纳穆诺现在像镜子一样反射出来的景象是：他从炽热的黄土高原上下来了，没穿大衣，浑身闪烁着红色、银色和黑色，站如松，笑不露齿，双手插在上衣口袋里（挺胸，目光如炬，天生如此，听力聪慧），正在与飓风、闪电、主旋律般的雷声搏斗，如同大卫斗非利士人、参孙斗小狮子……老狮子已经没了！……打倒歌利亚！[②]

……小心！你可别醒过来啊！这副模样就会从我们眼前消失啦……你们别再推啦！……这样的话，咱们就永远别想到达他跟前啦！他也来不到咱们眼前了！你们就等着轮班吧！……堂米盖尔，如同路德派的圣徒克里斯托瓦尔一样，把基督圣婴、那个令人讨厌的小加泰罗尼亚人，从前是沙漠，如今是海洋，同沙子一道，应该说同美学上的地中海一道，传送到这个生硬的膝盖上……

……“所有人再次后退！”他下令道，口气把我们给吓住了，既像火焰，又像冰雪寒天，金色的龙卷风把一切吹散。乌纳穆诺，赤身露体，五颜六色，一副基督徒的古典形象，手里攥着必要的绳索，在马德里太阳门广场玩球，身边是关于教义和圣马丁的书籍……一个固执的自杀者拿着天平站在附近，一个模样像蝗虫的剧作家浑身哆嗦，也赤身露体，头顶夏日的阳光，面对一群笑容可掬的雕塑家组成的评委会……

……肃静，天地一片肃静。干什么呀？多么清凉的水珠啊！午休的时间过去了，柔和的下午来了，天空湛蓝。多好的想法啊！窗口外的景致里居然没有人物！只有朴素的天空，只有朴素的大地。那一定是堂米盖尔·德·乌纳穆诺，在这八月午休的时间里，和衣而睡，在床上做梦呢，梦见自己在萨拉曼卡准备这个冬天来马德里。在那干巴巴、生硬的梦境里，有我们扔石子打墙壁造成的回声，他在练习一种绝对的波浪式动作，一种直接传低球的方式，一种严格、决定性的拳术。

注释：

① 米盖尔·德·乌纳穆诺（Miguel de Unamuno，1864—1936），西班牙著名作家、哲学家、教育家。曾两次担任萨拉曼卡大学校长。因谴责佛朗哥独裁统治而被软禁，两个月后，因心脏病复发去世。他一生著作的散文和小说对西班牙读者很有影响。主要著作有《关于正统性》《堂吉诃德和桑丘的生活》《对生活的悲戚感情》《基督教的痛苦》《阿维尔·桑切斯》《雾》《委拉兹开斯的基督》等。——译注

② 大卫和参孙都是《圣经·旧约》中的人物，详见《撒母耳记》。歌利亚也是其中的人物，是非利士族的巨人，被大卫所杀。——译注

16 何塞·恩里克·罗多[①]（1917）

我看罗多一直就像雕像，纹丝不动。他的作品倾注了这位名人的一切，铸造出来是为了取代他本人的。他那具有普遍性和自由精神的散文，由于内中元素独特，而牢牢地居住在蓝天之上。他在美洲开创的那个世纪，虽然只有百年，却是不朽的。希腊、罗马、法国、西班牙的通信为罗多提供了一个美丽、永久、磐石般坚固的基础，他在这基础上，根据建设新殿堂、新柱廊、新楼宇的顺序，分配自己的石料。在我心中，罗多是位高水平的经典游客，是位手持常绿马黛茶、脚踏实地、流芳百世的朝圣者，是博物馆、图书馆，最佳季节、永远向阳花园里的常客。我们通过他（他想把自己的祖国乌拉圭建设成心地善良的美洲人永恒的所在地）看到他的家乡蒙得维的亚如同一座雅典、一座佛罗伦萨、一座萨拉曼卡、一座巴黎。因为人类有三张美丽的面孔：相爱时的脸、祈祷时的脸以及作诗时的脸。罗多试图把三者合而为一。

大约是在 1900 年，我们一些年轻人在马德里开会，有人提到了罗多这个名字，一种神秘的感觉抓住了我们。那时，我们只知道他那本《爱丽儿》，而且只有一册。于是，传来传去，争相阅读。那时真的梦想能有他的三本著作啊：漂亮的外观、蓝色封面、黑红色字母的《爱丽儿》《鲁文·达里奥》和《将来的那一位》。后来，1902 年，我收到罗多一封宝贵的信，是他评论我那本可怜的《抒情诗集》。再往后，他送来了我渴望已久的三本著作。再后来，1908 年，他为我那令人心焦的《哀歌》写了评论文章《隐秘的安达卢西亚》。后来，又是一系列文章：《普罗特奥的动机》《普洛斯贝罗的瞭望台》等。后来还有……

何塞·恩里克·罗多，看上去黑里透红，口音很重，高大魁梧，美洲人的健壮身材，从剧场的包厢座位上猛然站起来了。一位好友给我和他做了介绍。他给我的印象实在太令人惊讶了！我竟然不知道那个马德里阳光灿烂的上午，罗多在《西班牙》杂志编辑部里等着我呢！编辑部位于布拉多大街，那时主持工作的是何塞·奥尔特加·伊·加塞特和“费加罗”。可是我竟然不知道花园般的马德里正在以庄严肃穆的态度，用它那高尚、纯洁、翠绿的丽容，包围着一名他们需要的男子，因为这名男子与他们心心相印；我竟然不知道，从博物馆、植物园、皇家学院已经向佛罗伦萨的同一阶层的人们发出了通报和授权；我竟然不知道大西洋的海洋和岛屿已经把朝圣者恩里克·罗多抛在脑后，永远抛在脑后了！怎样才能拦截这个去向呢？

是呀，我实在太愚蠢了，居然不知道我和他短暂的会面是匆匆相识和最后的诀别！我居然不知道罗多这位优秀、健壮的行者，这位骄傲又慷慨的导师正在踏上不归路，迅速和直接穿过西班牙，在理想的意大利，在前往希腊的途中，与死神相会！

注释：

① 何塞·恩里克·罗多（José Enrique Rodó，1871—1917），乌拉圭著名作家、诗人、散文大家。拉丁美洲现代主义诗歌运动的重要代表。文学教授，图书馆馆长，国会议员，乌拉圭新闻协会主席，西班牙皇家学院通讯院士。1916年他作为《民族报》和《面孔和面具》杂志特派记者前往欧洲，访问西班牙、法国和意大利。1917年5月1日在意大利西西里岛不幸病逝。代表作为《爱丽儿》。作者借助莎士比亚《暴风雨》中的人物宣扬青年人应有的高尚品质，追求人格的完美，主张精神的崇高，反对拜金主义，反对实用主义，反对美国的实证主义。在政治上，他赞成玻利瓦尔的美洲主义。在文学方面，力主文字优美、和谐，文体风格与思想内容统一。其他重要作品还有《自由主义和雅各宾主义》《普罗透斯的宗旨》《普洛斯贝罗的瞭望台》《帕罗斯的道路》等。——译注

17 费尔南多·德·罗斯·里奥斯[1]（1931）

亲切、优美、侧向一边的笑容，面颊上有个孩子气的酒窝，带点小无赖的样子，眯缝着眼睛，眼圈是玫瑰色的（因为夜里看书、失眠，跟什么人亲热，熬夜）。

他属于受人欢迎的一族，远远地冲你微笑，在单独与你会面时，总是提前到场。（西班牙人如此的上山、下海、去乡镇单独约会真是美好啊！）一见面就是“对、对、对”“是、是、是”，高兴啊，热情洋溢，人人说“对、对、对”，皆大欢喜，身心愉悦。一声“对”让人回想起堂弗朗西斯科·希内尔曾经说过的“对，当然啦”，还让人回想起克西奥那第三种方式——声调拖拉，口气悲哀，汇集着这位劳动者的各种能量，劳动者每天陶醉于自己的事情里。

表示肯定和提出问题有两个符号，一个直的，一个弯的，（是在括号内吗？）里面包含着过去几千年和未来的轮回。“对、对”口气温柔，有礼貌。首先表示肯定，这是经过一段讨论而认可的，还带上客气的“您不这么认为吗？”接着随即在表示和解的首肯中，露出了瞬间的咧嘴一笑，前额随之高高地、骄傲地舒展开来。正常的微笑再次出现，同意一头扎进春天理想的砾芥植物之中，那里面充满了幸福的小鸟，充满了南方蓝色的清风。

这里、那里，介于和蔼可亲的声波中间，有冷漠的高音休止符，撞在安达卢西亚（南方）或者卡斯蒂利亚（北方）冷漠无情者的耳中。马德里的建筑群或者格拉纳达的故宫。现在，疲倦，沉默寡言，径直望去，一脸严肃，满目愁容，因为冥思苦索而感到男子汉的迷茫，头顶上是铆钉般的骄阳。这是高尚的星辰由于沙漠隆起而愁云密布的时刻，这是孤独的金雀花和孤独的蔷薇花之间暂时消失的一部分内容。（不幸是否即将降临？）那是为了坚决支持这个热情洋溢、笑容可掬的费尔南多·德·罗斯·里奥斯而必需的紧张写作。

这份内心的痛苦普遍存在……说出一声“对”，口气介于严肃和低沉之间，头上加倍冒汗。一声“对”，为着亲切地再说一遍。一声“对”，余音飘浮在空中。如同一块永恒的凝乳被扔在西班牙可怕的南方，奇怪地突然缩小了许多。[②]

注释：

① 费尔南多·德·罗斯·里奥斯（Fernando de los Ríos，1879—1949），西班牙著名政治家。西班牙社会主义工人党领袖。20世纪30年

代，人民阵线政府成立时，担任过部长。佛朗哥军队打垮了人民阵线之后，他与内阁成员撤退到法国，成立了流亡政府。——译注

② 这里指佛朗哥军队在西班牙南方发动进攻，突破了人民阵线的防御阵地。人民政府控制的范围大大缩小了。——译注

18 拉蒙·梅嫩德斯·皮达尔[1]（1932）

他从文图拉罗德里盖斯大街下行到阿尔玛格罗大街上，这是两条林荫道的中央部分。时间是秋冬之交、下午三点一刻，他身穿规规矩矩的丧服，大衣搭在胳臂弯上。

他的到来令人回想起他的方方面面，越来越高的个子，越来越黝黑的皮肤，尤其是在这个明白无误的敏感时期：九月的阳光和阴凉把一种静力学的一切都分为两种密度不同的蒸馏液，或者分为两种纯净至极的固体。在这条叫作瓜达拉马的横街尽头，有一座最完美的晶体化庞然大物，在它上面，山区的云彩用清晰的蓝、白、紫三色把真正的山脉，有时是高峰举得更高。

这个冷漠的西班牙人仅仅是从自己家里出来走走吗？仅仅是去市中心看看吗？拉蒙博士总是有股严肃劲，仿佛是去主持什么活动，大概是葬礼吧；好像有什么重大发现，可能是什么高级学术问题吧。他在工作，肯定十分重要，但他身上的一切装饰——浆硬的衣领、大礼服、肩带、十字架，并没有让他感觉讨厌。他里里外外忙忙碌碌，大概是礼节性访问吧。无论走在大街上，还是站在讲台，甚至出席什么仪式，堂拉蒙都是快速的。参加特别的游行或者出殡，他讲话吗？讲。

他讲话。也许他那和谐、悦耳的声音，虽然有加利西亚人说话气短的毛病，但会有助于维持这种弥撒仪式的秩序。他属于那类亲切、勇敢、话多之人。面对问题的本质，他不屈不挠；面对历史问题，他多愁善感。他的话人们能听清楚，虽然他不肯张大嘴巴，眼神里监护着什么，对什么事物有所保留，因为那是他档案柜里的珍宝。如果你从侧面看，别戴眼镜，那些珍宝只能看，不能碰，看得你伤心、沉重。有些珍宝从正面看，有男子气概，更像东方人，这是他本人的特点，比别人要多。

堂拉蒙·梅嫩德斯·皮达尔似乎是西班牙最有礼貌教养、不苟言笑的男子汉，最干净整齐，即使党派权力更迭，时间、空间、信息变换，他也是备受瞩目的人士。

注释：

① 拉蒙·梅嫩德斯·皮达尔（Ramón Menéndez Pidal，1869—1968），西班牙著名学者。研究范围包括民间传说、文学史、古典作家风格、词源学等。两次担任西班牙皇家学院院长。创办了《西班牙语文学杂志》。主要著作有《西班牙语历史语法手册》《评熙德之歌》《历史上和文学上的西班牙人》等。——译注

19 曼努埃尔·德·法雅[1](1926)

他悄悄地去过格拉纳达一段时间，格拉纳达给他提供了大量和睦融洽与永恒的元素。这位来安特盖卢埃拉小村闲逛的男人，也许看见了一个白边黑心的琴键屹立在一座高高的二层花园的一片翻动的乐谱里；也许琴谱被蒙上一层扬尘，变成了红色，是刺耳、刮脸、与飞机争鸣的西风所扬起的。一群人围坐在下层花园的独角圆桌旁（放着曼萨尼亚白葡萄酒和饼干），那里有身穿花边丧服、浪漫、窈窕的格拉纳达美女，有头戴别样时尚礼帽、永葆美丽的老妇人，那是外来的滑稽舞蹈的女演员，还有某位长着小脑袋名叫马赛欧的西班牙诗人。

法雅功力深厚，这在音乐方面非比寻常，他每周隐居一次，躲到艾勒汉布拉宫[2]上坡绿色波浪般的林荫里，徜徉在极其精美的紫晶、蛋白石、晶体石膏组成的内华达雪山[3]的怀抱里，那是法国诗人戈蒂埃[4]追求的意境；要么是法雅从圣尼古拉斯大教堂眺望那些静谧、孤独的乡间别墅群的方形建筑之中的暗红色圆塔，那是黄昏时分，天上乌云密布、翻滚不已；要么就是他融入一座花园别墅四周并不阴郁的万年柏树丛中，从东方冉冉升起的快活月亮在其上空照耀。

夜幕降临，喧闹声从格拉纳达城里传到山上来了：孩子们的叫喊声、教堂的钟声、羊群的咩咩声好似小星星在互相撞击（我们面对的是大星星），一声声军号嘹亮、断断续续的安达卢西亚民歌、高高低低如泣如诉的埋怨，外加来自拉维加平原摇曳不定的万家灯火。在这山上的小村里，孤寂是绝对的，令人心动的是那绿色的阳台，还有它那绿色的百叶窗，还有那绿色的路灯（挂在街头，照耀着死老鼠）。惊心动魄的神秘街角掌握着时间和方向，这位音乐家的梦境就藏在月光下的黑影里，笑容可掬，满面春风，那是在做完念珠祈祷之后，讲究韵律的幽灵在唱吉卜赛人神秘、古色古香、沉沦的歌谣时发出诱人的声声叹息。

注释：

① 曼努埃尔·德·法雅（Manuel de Falla，1876—1946），20世纪初西班牙最杰出的作曲家。优美的旋律、僧侣般的苦行精神与强烈抒发的内心激情，形成了具有鲜明特色的西班牙风格。他很好地继承了教堂音乐、民乐和古典歌剧的传统，创作出具有新古典主义特点的歌剧、芭蕾舞剧和大型组曲，如《人生短暂》《爱情魔法师》《三角帽》《西班牙庭院之夜》等。——译注

② 艾勒汉布拉宫（Alhambra），阿拉伯文原意是红宫。位于西班

牙南方安达卢西亚地区的格拉纳达，是摩尔人的王宫。建于1238—1358年，宫殿内部装饰华丽。1492年被西班牙天主教国王占领。1516—1556年查理五世统治西班牙期间，进行了重建。1812年法国拿破仑军队入侵时，破坏了一些塔楼。现在成为西班牙旅游胜地。——译注

③ 内华达雪山（Sierra Nevada），西班牙东南部地中海附近山脉，东西绵延42公里。格拉纳达位于这条山脉的北端。——译注

④ 戈蒂埃（Théophile Gautier，1811—1872），法国诗人、小说家、文学评论家、著名记者。对法国浪漫主义文学的转变有重大影响。他鼓吹“为艺术而艺术”，震动了法国文学界。重要作品有《阿尔贝蒂斯》《模班小姐》《西班牙之行》《珐琅和玉雕》等。——译注

20 何塞·奥尔特加·伊·加塞特[1]（1919）

国外给何塞·奥尔特加·伊·加塞特下了明确的定义。在国外给他下定义的时候，他在拨弄闪电：各自的本质露出原形，他身上露出的上半部，只要凝眸注视一眼、只要一开口说出漂亮话，我们就看到了他那饱满的天庭，或曰前额、眼睛和下巴；他眉头紧锁，自觉冷酷，却让我们觉得和蔼可亲，而他四周全是被开垦的土地和令人特别讨厌的人群。

他每天精心安排自己的散步路线：沿着密布深绿色的开心树林，那里面有身穿白裙的漂亮仙女。（散文家阿索林站在日耳曼书店，摇晃着手里的《观众》杂志，对我说："何塞是钻进了自己迷宫的魔鬼。"我回答说："那是月桂迷宫。"）到达后，他的意志背叛他的感情，感情是高尚的私货，由于他把感情纳入没有人情的遗忘里，猛然看去像是没有感情。刚一走进树林，好像是靠近一棵参天大树，他产生了强烈的酸甜感以及自己血液中央末端鲜红的亮光。

粗暴或者粗鲁地大概要追寻是什么人拿走了他的东西。他来这里不是为了什么，而是由于受某种原因驱使。他需要自己灵感中深藏的友谊。他要分析这个，分析那个，研究那些不愿意落入日常圆圈的人们，这类圆圈是奥尔特加从自己的位置上给他们设置的。奥尔特加也给自己画圈子，如同橡皮圈一样，他向后面一跳，让那些人走进各自的圈子，为的是与他的圈子联手。奥尔特加，挺起胸，你身穿镶嵌金银饰物的铠甲，字正腔圆地说说你的信心吧。很快，他就一心一意地投身到全面的渴望中去了。火炮般的威力，穿越地平线的吸引力，把大洋彼岸的公众都给吸引过来了，这让他为提升精神境界而四次转变了方向。受众站在会场台阶上雷鸣般的掌声是对这位日落后点燃篝火者的回答。有一次，他站在一片绿色的山丘上，把他那因爱辩论而出名的成就丢到身后，对我说："从前啊，我也像您一样需要坐下来思考问题。如今啊，我一边走路一边思考。"他在路上边说边想，形成了他那圆满的均衡论。这番话在颂扬他的想象力、他研究学问的诗意脑壳，如同面目一新的船用三角旗，仿佛熊熊燃烧的瓦斯，他的想象力摇晃着自己旗帜上的西班牙颜色，与夕阳一道，驶入意义重大、最为黑暗的地区，因为那里虽然是黑夜，但荒漠中在星光下闪烁着宝藏。

注释：

① 何塞·奥尔特加·伊·加塞特（José Ortega y Gasset，1883—

1955），西班牙著名哲学家、文学家。他的思想对20世纪的西班牙文化发展有重大影响，也是20世纪生命哲学的重要代表之一。主要著作有《堂吉诃德的冥思》《现代题材》《没有主心骨的西班牙》《群众的反叛》等。担任过《太阳》和《西方杂志》的主编。他的历史学观点，即知人论世、知世论人，人与环境合为一体的思想，在历史学界产生了重大推动作用。——译注

21 尼古拉斯·阿丘卡罗[1]（1914）

我认识尼古拉斯·阿丘卡罗之后，给他起了一个外号“曙光”（认识他的时间是1902年，地点在将军街胡安·马迪娜威迪亚暨路易斯·席马罗实验室，那时是座小山，有几棵孤零零的黑杨树，可自由出入）。他走进哪里，哪里好像就有了曙光，是普照大地的阳光，既可爱又可恶，是属于东方所有年轻人的，带来了天天需要的光线、辐射和问候。可尽管他不大喜欢像医生那样走正门，给人看病时却像从窗户射进来的阳光那样不带医生色彩，但带着不可避免的紫外线。

是的，我不知道他过去怎么样，现在他身上却总有酒气，令人心醉的酒气。是一种玫瑰色、金色香槟，带着四月春日的阳光。可以看到，他狂热时，心脏中枢通过某个微妙和深入的地方在叩问生命。他手中的理想如同血液一样不知疲倦地流动着。智慧女神的雄鹰舒服地生活在他肩头，上面有块马马虎虎的灰色垫肩，带着一根金色的头发。但是，炯炯有神，唱着比利时或者安达卢西亚金丝雀的歌，声调不是人妖的那种，绝无嘲讽的意味。

（一位在我少年时打算教我学鸟儿唱歌、来自瓜代拉堡[②]的好老师说这种黄鸟名叫“阿拉多·卡亚雷”。）

他在游览国内国外的活动中，在运用各种语言的时候，在一次又一次的舞会上，在实验室的工作中，在听音乐、看书或作画的各种场合，始终高举这面国际旗帜，潇洒、大气的旗帜，它如同美女或者仙子的长发随风飘飘，这是有人跟他唱反调时对他表示好感的奖励。假如他要逃跑，大家可别阻拦他呀！如果有人让他吃苦头，那么他会在跳过逃跑的栅栏之后，用七种外语和一种地地道道的北方毕尔巴鄂方言发誓报仇。尼古拉斯·阿丘卡罗整天乐呵呵，有活力，有进取心，为人善良。

……现在触及一点初秋的秘密，我不知道它属于这悲惨世界的哪个侧面，在那粉红色的信念跟前，有种事物类似于病态的金丝雀、病态的黑杨树，但是，通过黑杨树正在变化的金色树叶、金丝雀的翅膀，它要飞到哪里去啊？一道更加强烈、更加清晰可见、更加逼近、更加硕大的阳光，纵使永远是日落西山，也永远会再度破晓，哪怕下一次罕见的日食正在迫近。那是真正的太阳，美丽的太阳，充满深刻和稀罕智慧的太阳，虽然它外表像半透明的光碟……太阳是严肃的。严肃吗？它通过这位自由的巴斯克汉子让世界兜了一圈。某种东西让秋天把春天绿色的恶习换成了三种黄色的善举。

看来这没有曙光、没有他在内的曙光，就在他毫无察觉之中冉冉升起了，让他悄悄丢开痛苦，丢开因为一句可怕的怪话而浑身痉挛的状态。

注释：

① 尼古拉斯·阿丘卡罗（Nicolás Achúcarro，1880—1918），西班牙著名医学家。在对一些疑难杂症的研究中有重大贡献，例如老年性神经官能症、老年痴呆症、酒精中毒、狂犬病、舞蹈病、瘫痪等。在欧洲医学界有很高的知名度。他出生于西班牙北方巴斯克人居住的毕尔巴鄂。英年早逝。——译注

② 瓜代拉堡（Alcalá de Guadaíra），西班牙西南部安达卢西亚自治区塞维利亚城镇，位于塞维利亚市东南五十公里处，临瓜代拉河。经济以面包和面粉业为主，素有“面包城”之美誉，也出口橄榄和橄榄油。瓜代拉堡是旅游胜地，保存有古罗马和西哥特人留下的古建筑遗址，是西班牙国家级重点保护城市。——译注

22 安东尼奥·马查多[1]（1919）

我只看见他沿着古老、红色、杂草丛生的小路，围着城楼艰难地兜圈子，好像不愿意践踏那些源自想象的天女散花。来到我身边后，那是一次与岩石的误撞，我感觉突然之间他高大了许多，仿佛一个影子从燃烧的天幕上方升起来，如同参天大树，长到一定的高度，就难以再看见它在空中唯一的外观。

安东尼奥·马查多跟那位有条不紊而又伤感的音乐家一样，漫步在“海岸边”，路线就是那些土城的外墙（索里亚、马德里、巴埃萨、塞哥维亚）[2]，心情沉重，动作缓慢，从一头到另外一头，神态高傲，继续前行，手持一本破书，走起路来总是心不在焉。我曾经在他家朝西的屋子里，位于福恩卡拉尔大街，见过他哥哥何塞的一幅画作。画面上，小安东尼奥正在跟奶奶玩牌，他手上举着一张牌，眼睛望着阳台上特里阿纳小区的茉莉花和动作轻盈的母亲，他撇嘴一笑。这副笑容露出了整齐的牙齿，如同那常绿的砾芥从一堵大墙的亮处转移到了我们西南的、破旧、废墟般的海岸上来（圣玛利亚港、罗塔、桑卢卡尔）[3]。

任何事情他都会微微一笑，总是笑眯眯地面对一切。他自己看不见自己魁梧的身材，但脑海里肯定觉得自己高大无比，尤其是面对别人的时候，尤其是模糊的仪表已是不变的往昔以及美好的回忆成了正在体验的现实之时。他像我家橘园尽头那座带水斗的水车上拉套的老牛，孤零零地围着水车转圈，丝毫没忘记水斗里的水，尽管是休息的时候，也没有忘记水槽里发亮的水面，尽管水并没有飞溅出来（水槽底部黑乎乎一片）。

每当安东尼奥·马查多离去时，我脑海里就浮现出他手里举着意外拿到好牌的神情，一面出神地想象着那位在西班牙海外属地上行走的兄弟、《在路上》里面迷茫的英雄，这本书记录了令人悲伤、窒息的地平线那边的巷子和城墙之外的秘密。

注释：

① 安东尼奥·马查多（Antonio Machado，1875—1939），西班牙著名诗人。1898年一代作家中的重要代表。在政治上，他反对军事独裁，支持人民阵线成立的共和政府，1931年4月4日他成为在南方塞维利亚市政府升起共和旗帜的代表之一。佛朗哥发动军事政变后，他毅然参加了保卫共和制度的战斗。1939年撤退到法国边境小城高里奥尔后病逝。主要作品有《孤独、长廊和其他的诗歌》《卡斯蒂利亚的田野》《洛拉到港口去》《在战争中死去的人们》《一个年轻的西班牙》等。马查多诗歌创作的主题包括土地、风光和祖国。他笔下的自然风光充满

了诗意，又从大自然联想到社会现实和祖国的命运。他的诗歌形式近似民歌：朴素、明快，易于上口。西语国家现当代的年轻诗人十分钦佩马查多的为人和为文。——译注

② 索里亚（Soria）是马查多教过书的小城市。马德里是他工作过的地方。巴埃萨（Baeza）是一座西班牙小镇，马查多生活过一段时间，目睹了那里落后、愚昧，以及不公正的现象。塞哥维亚是马查多任教员的城市，距离马德里不远。——译注

③ 圣玛利亚港（El Puerto de Santa María）、罗塔（Rota）和桑卢卡尔（Sanlúcar）均是位于西班牙西南部濒临大西洋的海滨城市和港口。——译注

23 费德里科·德·奥尼斯①(1929)

时钟已经敲过三下。别人纷纷走进会场，大家慢慢安静下来，只有从黑杨树山上射进来的阳光在嬉戏。这时，奥尼斯来了，迈着进行曲的步伐，左手臂夹着厚厚的公文包，右手的食指和中指揉搓着太阳穴，眉头耸动着，让人们注意到了那饱满的天庭，嘴巴里快速咀嚼着饭后葡萄、面包和奶酪。这位可是逃学出身的英雄啊！何塞·奥尔特加·伊·加塞特从一扇绿色的窗户前冲我们微笑，一看见奥尼斯进来，他说道："这位可是来自托尔梅的农牧大仙啊！"大仙的目光注视着诗人的圆秃顶，无赖似的哈哈一笑算是道歉，像个中学生一样打算蒙混过关。这个费德里科·德·奥尼斯是那个萨拉曼卡地方的孩子吗？

我记得海涅有一首诗（可能我再也找不到了），诗中说，有一颗正在冉冉升起的星星，忽然间从属于诗人的空中坠落下来，变成了瓶子的厚玻璃。于是，费德里科·德·奥尼斯扭头听着厚玻璃突然落地的声音，表情严肃而忧伤地看看地面，再次忘记了他本该快速入场的时间，而是给我们朗诵起诗歌来了，高高的样子，十分陶醉，小树林里天生的演员，一面用左手的中指合并食指再次揉揉太阳穴，再次露出了前额，眼睛湿润，呈绿色，像是金属的光泽。他朗诵的是霍尔赫·曼里克[2]的优美诗句：

把生活安排在桌面上以后，
生活的法则就会一次又一次……

接着是开始对路易斯教士的圣杯进行神奇的礼赞：

田野已经拥抱了她的美丽……

忽然，他似乎想起了什么，弯腰，再次哈哈大笑，声音像雨点落地，炫耀一下这个，炫耀一下那个，接着，抽了几口又臭又碎的卷烟，背着风，面朝地板，把手里的卷烟变魔术似的给变没了，手法像学徒工，另外那只蝴蝶从人们的视线里飞走了。与此同时，他一面捆绑皮鞋上难以找到的鞋带，那鞋子上蒙着厚厚的来自萨拉曼卡的七层尘土，一面开始死盯住 A，说他的坏话，然后，说起他喜欢的短篇小说，用玩笑的方式礼貌地说起了 U。

他留着小青年的胡须，看上去像前天的小卡莱尔[3]。但他属于那种人：面貌略显粗野，不服刮脸刀和梳子的管教，不喜欢打扮，不修边幅。奥尼斯的样子今天跟昨天一样，跟一年前一样，始终表里如一。我估计，无论他在西班牙还是在美国，他会一直如此，坚持到最后一分钟。他一次又一次去美国，回来的样子不知道为什么会像从前在美国的卓别林以及如今拉美的夏尔洛[④]，如果他有胡须，则更像一位美国的卡莱尔。不晓得奥尼斯在纽约的什么萨拉曼卡第八商店偷偷买下了那样一副外表，他总是在更新原来的老样子。

为了缩短时间和空间，他在回忆并且反复吟唱：

上帝多么有诗意呀！
天主教的神殿多么有诗意呀！
里面包含着多少原创、稀有、美妙的东西！

你们怎么会不晓得这些诗句是谁写的呢？是索里亚[⑤]的呀！对，霍尔赫·纪廉[⑥]先生。是索里亚的，他还是您老乡呢，也是努涅斯·德·阿尔塞[⑦]的老乡。迎着风和水，那笑声又从乱蓬蓬的灌木丛里传过来了。

他真正的开花结果总是从交换中得来的。但是，用语言学和别的历史作为交换，这是他从中居间调换的依靠，他把西语文化移植到北美去，通过相应的窗口、来来去去的大洋，把甘草根用原来的土壤送到西班牙的乡下去。在四肢的活动中，他把精力献给了叶子，让膝盖、胳膊肘、肩膀、紧张的太阳穴发光。他行囊里还藏有自己湛蓝的翅膀，充满活力、有弹性、光鲜的翅膀；他总要携带翅膀一道沿着西班牙自由的林荫道、那属于大海绝妙的姐妹之河飞翔。他不断变换方向，大海为之掀起波浪。

注释：

① 费德里科·德·奥尼斯（Federico de Onís，1885—1966），西班牙文学教授、文学评论家。《西班牙语言学杂志》创办人之一。曾在美国传播西班牙文化。担任过《西语文化杂志》主编。编辑过《西班牙和西班牙美洲诗选》。——译注

② 霍尔赫·曼里克（Jorge Manrique，1440—1479），西班牙黄金世纪诗人。代表作为《挽歌》等。——译注

③ 卡莱尔（Thomas Carlyle，1795—1881），苏格兰散文家和历史学家。重要著作有《成衣匠的改制》《法国革命》《宪章运动》《论英雄、英雄崇拜和历史上的英雄事迹》等。——译注

④ 夏尔洛（Charlot），电影艺术大师查理·卓别林塑造的流浪汉形象。——译注

⑤ 索里亚（José Zorrilla，1817—1893），西班牙多产作家。戏剧、小说、诗歌均有上乘之作，如《勾引女人的唐璜》《鞋匠和国王》等。——译注

⑥ 霍尔赫·纪廉（Jorge Guillén，1893—1984），西班牙著名诗人。1927年一代重要人物。代表作有《诗歌》《呼声》等。——译注

⑦ 努涅斯·德·阿尔塞（Gaspar Núñez de Arce，1834—1903），西班牙作家、政治家。历任内阁大臣。著有剧作《一把柴禾》、诗集《战斗的呼唤》等。——译注

24 何塞·古铁雷斯·索拉纳[①](1930)

他早就站了起来，精心打扮，身穿灰色西装，或者可以说，他转身困难，因为鞋底的螺丝没有拧紧，看上去他像一座可以拆卸的风向标。

我看见他的那一次（在蓬博，冬天，人人哈着白气，宴会散发着淡淡的猫尿味，置身于镜子里映出的一群小姐之中），觉得他很做作，画面是用粗俗的笑话、混凝纸板、玻璃假眼睛、咸金枪鱼、光头构成的。这一切都很朴素地装进他自己设计的三层玻璃瓶里，保存着自己的烈酒。他全身充满活力，与他那时的仪容一点儿也不协调。衣领、领带、衣服、靴子，附加的一切，都处理得无涉环境，没有背景。

既然互生好感，称兄道弟，就该志同道合。原材料、配料、普通人、喝醉酒的妓女臀部、佛罗里达的碱液、柔软的化石、蜡白、酥软的胸脯、结实的缎子、涂鸦上的松节油。不可避免地都由妓女陪伴，如同沙丁鱼一样永远挤在一起，永远陪伴着他。有已经雕刻好的人像，有樟脑油，有金枪鱼干；有上吊的、淹死的、老死的，有他玻璃柜上的毛玻璃，那玻璃柜里面的内容就是他自己，一座、又一座考古博物馆；在他打算离开自己的历史时，任何别的人类史都不会接纳他了。（天啊，难道能有什么女子历史能接纳他吗？）

国务会议厅的红沙发上已经没有他的位子——用不着向他伸出援手。他必须巧妙地避开自己那套装腔作势的歌剧表演，必须躲开自己那个小区有才气的诗人和计时器，必须躲开自己夜间的另外一种煤气。

在装饰西班牙的《末日审判》时，他让我们把它悬挂在圣像上，我们这位著名的闭门作画的先生，把最为罕见的生活推到了他那最为丑陋的升天之地。在停尸的第一天，一切都让我们提前了，或者推迟了，他用那神奇的香油给开始习惯的生活涂抹上和谐的色彩。他那积德行善的手笔拦住了我们的去路，他的摸索让我们着迷，他要我们允许腐败存在，因为那是一种表演，对我们没多大危险。强大的美学腐败势力，如果换成可以证实的奇特角度来看，肯定会消化不良的，其中大量的颜色小虫都会定格在它们来来回回的活动里，仿佛要永远珍藏在里面。

注释：

① 何塞·古铁雷斯·索拉纳（José Gutiérrez Solana，1886—

1945），西班牙画家、作家。20世纪初西班牙文化复兴运动中的代表人物之一，追随表现主义思潮。自学成才。经常深入马德里郊区的贫民区去体验老百姓的艰苦生活。他的散文集《马德里：风景和习俗》，深刻、尖锐地反映底层人们的处境，深受广大读者的欢迎。重要著作还有《黑色西班牙》《马德里小巷》《卡斯蒂利亚两座村落》。此外，还创作了一部长篇小说《弗洛伦西奥·科尔内赫》。晚年，闭门作画，代表作有描绘妓女卖淫场面的《克劳迪娅的职业》、描绘文人墨客聚会的《蓬博的茶话会》，在西班牙美术界很有影响。——译注

25 何塞·莫莱诺·威亚[1]（1917）

那是一次午间休息，那是一个夜晚，那是一个不宜访客的深夜，他累了，厌倦了，不想等待什么他知道理所应当的重视，他希望得到重视，他说他希望得到重视，他说人家就是不重视他。他悲伤、痛苦、消沉地听候圣龛安排；经常去羊肠小路，或者扎堆到人多的地方，为了欺骗西班牙人的孤独感。那是木制的，是的，是挑选出来的木材，裸露的，属于自然状态，他严肃认真地这里、那里罕见地描绘一番，或者是断断续续地描绘一下。像手心窝，手心窝像药房里出售的石臼，是苦臭椿的树皮，能让饮水变得很苦，不得胃癌、不堕胎、不去地狱的人们，不愿意喝这种苦水。他必须独自一人回来，或者带上土绿色的胆汁回到那痛苦的小巷里去。

他那尖哨般的歌声有酸溜溜的旋律，有生硬的摩擦音，很难通过他那僵硬喉咙的植物纤维形成的压缩空气。有时，他的胸腔一染上人气就激动起来，干干净净的星星离开了胸腔，仿佛蝼蛄在给星星挠痒，或者是像近距离冷气中的大麻花。

有一次失火了（他身上的边边角角都有烧焦的痕迹，歌德式的头发上有一堆堆灰烬依然可见），总之，是一次打击，差不多是神灵的安排，他那颗心，就是各种木料的中心——檀香木，从万木丛中散发出自身特有的芳香。那时，他的主心骨牢牢扎根于新兴的日耳曼和处女般纯洁的西班牙之间；后来转向了重度烟霾，伴随每一次朝日东升，他都跟从各种有威望的人士回来，哪怕是短暂的露面，无论有无成果。他说，伟大的音乐家巴赫的声音可以传到他耳中，是不是从德国的爱森纳赫②，沿着那条干涸的石子河，传到了马德里的直辖区巴列卡斯③？我觉得他本人更像是巴赫的托卡塔曲，比单簧管、巴松管和短号不和谐的三重奏更像巴赫，因为这三重奏正在演唱他生活的咏叹调，那是一种受了伤、缩在阴暗角落的地下生活。

注释：

① 何塞·莫莱诺·威亚（José Moreno Villa，1887—1955），西班牙诗人、散文家、艺术史专家、画家。出生在西班牙南部海滨城市马拉加，在墨西哥首都去世。西班牙1927年一代重要作家。多次往返美国、墨西哥、西班牙之间，成为三国重要的文化交流桥梁。他自己也是多产作家，著有大量短篇小说、诗歌、剧本和画作。诗集《进化》在西班牙诗歌界广有读者。——译注

② 爱森纳赫（Eisenach），德国城镇。莫莱诺在那里读

书。——译注

③ 巴列卡斯（Vallecas），西班牙首都马德里的直辖区。莫莱诺在那里生活和工作过。——译注

26 费尔南多·魏亚龙[1]（1930）

那天夜里，大大的满月（时间是下半夜两点；地点：马德里，维拉斯克兹大街的一条长凳上），费尔南多·魏亚龙浅黑色的圆脸紧盯着像塞维利亚绿橄榄色的月亮，出神地想着这银盘似的、来自东方的“明镜”也一定照看着整个塞维利亚大地吧，他低声对我们说：

“这个时候庄园里正在灌溉呢。”

这位神智学[2]者、牧场主、诗人，三种身份挤在一个身心健壮的完人身上。三种人性发出的微笑让他小小的嘴巴向上翘起。

嘴唇一撇，淡淡一笑，介于多愁善感和怀疑之间，翱翔在面部，仿佛阳光照射在对面不知名的玻璃上反射出来的光线。但他的微笑不是那种说句软话、偷偷打个哈欠、家长讲句粗话就突然消失的一笑，如同用他那树皮般粗糙的手打一只讨厌的苍蝇一样迅速。（眼下，远处，马德里那灿烂的黎明；孤零零的肯定就是那条长凳了；费尔南多·魏亚龙孤零零地待在东方的一个画廊里！）他不知道走不走。（两点半。）挪动、挪动有点儿费劲。（三点。）他这棵极富诗意的松树长得太快、太不寻常、太令人感到惊讶，早就打乱了他另一种节奏的发展。（三点半。）他的胸腔塞满了脏空气，未经修理就垮掉了。（四点。）同样，他的内脏全凭着奇迹互相支撑着，一个顶着一个，全都离开了原来的位置。

必须让他动一动啊。（1930 年 3 月，我来到这里，来到他美丽的塞维利亚，金光灿烂，寒冷。）可是，费尔南多·魏亚龙，善良的诗人，驾鹤西去，永别了。

注释：

① 费尔南多·魏亚龙（Fernando Villalón，1881—1930），西班牙贵族、牧场主，诗人、神智学者。长期潜心研究神智学，写诗，尤其是研究安达卢西亚民歌。与此同时，在自己的农场里种粮食，饲养牛羊。诗作有《托利亚达》《八零代歌谣集》《魏亚龙诗全集》等。——译注

② 神智学（Teosofía），是一种综合宗教、科学和哲学来解释自然界、宇宙和生命等大问题的学说。神智学认为，它是一套构成所有宗教基础的真理系统，并不能由任何一门宗教声称独家拥有。神智学提供了一种哲学观点，使得人们能理解生命，并显示了宇宙内引导生命进化的正义和友爱。神智学给死亡以应有地位，因为死亡是无尽生命里的必经之路，一个通往更全面和更光荣的存在之路。神智学将心灵的科学性归还于世界，使人知道自己就是那灵性（Espíritu），而智力和肉体则是灵性的仆人。神智学照亮了宗教的经文和教义的诠释之路。——译注

27 哈维尔·德·温特乌森[①]（1920）

他是熊的新变种吗？对，是花园熊（金发，多愁善感，滑稽），喝矿泉水，爱吃茴芹拌素馨。

温特乌森一直在他自己的林中洞穴学校里学习说话，像个熊崽，像个长不大的男孩，还没有长出（就像没长出智齿那样）智慧的眼睛。用那早期隐蔽的快乐眼睛，用隐蔽在碧绿睫毛下面紫罗兰般的眼睛，看啊，看啊，长时间看着大自然，我们真正优美、敞亮的安达卢西亚的大自然，最后他解释绘画颜色，第二幅绘画的颜色。

他一向用左手。你们都知道他说过那句可怕的骂懒人的话："如果你会用右手办事，那就让左手办吧！"但是，他自己从来也不会用右手办任何事情。因此，他的想法、他的感情很难打破（其实很容易啊！），那些想法和感情好也罢，歹也罢，可以说，都特别自然而然。

他那些田野，他那些花园，里面深藏着建筑学。那些田野和花园优美动人，赏心悦目，绝对不是装饰品，绝对不是赝品，仅仅就是田野，仅仅就是花园，感谢塞维利亚的上帝吧！温特乌森在田野和花园里四处悬挂着自己那贪婪的眼神、充满乐趣的目光，如同蓝色荒野上的星星签名。他那些简单的转移就是一种渴望生命的肉体付出的爱抚，就是玫瑰色、绿色、金色的安达卢西亚归还给情人的秋波（传送给那些愿意用孩童般、大风景画家的目光、那花园熊的眼神回想家乡的人们），用来感谢那位看过家乡、想念家乡以及非常小心谨慎、谦虚、孝顺家乡的人。

注释：

① 哈维尔·德·温特乌森（Javier de Winthuysen，1874—1956），西班牙画家、园艺设计师。早期多画安达卢西亚地区的风景。20世纪30年代中期以后，多画地中海海景。早期属于风景画派，后期追随法国的印象派。在教育问题上，赞成西班牙自由教育协会（1876—1936）的主张：实行自由和全面教育。在园艺设计方面，尤其是花园建筑和花园空间布局设计上，有重大贡献。鉴于他在修复西班牙古建筑以及整理皇家园艺资料方面取得的巨大成绩，西班牙萨拉戈萨市政府于2004年用他的名字命名了该城的植物园，以示纪念。——译注

28 佩德罗·萨利纳斯[1]（1923）

佩德罗·萨利纳斯来了，脚上还带着泥土，浑身上下是绿叶、花朵、果实，高度地浓缩在一起。拿来一棵让人喜爱的好树，是他亲自动手从家乡宁静的果园里挖出来的，微笑着送到这里，让我们这些怀抱希望的朋友们看看。

这位西班牙东部地区善良、慢性子的诗人与一个男孩子的区别仅仅在于此。那么大小呢？无须怎么样即可明白，因为大家都是“最为自然而然”的男子汉嘛。（因为他独自一人在西班牙的塞维利亚、英国的剑桥大学、法国的巴黎大学支撑着蓝天下那片长势良好的绿荫已经感到累了，他要出来看看能不能遇上那手持自己精神的树冠，高尚、结实、神秘、豪爽的当下漫游者。）

那……来啦？还没有呀！佩德罗·萨利纳斯再次离开了马德里，逗留一个小时后，走得很急。心神不宁的果树，小心啊！注意那美丽的树冠！（我的天啊！太晚了，我的上帝！）他笑着回来了，满面红光，回到了自己的活人墓穴、大地上快乐的坟墓，回来在阳光下吐绿，长出大叶，回来让最干净的世界开满鲜花。

但是，你们看看吧：这个夏季停滞不前的夕照，用介于尘土和烟雾之间的纯红色，给我们的桌面留下一堆灿烂金光和丰富黑影交相辉映的、美丽至极的人文果实，这是超人的预兆。

注释：

① 佩德罗·萨利纳斯（Pedro Salinas，1891—1951），西班牙诗人、散文家。1927年一代作家重要成员。出生在马德里，逝世于美国波士顿。曾经留学法国，后在巴黎大学、英国剑桥大学、美国霍普金斯大学任教，翻译出版了普鲁斯特的《追忆似水年华》。把西班牙古典战功诗《熙德之歌》译成了现代西班牙语。重点研究过15世纪西班牙著名诗人霍尔赫·曼里克和拉美现代主义诗歌运动领袖、尼加拉瓜著名诗人鲁文·达里奥的作品。代表作有诗集《预兆》《厄运必临》《为你歌唱》等。——译注

29 阿尔丰索·雷耶斯[①]（1933）

我认识阿尔丰索·雷耶斯是在有轨电车上，车厢外面写着紫黄两色的“萨拉曼卡公司”，地点是在马德里、卡斯迪亚纳大街的国立图书馆站。我一上车就看出来是他。他冲我笑笑。是的，他笑一笑，后来也总是这样微笑，无论是在他那巴尔迪利亚斯将军大街的一楼小屋里，还是在塞拉诺大街的大单元房里，还是在历史研究中心，还是在墨西哥大使馆，还是在我家里，他都大大方方、姿态潇洒、笑容可掬地接待我。不知我的记忆是否正确，那个时候，阿尔丰索·雷耶斯留着墨西哥式的小胡子：平直、两端下弯，与热烈而顽皮的眼神以及常常露出笑颜的两腮酒窝十分和谐。那时他还个子不高、微胖。我以为他会永远这样下去，永远是个顽童，永远是个年轻的小伙子，但他已经很老练，而且很有名气。不是古典派笔下的那种两张脸，一张属于过去，一张属于未来，二者合一在一个脖子上；而是二者以脊髓为轴心，全面、整体、灵活转动地融为一体。生命的本能、灰色脑髓、渴望生活和推动生活的力量两倍、三倍地增长。

此公三位一体：在一个阿尔丰索·雷耶斯身上，精神状态、性格差异、文化修养、思想觉悟、聪明机智、宽容待人，都超人一等。此外，头脑清醒，意志顽强。他这样用旁人的东西武装了自己，是从何而来的呢？他自己充实自己，投身的事业因而与众不同，但究竟是如何形成的呢？命运的安排是如此坚决，这样的例子太漂亮了！至少有三种血统加入了最后的统计里。有多少？他的散文、他的诗歌可以告诉没有亲眼见过他的人，里面有七种特性：斜的、直的、圆的、尖的、方的、竖的、横的。有土著人走过的路，有西班牙人走过的路，有墨西哥人走过的路，都走向永远出色。都是最高水平，都是全心全意投入的结果，都经过仔细分析，都有深刻的思想，都有喜悦，都有决心，都平心静气，绝不忽略任何东西，哪怕一个逗号，都有国际和宇宙的意义。

阿尔丰索·雷耶斯拯救一切可以拯救的东西。他把墨西哥的一切，模范而友好地聚合在一起；扬弃时慷慨大方，继承优秀的一切，没有必要天天来来往往地恳求。他是坚持说出或者保留真理的好典范，是禁得住考验的朋友。无论他站在哪里，都是一座优美的城堡，都是一座帐篷，为的是想在城堡外面走动走动，想留在露天地，因为大自然里有最丰富和朴素的真理。后来，他到了需要他或者说他喜欢的地方，架设收听器和发射器，开始热情地发射和接收信息。现在，你们听听吧！他在笑，他在唱歌呢！（真的很严肃。）他通过炎热或者寒冷的大气、山川，或者平原，从东南西北给我们送来了四季花香和水果，是他让四季都变得赏心悦目的啊!

注释:

① 阿尔丰索·雷耶斯(Alfonso Reyes,1889—1959),墨西哥最知名的诗人、散文家、小说家之一,著名的文化学者、思想家和外交家。他的为人为文在拉美和西班牙都享有盛名。青年时期,组织过文学社团,经常讨论哲学和文学问题,参加过一系列传播文化的活动。二十一岁(1910年)就出版了《美学问题》,是研究文学和哲学关系的著作。书中批判了欧洲流行的实证主义。他反对1910年的墨西哥大革命。1912年在大学开讲西班牙语和西班牙文学史。1914年初出使法国、西班牙。后来在西班牙流亡十年(1914—1924),专门从事文学研究和文学创作。研究意大利哲学家克罗齐的美学思想。在马德里的历史研究中心工作,当时中心的负责人是著名作家拉蒙·梅嫩德斯·皮达尔。与此同时,还为报纸杂志写文章。重要著作有《西班牙黄金世纪研究》《巴洛克与贡格拉》《马德里画稿》《自杀》《猎手》《晚餐》《斜面》《胡安贝利亚的证据》《蟋蟀之家》《真话与谎言》《三件宝》《晚餐》等。阿根廷著名作家博尔赫斯对雷耶斯的评价是:“雷耶斯是任何一个时期的西班牙语散文大家,是最佳西语文学评论家。他那优美、迷人的风格征服了我。”——译注

30 托马斯·梅奥贝[1]（1919）

是他的朋友们把他带到这里来的，衣袋里装着手稿。没关系吧？他每天太压抑了，让他喊叫两声、三声，能足以确定他内心美好生活里那伤感和贫穷的身影吗？他是个敏感而又马虎的男子汉，已经是他的冬天了，却还怀抱着金银色、湿漉漉的小树苗，以及天上显现出来的玫瑰色和紫色的幽灵。那是他熟悉的天际，乌云纠缠着黄土的天际。

他的名字令人难忘。托马斯·梅奥贝，这是男人的名字，在我心中，这个名字已经达到每天需要牢牢记在心头的程度了，就是说，这颗心是真正永恒的生命。永远不忘记！他站在自己孤零零、模模糊糊的大路上笑着看我，他走了，又没走，他坚持要走那条路，一只迷茫的燕子、诗人贝克尔燕子群中的一位亲戚，在那条路上高高低低翻飞过。

我不知道手套和手、指甲和指头的关系，但是我看得出姓与名之间（托马斯·梅奥贝）、名与姓之间，等于就是棺材和墓穴的关系。看来托马斯·梅奥贝之死的分量远远超过他人；看来托马斯·梅奥贝这个姓名死得其所，从生到死永远不忘。他好像是死神的象征，日日夜夜，天天更新含义。他的死更多的是现代之死、令人沮丧和伤感之死，而不是浪漫主义之死，是死亡中的死亡。

我从写了一半的稿纸上抬起头来，从他手稿令人悲伤的字里行间处，抬头去看街头风景：那里有人在送葬，四个活人给一个死人送葬，他们渐行渐远，越来越模糊，像一部没有出版的书稿……留在身后的只有冬日的原野：小小的、矮矮的、冷冷的、软弱无力的土地，已经没有了托马斯·梅奥贝，既不站在那里，也没有躺下，没有任何朋友，连那只迷茫的小燕子也不在他身旁。

注释：

① 托马斯·梅奥贝（Tomás Meabe，1879—1915），西班牙作家、政治家。西班牙社会主义工人党青年团创始人，是该党内第一位用社会主义思想指导文学创作的作家，尤其是西班牙第一位把社会主义思想形象化、文学化的作家。为了捍卫社会主义思想，一生多次身陷囹圄和被迫流亡国外。他的名言是：“用爱写作，把笔变成鞭子。”创作有抒情散文诗和短篇小说，如《寓言故事》《流浪汉的传说》等。——译注

31 胡安·德·埃切维利亚[1]（1928）

那是历史上西班牙画家错误理解罗萨莱斯[2]的年代，错误地理解了罗萨莱斯关于节俭的主张，纷纷用罐头盒、鸡粪、马粪纸等材料作画。那个年代的画家憎恨“画草图”，憎恨“速写本”，憎恨“设计工作室”。那是一种带白色、绿色、油腻腻、黑乎乎、烂渣、腐败的绘画。胡安·德·埃切维利亚不理睬这种主张，很好地继承了罗萨莱斯的优秀品格，远远超出那些人的水平，或者确切地说，那些人要花好大力气才能追上埃切维利亚。他的艰苦奋斗、他的困难角色、他沉重的工作，就是用自己的画笔缓缓地调制各种颜料，用鲜花驱除从前的鸟粪。

发公函，做代表，争论，站着画画，思考左边的问题，面带微笑，固执己见，漫画家巴卡利亚[3]看到的那只眼睛睁得很大，没有提前表现他的想象力，没有离开原来的时间和地点半步。也用大衣里的皮衬垫画画（加布里埃尔·米罗[4]就是这么写的，奥斯卡·艾斯布拉[5]大概也是这样作曲的吧。艾斯布拉、米罗和埃切维利亚，几乎就是三位一体：派别不同，目标一致，但是被糟糕的生活境遇拖累，由于缺少经济条件而不能起飞，无法脱离黑暗的资产阶级美学。为随后深刻反映从前的伤心事而苦恼，因为往事已经成为生命的组成部分）。

埃切维利亚的一只眼睛由于盯着调色板而变大，画笔敲打着调色板，嘴巴不高兴地撇着，眼神是怀旧的，他暂时离开调色板，回想自己那些成熟的岁月，像跳萨尔萨舞那样固执地追忆自己题材的质量。紧张、激动的浮想联翩，感觉五味杂陈，让他眉头紧蹙，身心不快，全然不理睬那些模特们（鲜花、男人、水果、孩子、女人，哎哟喂！还有美女啊！）的礼仪。直到终于有一天，敌和友、胜和败造成的合适与不合适都以双重身份纷至沓来。美丽和不幸，一半一半，奇怪至极的状态，里面最丑陋、最可耻的东西，像动脉瘤一样冒出来，憎恨最美丽的事物，因为美静静地对抗着病态、扭曲的状态。

注释：

① 胡安·德·埃切维利亚（Juan de Echevarría，1875—1931），西班牙画家。追求野兽派和立体派风格，讲究色彩鲜明，画面醒目。题材多画吉卜赛人、自然风光、水果、瓷瓶、书本、照片等静物。为西班牙1898年一代作家画像，例如阿索林、希梅内斯、巴罗哈、乌纳穆诺、巴列-因克兰等。——译注

② 罗萨莱斯（Eduardo Rosales，1836—1873），西班牙画家。是

从浪漫派向历史现实主义过渡的代表人物，晚期属于纯正派。题材多画历史人物和自然风光。代表作为《天主教女王伊莎贝尔立遗嘱》。——译注

③ 巴卡利亚（Luis Bagaría，1882—1940），西班牙漫画家。——译注

④ 加布里埃尔·米罗（Gabriel Miró，1879—1930），西班牙作家。擅长写随笔、小说，构思奇巧，想象力丰富，但风格晦涩。长篇小说数量多，集中抨击天主教的习俗。代表作有《圣达尼埃尔神父》《患麻风病的主教》《墓园樱桃》等。——译注

⑤ 奥斯卡·艾斯布拉（Óscar Esplá，1889—1976），西班牙作曲家。作品深受巴伦西亚地区民间文艺影响。主要作品有《东部地区组曲》《堂吉诃德守护武器》《魔鬼平安夜》《走私者》等。——译注

32 何塞·玛利亚·伊斯基尔多[①]（1924）

支撑他的并非双脚。支撑他的是头部，是肩膀，是一根细线。有时候，何塞·玛利亚在温柔兴奋的那一瞬间，可以看到这里那里都有这样雨后阳光下的彩虹细线，如同一根蜘蛛网上的细丝一样，不知道线头在什么地方，只看见阳光照在网上。这根细线可给他添了不少麻烦啊！我这位可怜的朋友用肩膀、前额、双耳、眼睛，几乎是尽一切可能去处理掉这根细线，但又丝毫不敢弄断它。他以为已经摆脱了细线，可实际上，细线依然站在那里，不是挂在什么地方，而是扎根在土地上，扎根在他从来都没到过的土地上啊！

何塞·玛利亚悬挂在无限的高空处，拥有报信天使、报晓曙光晨星的本领，有着奇怪的超自然标志，有凝聚成人形的甘露，由一位安达卢西亚母亲无力的手制成。他身上有某种胡乱背叛的东西，因宗教信仰的缘故而迷失，身处之地是一片黑暗的潮流，已经抹去了蓝天，而不是一个地平线上的世界。他一直在发光。这绝非诳语。他的侧影，在金色的阳光下，在蓝色的夜空里，都发出白色、温柔、优美的光线，如同一股夜来香馥郁，或者说，仿佛一股刚刚挤出来的牛奶香，是可以闻到的香精，可以见到的色调，哎呀，也许就是一团磷火来啦！优美的嘴巴上挂着微笑，刮脸刀在闪光，毫无疑问都是光照的结果；目光炯炯，眼神伴着微笑，范围波及前额；闪光来自赤裸裸的思想，是他善心的映照；他的一切非物质元素都是闪光的，他那淡淡的幽默、那忧愁的“天使”心都是光明的。

有时，四处不见他的身影，好像拴住他的那根细线松了，他摔下去了，受伤了，摔到秘密的黑暗地方去了，那地方名叫生活街道，属于假冒伪劣、有大墙禁闭的神圣十字架居民区。或许只有上帝才能把他营救出来吧。（他从来没有对我们说上帝是不是会拯救他。）我一直认为人们可能把他扔到九霄云外去了，但事实是，他沉到地下去了。一股独立的贼风，对于他居住的塞维利亚空气来说，太猖狂了，用摇晃他的粗手，扯断了那根短时间支撑着他的细丝，支撑的时间太短了，太没有顾忌了。而何塞·玛利亚，好像处于一场痛苦和求告无助的木偶戏的结尾，这个很有绝妙小丑本领的人似乎处于一场混乱的噩梦里，弯腰摔倒了，像根一米长的象牙，睁着大大的眼睛，很有感染力，带着那满面可掬的笑容，发亮的印堂渐渐暗淡下来了，对我们说了一声长长的“永别了”，他还没有死，时刻还没到，下巴受到撞击，头部朝西躺在黑乎乎的舞台上，像是空荡荡的船尾，舞台上有社团的场面，有花园，有公寓，有图书馆，可是信仰沉没了呀！一瞬间沉没在瓜达尔吉维尔河[2]那魔窟般、黑乎乎的水里。

注释：

① 何塞·玛利亚·伊斯基尔多（José María Izquierdo，1886—1922），西班牙文学评论家，文学教授。著述不多，英年早逝。——译注

② 瓜达尔吉维尔河（Guadalquivir），西班牙南部河流，从东向西流，注入大西洋，全长657千米，是西班牙第二大河。该河流域是欧洲动植物种类最丰富多样的地区之一。盛产小麦、大麦、黑麦、葡萄、橄榄。山区有野猪、山羊、牡鹿、羚羊等，是欧洲最大的狩猎区之一。河流里鱼类资源丰富。——译注

33 拉蒙·德·巴斯特拉[1]（1924）

巴斯特拉心目中的西班牙女人，没让这位西班牙北方巴斯克地区的暴躁汉子品尝到个中滋味。他看见“西班牙女人”傲慢地从山下望着山上，从平原望着比利牛斯山上。他自负地哈哈一笑，向后一仰，嘲笑“西班牙”。他站在山上，因为风大而摇晃。他困惑，不知道如何把她弄到手，他恳求她，生气，用柏林制造的手杖剑敲打她，狠狠地骂她，没了理智，不管她的存在，骂蓝天、白云以及落到非洲去的太阳。随后，他几乎是屈辱地对她弯腰，这时她倒下了，他稍稍享受她那肥硕的肉体，是用暴力，尽量享受。他在享受的时候，“西班牙女人”站起来了，对他像块冷冰冰的顽石。她四处留下自己的鲜花、火焰、波状的身影、气息。西班牙前进啊！她又一次成了处女，又一次被强暴，被占有，再次成为处女。

那阵子，正是一次改变体制的时候，巴斯特拉既幽默又忧伤，固执地要把西班牙女人当成撞球戏，当成喜欢的球。球和西班牙女人从内部给了他胫骨一脚，球还给了他鼻子一下。因为巴斯特拉站在高高的北方，心想：诗歌真正的力量的确在于直接使用感叹词和公开宣扬的性行为。因为这是一种原动力，具有模仿和塑造的力量。（1913年到1915年，他与维尔哈伦[②]在一起的时候，人们在议论这位比利时小胡子诗人的作品，比作一颗玻璃球，捏在白手套的指尖上，拿着玻璃球在网球场，对着马德里中午的阳光，玩玻璃球。我觉得巴斯特拉像西班牙北方比斯开地区的马拉巴尔人，他有北方的风流、南方的粗暴：他像一棵榆树，又像松树，在浪费时间，不脱帽，不脱靴子，不摘下围脖，一直奋斗在灰色的法国象征派与红色的西班牙极端派之间——实际上已经处于后者的环境里了。对于一个真实、自由，发自灵魂、内心深处和苦境的声音来说，这不是一个好打扮。）

我不了解这种与西班牙人恶斗的地区性诗歌。这位写史诗和抒情诗的巴斯特拉，很像《圣经》里的那位参孙、悲惨的夜莺，而那位可怕的玫瑰色和黑色的缪斯——大利拉[③]，就是波德莱尔啊！险些剪掉了他的头发。伟大的神殿随时有可能把他给压垮，而不是他从神殿内部搞垮，他企图用双手、膝盖、胳膊肘、牙齿、脚掌、后颈、肾脏，最后是脊柱，一起支撑着神殿的基础。他的每首诗就是一个岩石般牢固的支撑点，是经过费力的整理之后发自一颗孩童般原始的心脏，虽然不合辙押韵，却是具有里程碑意义的诗句。他是被自己打败的，尽管有战功，是个永远没有表情的钟摆，从北到东，从西到南，来来去去，走到哪里笑到哪里，捧腹大笑，前仰后合，时时迸发强有力的嘲笑声，与此同时，他的短腿和长腰板支撑着魁梧的身躯。战败后，他像拿破仑，身穿燕尾服，在他的监狱里游荡，就是他那座有马粪因而温暖、柔软的马厩。在骗人的勾当里，那马粪袋像宝石一样显得多么凄凉！还有他那浅绿色的眼睛，打算显得粗暴些，结果很纯净，在爱尔兰咖啡式的满脸雀斑里，显得很神秘，感觉他满脸都是沙土。

他一路留下的、耕耘的、书写的、劳作的，就是一块神奇的挂毯，上面有他的奋斗、焦虑、喘息，上面的线条和颜色意味着他凭借自己的拥有权亲眼所见，但是其结果与理想大相径庭。他的全部著作，丰富的著作，那些让他生气、不自在、犯错的著作，是在美丽的遗址上诞生的，那是温和牲口居住的森林茂盛的天堂，是两种顽皮、巧妙的语言直接遇难之处，是一场西班牙语–巴斯克语的抒情悲剧，是鲜花，是主张进步与倒退的这位毕尔巴鄂人少有的亮光，是抒情的铁路线，是讲共产主义的保皇派，是反天主教的天主教徒。这就是拉蒙·德·巴斯特拉。而拉蒙·德·巴斯特拉已经厌倦了他的老家巴伦西亚、房子、牛、牛仔裤、图书和洋白菜，大喊一声，飞起一脚，把那张挂毯丢给了雨丝般的斜阳，穿上外交制服，向罗马的圣彼得广场走去，那是一块潮湿的中央广场。他在那里散步，那里有圆柱，有紫色云彩下的泉水，他总是怀念那个词“西班牙女人”，在暮色里寻找歌德的臂膀，像个普通的罗马人一样。

注释：

① 拉蒙·德·巴斯特拉（Ramón de Basterra，1888—1928），出生在西班牙北部的毕尔巴鄂。作家、散文家、诗人、外交官，先后在罗马、布加勒斯特、加拉加斯当过文化参赞。专门研究过罗马皇帝图拉真的事业，出版了专著《图拉真的事业》。诗歌创作方面，有诗集《灿烂的乳房》《人们的纯真》《山嘴》《中午时分》《罗曼司火焰》等，题材多为西班牙北方巴斯克地区的风土人情。散文方面有大量关于他在罗马等地的游记印象。——译注

② 维尔哈伦（Émile Verhaeren，1855—1916），比利时诗坛泰斗，堪与雨果、惠特曼媲美。第一部诗集《佛兰芒女人》引起法语诗歌界轰动。重要著作有《修士》《黄昏》《瓦解》《黑色的火焰》《路旁》《我路途上出现的事物》《生活的面貌》《喧嚣的力量》《麦浪翻滚》等，影响巨大。他的作品歌颂家乡，歌颂妻子，歌颂人类智慧，视野开阔，诗句感人，成为比利时文学的瑰宝。——译注

③ 参孙是《圣经·旧约》中的大力士。他入睡时，美女大利拉剪掉了他七绺头发，使之失去力量的源泉。详见《士师记》第十六章。——译注

34 胡安·何塞·多门齐纳[①]（1930）

一张黄白色的纸上，有位名叫胡安·何塞·多门齐纳的人，垂直站立，表情紧张，因为气压低沉，不利健康，巴拿马大草帽轻轻晃动，不会飞走。这是个夏天的黄昏，暮色沉沉，星星初上，闪烁着浅绿的亮光。（马德里，冷冷清清的八月，困难重重，死水一潭。）我站在自家洒过水的屋顶平台上，见过他像个大号温度计，落日发烧的各种颜色按照度数上下浮动：我们身上已有的玫瑰色变成了橘红色，已经是紫色的变成玫瑰色，灰色变成紫色；随后，他身上的黄白色变成了我们身上的黑色；到了晚上九点一刻，颜色越来越轻柔，越来越诡异。于是，我听见他有一阵子是站在两辆有轨电车之间的，那火红的电车上上下下跳跃前进，仿佛胡安·何塞·多门齐纳肚子里装着一只小鸟，好像天上用两巴掌压缩了他胸腔里的空气。（哎哟哟！）我的脑海里闪过一个好玩的念头，便冲他大喊一声："多门齐纳！"

（我本人不认识胡安·何塞·多门齐纳，不知道他在何方，海里抑或山上，没机会见他，或者是他没机会见我。但是，那个模糊的胡安·何塞在刺眼的光线下演变，他孤独一人，在热汤般黏稠、沉重的空气里尤其孤独，根据我能掌握的情况，几乎没人看他一眼，没人理睬他的表演，他一直在重复：好辽阔的西班牙高地啊！像个观众席上会口技的人。而西班牙高地就是一些属于可塑性砂岩的东西，有记录的人体比赛无法抹掉我不知道的西班牙内在美。那是一些诗句，就像手臂挽着手臂，就像强劲有力的大腿；那是旧词新用，秀一秀臀部、胳膊和假嗓子。胡安·何塞愤世嫉俗，批评那些渴望拥有别墅的小姐们，她们居然还喜欢昂首挺胸的蟋蟀呢！）

随后，夏天来了，一个黄昏后露天舞会上的黑色烟火，几辆空无一人、叮叮当当的有轨电车。在令人难以想象的人行道上的啤酒摊，有人告诉我："那人就是多门齐纳！"高高的个子，胖乎乎，红脸膛，缓步走在塞拉诺大街二次开花后凋谢的槐树中间，夹着一本厚书，肯定是大作，手上拉着几个小孩子，他们把生命系在了他身上。忽然，我感到一阵心口发紧，带着寒意突然替胡安·何塞担心起来：他会不会带着孩子们或者不带孩子，立刻升天呢？为的是去自由、高寒、气闷的天外天说一说他那没有回旋余地、具有讽刺意味的疑心症，说一说他那黄白色怪异柠檬树上的酸味、多肉的歪嘴果实。我越来越相信，他真的走了，我替孩子们担心，我跟他在身后，盲目地跑了片刻，打心眼里发出一声呐喊："多门齐纳呀！"

注释：

① 胡安·何塞·多门齐纳（Juan José Domenchina，1898—1959），西班牙诗人。1927年一代作家。出生在马德里，逝世于墨西哥。年轻时曾任西班牙第二共和国总统曼努埃尔·阿萨尼亚（Manuel Azaña，1880—1940）的私人秘书。流亡到墨西哥后，从事出版和翻译工作。主编过《当代西班牙语诗选》，在拉美各国有一定影响。主要著作有诗集《寂静的质问》《抽象性的形体存在》《迷宫》《热情的触摸》等，以及小说《毒瘾》等。——译注

35 霍尔赫·纪廉[1]（1928）

记得他手持竖琴，为歌剧伴奏的竖琴，为宗教和世俗仪式伴奏的竖琴。（如同人们记得堂曼努埃尔·雷伊纳[2]表面上拿着轻歌剧的竖琴一样，他或多或少愿意拿着竖琴，尽管不会和不能弹奏竖琴。）他总是抱着竖琴，就像彼得拿着天国的钥匙一样[3]，尽管他不弹。如果下雨，就用雨布包裹；如果烈日炎炎，就打起太阳伞，手里提着，奔走于不同的演奏地点：教堂、剧场、大学。举着竖琴，充分表演诗歌和修辞，护送着身材修长的主教，走在私家送葬的行列里，上上下下，上下大理石台阶，这些台阶把新兴和古老的建筑连接起来，把人间与天堂连接起来，把原始与未来连接起来。可能停下来是为了喝上一杯浓烈、混沌的咖啡，面对泉水再休息一下，面对夏日浓烈的香蕉林休息一下。诗人罕见地变形为象征派的夜莺，沿着香蕉林内的绿荫，再次歌颂地道的高蹈派玫瑰花。

霍尔赫·纪廉是各个时代的象征派和高蹈派的集大成者（带着用黄金坩埚熔炼过的奇特遗产，带着他自身无名主要脏器支配的条条血脉：贡戈拉·伊·阿尔戈特[4]、维尼[5]、鲁文·达里奥[6]、卡尔德隆[7]、里瓦斯公爵[8]、马拉美[9]、瓦莱里[10]以及令人厌烦的名字），他是具有大智慧的乐队指挥，手法精准，这支乐队的名贵乐器寥寥，过分强调和谐。霍尔赫·纪廉是西班牙开门见山的占星术家，这意味着，在他那个位置上，就是一个响亮的打磨器，打磨那恒星般的金刚石，那正是洼地里的金刚石；这意味着，他兴高采烈地发现了那神奇、著名的平均值——迷失在渴望永久魅力之中的数值。他沿着古代巫师们走过的偏僻路径，在各处的岩石和金属上，用凿子敲敲；在各种水里——冷水、流水、平静的水湾里沾湿了手指；缓缓地抚摸那些理想的螺线型，一直到它们颤抖的终端；用第二节拍，从那个精准的圆周出发，追寻那最辽阔的大海。

（他是受诗歌传染的发明家吗？是受济慈、波德莱尔、荷尔德林、雪莱、兰波传染的诗人吗？他是盛开、寒冷的大丽花，他是石头上的蜂窝，上面布满了优质蜂蜜，他就像一把标准的铅制手枪，准备收藏几百年。他善于塑造水银，为无线电设定范围。他在各个领域都找到了诗歌素材，的确如此，从肮脏的陋室到洁净明亮的外科手术刀。如今我称呼霍尔赫·纪廉和他的同行、同学、老师佩德罗·萨利纳斯[11]为“纯净诗人”，这不是我最大的课题，而是因为他俩是纯正派作家，在修辞学的各个方面，他俩是雪白的修辞学专家。他俩游刃有余的是新古典主义的说话技艺；缺乏的是陶醉、散发、强调最最自然的一切：自然地表现优雅、可爱之处，自然地表现性感，尤其是表现困难，即诗歌真正的奇迹。他俩缺少“求神恩典吧！”）

霍尔赫·纪廉从自己的建筑、教堂、瞭望台里回来，给自己的家园划定丰富而颇有深意的界线，或者自己露出冷冰冰的表情，用大写字母写出对大师的颂歌，每个字都经受住纪念性天平的考验。他研究基础，把灰尘从窗口吹到天上和地下的眼睛里去，分析这朵杂交花的萼片，抚摸无人海滩上的蚌壳，只用食指绘画记忆中的翅膀，收集嫩核，然后打开嫩核，把花纹颗粒献给西边的野鸡，通过显微镜看定发膏和头发上的灰尘，最后摸摸太阳穴，看看心跳。他在自己的世界、自己的王国、自己的颂歌里的确心满意足。在一个特定的好时候，通过黎明永恒光线的化学作用，霍尔赫·纪廉，的确怀着登上环球宝座的企图，理所当然地为已经扩张的巴利亚多利德人的高级画廊，为后来筑起围墙的花园而心醉神迷，那花园里有强行移植来的高大鲜花，将他渴望支配的流亡之地借他一用。

注释：

① 霍尔赫·纪廉（Jorge Guillén，1893—1984），西班牙著名诗人。1927年一代重要作家。希梅内斯的好友。年轻时在西班牙、法国、英国教书。1936年被佛朗哥军政权逮捕入狱，1938年流亡到美国，佛朗哥死后，他回国定居。1976年获得首届塞万提斯文学奖——西班牙政府

最高文学奖。代表作为《颂歌》和《呼声》。《颂歌》赞美生命力、创造力、宇宙的和谐，以及人与宇宙的交融。《呼声》则格调沉稳、悲壮而凝重。在风格方面，他讲究结构严谨、语言鲜活，将激情与理智融为一体。——译注

② 曼努埃尔·雷伊纳（Manuel Reina Montilla，1856—1905），西班牙政治家、记者、诗人、国会议员。希梅内斯的朋友。现代主义诗歌的先驱之一。——译注

③ 《圣经·新约》的《马太福音》第十六章，耶稣基督对彼得说："我要把天国的钥匙给你。凡你在地上所捆绑的，在天上也要捆绑。凡你在地上要所释放的，在天上也要释放。"——译注

④ 贡戈拉·伊·阿尔戈特（Luis de Góngora y Argote，1561—1627），西班牙黄金世纪的伟大诗人。文学流派"贡戈拉主义"的创始人。代表作为《孤独》，用词怪诞、生僻、艰涩。——译注

⑤ 维尼（Alfred de Vigny，1797—1863），法国最富哲理的浪漫主义诗人、小说家、剧作家。——译注

⑥ 鲁文·达里奥（Rubén Darío，1867—1916），尼加拉瓜伟大诗人。拉丁美洲现代主义诗歌运动发起人。——译注

⑦ 卡尔德隆（Pedro Calderón de la Barca，1600—1681），西班牙黄金世纪的伟大戏剧家。作品数量多（近两百部）、质量高，影响巨大。——译注

⑧ 里瓦斯公爵（Duque de Rivas），即安赫尔·德·萨维德拉（Ángel de Saavedra，1791—1865），西班牙浪漫派诗人。——译注

⑨ 马拉美（Stéphane Mallarmé，1842—1898），法国象征主义文学创始人。——译注

⑩ 瓦莱里（Paul Valéry，1871—1945），法国诗人、小品文作家、文学评论家。——译注

⑪ 佩德罗·萨利纳斯（Pedro Salinas，1891—1951），西班牙诗人、散文家。——译注

36 艾乃斯蒂娜·德·强波尔辛[1]（1930）

跟在艾乃斯蒂娜身后，渐渐朝她逼近的有：一团烤人的乌云，那是红白相间针刺般的静静火焰，一座高高的令人迷糊的复杂迷宫，一堆翅膀上王冠状的荆棘。艾乃斯蒂娜陷入怎样危险的黑莓丛中呢？是不是想看怪物呀？虽然她希望克制自己，差不多也克制住了自己，通过紧张的训练调整了这个气喘吁吁的渴望，但是，混乱、骚动、恐惧已经确定了。

是的，艾乃斯蒂娜被诗歌给吓坏了，天晓得是什么样的诗歌，也许是她自己的诗歌吧。她总是在混乱的两岸来来去去地变换位置呀！难道她没看见自己周围那些英俊的少年天使，身穿笔挺的绿色华丽长袍（无法掩饰他们的青春美貌），正在温柔地激励她延长自己平静的青春期生活吗？（与此同时，她像近视眼那样紧张地忙着挤掉那些已经晒黑的小小粉刺。）

但是，毋庸置疑，艾乃斯蒂娜的诗歌田园是黑色的，那里仅有红花，那田园的篱笆就是直立的葡萄藤。田园里面也许能听到的水声，为了不走西方草原的回头路，肯定不会唱歌。她那充满活力的诗句断断续续地流淌出来，一面弹出回声，一面迸发出火花，固执地兜圈子。

艾乃斯蒂娜那片树林的深处为什么如此黑暗？从长远说，她会走向何方？因为她似乎是与恶狗群打了架，跟语言符号苦练过，流出的鲜血显然是混合的，牙齿由于咬紧牙关而错位，眼睛里露出睥睨的神色。她那反复的神秘表情渐渐留下了，我不知道是留在什么地方：肉体还是灵魂？一个晦涩的余数，烟熏、发亮、玄妙的余数。

注释：

① 艾乃斯蒂娜·德·强波尔辛（Ernestina de Champourcín，1905—1999），西班牙女诗人。1927年一代女作家。诗人多门齐纳的妻子。希梅内斯的女弟子。出身贵族家庭，但思想进步。主张共和制、男女平等，大力维护妇女权益。担任过西班牙驻墨西哥文化参赞。早期诗歌多写爱情、孤独、乡愁，后期写流亡生活。翻译过大量英国、法国著名作家的作品。重要作品有《寂静中》《现在》《风声》《无用的颂歌》《黑暗现场》《你给我起的名字》《感觉的监狱》《第一次流亡》《透明的墙壁》等。晚年多写神秘主义题材的诗歌。1989年以后，西班牙文学评论界开始重视她在诗歌创作方面的成就。——译注

37 本哈明·哈尔内斯[1]（1934）

建筑在暗红色岩石上的城堡啊，面对着阿拉贡地区的东南西北，此前，你令人赏心悦目的好感难道不接纳本哈明·哈尔内斯这位行吟诗人浮出水面的乐观情绪吗？本哈明在笑，顶着烈日向上爬，迎着寒风出汗，像一个不愿意做这种事情的人。但是，让他发出这种笑声、嘴边有白沫的根源，在玩内心感觉的危险侧手翻，动作困难但是乐意；最后是聪明、富有的肉体装置被迫做出大侧手翻，结果因控制得好而显得可爱。

潺潺的溪水，欢喜跳跃，穿过坎坷不平的果园，跳出自己坚实的红土地，按照自己的形象，在灰色的石板上，塑造本哈明；溪水欢欢喜喜，闪闪泛光，水量无限地充沛，玩弄着白杨树叶，溪水来自西方阿拉贡地区的窈窕的六边形水塔，准备迎接曙光；青年男女健康的手在抚摸着溪水寒冷的深处；清晨的溪水性感，充满原生态的气息。去水边，去看看溪水……但是，如果应该去做别的事，那么就做别的吧。有可信而又漂亮的引言论证这两件事：散文和诗歌。（你们看看哈尔内斯笔下那些女主人公吧：

萨摩恩的女孩、奥特卡的女孩、佛拉斯诺的女孩、努埃瓦罗斯的女孩。她预感到了什么，像狍子一样跳了起来；她没被污染，来来去去，说话算数，面带微笑，把她现在有的、过去有的、将来有的，统统给了我们。于是，她就高兴了，逗留在满天星斗的夏夜里，夜空下屹立着那有地道的岩石城堡，它叫阿尔哈玛，旁边是有照明的林荫道暗处的一棵浓香扑鼻的槐花树。）

哈尔内斯，你的风湿病呢？再见，哈尔内斯！好啦，哈尔内斯……本哈明·哈尔内斯挺直腰板，圆形浮雕上有他那匹躁动的白马，他眼神紧张，冒出紫色火花，刚刚发明的眼镜对准那活泼的幻想物，他又笑了，再次像孩子似的坐立不安，忙忙碌碌。笑声里有警惕，有要求，如同运动失调症患者那样，走下坡路无法停下脚步，没人能停下前进的步伐。

注释：

① 本哈明·哈尔内斯（Benjamín Jarnés，1888—1949），西班牙作家、先锋派小说家。出身农民家庭，进过神学院学习。入伍当兵，被授予上尉军衔，复员后进入政府管理部门。1939年后流亡墨西哥。他的长篇小说很有读者，善于描写人物的意志品质、感觉变化，十分重视故事细节的叙述，语言抒情、动人。重要作品有《莫森·佩德罗》《无用的教授》《纸上的客人》《圣阿莱霍的生活》《陀螺鞭的理论》《塞万提斯传》《茨威格传》等。——译注

38 拉蒙·戈麦斯·德·拉·塞尔纳[①]（1928）

“胖乎乎”，这是我见到拉蒙时的第一印象（时间是1912年，在关于铅黑色《普罗米修斯》杂志生动、热烈的通信之后的事情），“胖乎乎，声音底气十足”。后来，很快就有了这样的想法：“肚子里塞满了充实的负荷，毫无疑问，很有胆量。”那是一种群体性的胆量，如今，经历了第一次世界大战之后，这样的胆量逐渐失去了科学性和情感价值。但是，无论如何，拉蒙很有胆量，很好地继承了广义的胆量。他的五脏六腑有支撑和容纳胆量的肋骨，如同石榴里面的石榴子，橡树果实里面的蜡状物，橘子里面的细丝。像一切密密实实的果实总想爆裂开来一样，拉蒙也是如此。

他不断地点燃晚会上的礼炮，不是那种带火药或者鞭炮的礼炮，是用和平的子弹、撒向宁静庄稼地的头号粮种。是一种特别肥硕的自来水笔，里面装着红色炸药、鲜血、永不枯竭的泉水，像手杖一样挎在胳膊上，与自来水笔为伍的是他那棋盘格子花纹的领带。如果说拉蒙有时候不遵守时刻，那是因为他喝醉以后满脸通红，注意力分散所致。他来来去去，从书房到咖啡馆，从剧场到报社，从火车站到马戏团，到处浪费时间，像个矿工一样钻进坑道，钻进有无尽宝藏的艺术走廊、有直接自然形象的走廊，把黄铁富矿装入他那令人费解的手提箱里，既正又圆、无序的蜂房里。拉蒙生产出这样那样大量的东西，他用饼干蘸葡萄酒的办法，或者用果汁冰糕，解决了西班牙圆求方的问题，确切地说，解决了西班牙木桶球面化的难题。

所以，拉蒙的尖锐处圆得像乳头，他那些犄角上套了球的公牛们无法忍受下去。拉蒙不是那种用匕首对准仇家、为的是不让人忘记他的人。他那些存心不良的行为，我是怎么知道的呢？与吉卜赛人的行为毫无关系，那些马德里人每天阿谀奉承的事是他根本不予支持的诡计。健康的人生气终究会原谅那不可原谅之事。因此，他的微笑、有觉悟的中年人的欢笑，会高兴地让拉蒙闭上浓眉大眼，像《堂吉诃德》里的桑丘那样的浓眉大眼，有时可以看到那样的笑容是长方形的，是西班牙大画家戈雅式柔软的蓝色胡须里面的微笑，那是深入关心别人的最佳表达方式，是典型的对理解和交往的渴望，是这个宽宽的、矮矮的、圆盘一样、健康、超重、有创造力、善良的西班牙男子汉的希望。

注释：

① 拉蒙·戈麦斯·德·拉·塞尔纳（Ramón Gómez de la Serna，

1888—1963），西班牙多产作家。散文、戏剧、小说均有建树。他是第一个把先锋派文学引入西班牙的作家。他反对循规蹈矩，创造了一种把笑话、文字游戏和哲理熔于一炉的文学形式，他自称为“杂感”。作品数量达一百多部，重要作品有《不像是真博士》《帕尔梅拉庄园》《遗迹》《马戏团》《彭博咖啡馆》等。——译注

39 安东尼奥·马里查拉尔[1](1927)

一座漂亮的广场，中央有座新古典主义纪念碑，面朝一座深邃的公园，两边有宽敞的绿荫道，可通车到门口。有一天，从北方，从广场外围的楼房的一处阳台上，迎来了一种小小的造型挺拔秀美的感觉。在阳台上露面的是个男孩，体弱，神情警觉，灵敏。他回屋里去了，站在镜子面前，镜子里有阳台。他看了一年，又一年，迎接曙光，午休时间空无一人，只有处处发出颤音的大自然。随着夜幕降临，眼前浮现那座花岗岩纪念碑，浮现那座幽深、傲气的公园，浮现黄昏后升起的月亮和早晨的太阳，它们属于首都，他国家的首都——美丽而孤独的马德里。

另外一座广场，另外一条街道，属于宫廷的广场和街道，肯定可以培养出同样身心的人。他的感觉肯定会有、永远会有同样的背景。但是，内容决定的造型可能完全不同。安东尼奥·马里查拉尔已经塑造出自己的精神风格，差不多是自觉养成，是遵循这样的习惯：心里怀有马德里的阿尔卡拉门、郊野公园、照在公园和纪念碑上的东方阳光和月光。以此为例，那少年没有犹豫多久。忽然，他借助一种神奇的领会能力，用狼吞虎咽式的猜想，仿佛梦中的飞机那样，写下了一篇初试锋芒的杂文、从圆周半径向正中心发射的文章，如同凯旋门通过条条大道向外辐射一样，一座漂亮、整齐的圆形广场从外围射向自己的建筑中心。

青春的细胞渐渐得到坚忍精神的营养，意识由一种保险的、有教养的鲜血来滋补，话语变得一天比一天好。内在的凝聚力在于基础。于是，杂文、散文，最后是书本，把风景、评论、个人看法、诗歌、趣闻逸事，熔铸在出色的故事情节里。接着，安东尼奥·马里查拉尔，已然是年轻人，或者说仍然是年轻人，如同儿时那样，来到自家阳台上，怀着照镜子一样的平静心情（也许镜子模糊不清，因为内心有轻纱遮蔽），望着那永久的一幕，他精神深处已经复制出秩序井然、和谐工稳、精雕细琢的用具。他是成功人士，认定自己儿时关于对称的渴望是惶惑的。

注释：

① 安东尼奥·马里查拉尔（Antonio Marichalar，1893—1973），西班牙作家、文艺评论家、散文家、历史学家。他是第一位把英、德、法、美等国的文学作品、作家介绍到西班牙，如乔伊斯、福克纳、普鲁斯特、孔德等；同时也是西班牙第一位把1927年一代作家、作品介绍到英、美、德、法等国的人。因此，他是20世纪上半叶西班牙与欧美各国文化交流的重要桥梁之一。他坚持认为西班牙1898年一代和

1927年一代作家、作品构成了西班牙的第二个黄金世纪。他出身贵族，但是思想充满矛盾：既是自由派，又赞成保守派的某些主张；既努力介绍外来新文艺思潮，又坚持古典主义。为人一生谨慎、低调。但是，他的历史研究成就使得他当上了西班牙历史皇家学院院士。重要著作有《赤裸的谎言》《危险与运气》《奥苏那公爵传》等。——译注

40 特蕾莎·德·拉·帕拉[①]（1936）

我只见过特蕾莎一次。她身穿皮大衣，呼出温暖的气息，眼睛呈蓝色、灰色、绿色，闪闪发亮，透明、甜蜜、优雅。她那副神情，怎么说好呢？“娇弱”吧。她的声音，用丝绸包裹着，远远近近地说起死亡来。

后来，她去了冷泉疗养院，地点在瓜达拉马海港。她从那里给我们寄来《白大妈回忆录》。我一读完她这部长篇小说，就给她寄了一本我的书，写了几句真诚友好的话。我们多次想去看她，都没有时间。但是，我一直认为，她声音含糊说到的死亡，会留在生存的楼阁上，有生存就有死亡，我们有那么多亲人故去了。我认为，她的体形如同最好的岛屿，可以永远抵抗自己血液里毒素的骚扰。事情并非如此。丑恶、矮小的毒素打败了美丽、博大，生活里屡屡发生这种事情。今天我从《太阳报》上读到了她默默去世的悲惨而肯定的消息。

特蕾莎·德·拉·帕拉是委内瑞拉人，但有西班牙血统（父母分别是西班牙巴伦西亚地区和巴斯克地区人），她留给我们的文字里有着地地道道的西班牙口音。她用诗意表达出来的叙事文学作品，把抒情性和讽刺性元素熔铸成一种柔美、妙趣横生、自然而然的语言里，潇洒地解开了一切束缚。我从小就梦见大洋彼岸的西班牙人，他们如同留在西班牙省会里的人们一样，留在了美洲的城市里，他们的肤色、他们的时光、他们的生存状况，一一在我梦中出现过，出现的次数恐怕比西班牙政务会治下的天堂里面的人还多。我曾经觉得特蕾莎是回到了“我”居住但属于“她”的西班牙，那是一个记忆中亲切的、令人想念的西班牙。可以肯定，我老早在梦里就认识她了，在那西班牙巨大天堂的某个角落里，我梦见了她，我高兴地听见她用她那流畅的语言、也是我的语言在说时间的相对性，整整说了一个小时（那一个小时必定非常愉快、非常温柔、非常朴实地从我们身边流过去了），这就如同人们在听到一位难忘的老朋友说话一样愉悦。

莉迪亚·卡布雷拉告诉我们，特蕾莎去世前那个黎明，她守护在特蕾莎床前时，煮了一点儿咖啡。她问特蕾莎是不是想喝一口咖啡，特蕾莎回答道（我一面回忆她的声音，一面清晰地想象出她那时的语气）：“我要吃一口泥土。”……是的，咱们大家在去世前都应该吃一口泥土。活着的时候，咱们肯定永远不会知道那口泥土从哪里来，不会知道那口泥土混杂在空气里之后，会在什么地方等候着咱们，那口泥土是伟大盛宴的开胃酒，等到咱们自己也变成了泥土之后，就永远陪伴在咱们嘴边了。

特蕾莎·德·拉·帕拉，你这位匆匆而来的白衣过客啊，我不知道你是否听见了我说的话：我们都会像你一样，吃一口那样的泥土，对你来说，就是西班牙的泥土。如今你跟我们这些西班牙人在一起了。在这里，时光属于你，当然属于你，日日月月，年复一年都属于你。你并没有“少”活。你具有变窄为宽的能力，具有让眼神永存的能力，具有让声音就在我们耳边萦回的能力；具有隐藏起来的本事，具有永存于世的资格。你在这里依然活着，你依然是下午聚会上活生生的妇女代表。西班牙母亲这块大地把你揽入怀中，不让你走，她一直在倾听你说话，倾听你慢悠悠、清清楚楚用她的声音说话，在她那高高的蓝天上说话。

注释：

① 特蕾莎·德·拉·帕拉（Teresa de la Parra，1889—1936），委内瑞拉女作家。出生在法国巴黎，逝世于西班牙马德里。家族是委内瑞拉大贵族，大庄园主。她八岁时，父亲病逝。十一岁时，母亲及家族成员定居在西班牙巴伦西亚地区。少女时入住寄宿学校，喜欢阅读法国作家莫泊桑和西班牙诗人巴列-因克兰的作品。十九岁写诗，获得学校颁发的一等奖。二十六岁开始给报纸杂志写文章和短篇小说。她的成名作是长篇小说《伊菲革涅亚》，这个名字是希腊神话中阿伽门农和克吕泰涅斯特拉的长女，她为了民族利益牺牲自己的贞操，赢得了族人的敬仰。但是，在特蕾莎笔下，这是一个敢于抨击独裁统治的贵族小姐，她以日记的形式道出了委内瑞拉社会的种种丑恶以及她个人的隐私。叙事

的语言既幽默又伤感，很有感染力。1924年，她获得了法国-西班牙美洲文化学院颁发的一等奖，奖金一万法郎，于是，《伊菲革涅亚》的西班牙语和法语版本得以出版，一时轰动了法国、西班牙和委内瑞拉文坛，认为她的成就可与智利女诗人米斯特拉尔媲美。文学评论界认为这部长篇小说的问世标志着委内瑞拉的小说已经进入成熟阶段。尤其是书中明确提出了女权主义思想，呼吁社会关注妇女的地位和命运。古巴、美国、哥伦比亚纷纷邀请她去讲学。她在各地的报告会上，响亮地提出：妇女不应该对自己被奴役的处境保持沉默了。

特蕾莎第二部长篇小说《白大妈回忆录》的艺术成就超过了《伊菲革涅亚》，语言更加老辣、优美、细腻，思想更加深刻、敏锐。主要讲述白大妈一家的历史，特别是庄园的生活，折射出委内瑞拉百年来的沧桑巨变，因而成为拉美文学的经典之作。20世纪八九十年代，委内瑞拉文学界纷纷挖掘这部作品的艺术价值，影视界把它搬上了银幕。

委内瑞拉文学研究界认为有必要重新认识特蕾莎对拉美文学的贡献，尤其是在妇女文学创作方面的贡献。——译注

41 达马索·阿隆索[1]（1928）

达马索·阿隆索的嗓门越来越高，就是说嗓门在上，舌头在下，舌头卷作一团，语义含混地飞到了空中。他的想法也是如此，自然是卷成一团，抛向空中。看来，想法和话语纷至沓来，达马索小心翼翼，唯恐它们落下来砸到自己头上，如同口水啐上天之后会落到自己头上一样。

这位诗人性格孤僻，固执地讲究精准、情色、生动的品格，因此，他那和蔼的态度就成了浅浮雕上的扭曲笑容。（不，不，达马索·阿隆索，您不会摔倒的，您走下来的楼梯是常用的，不是钢丝绳；您不是在一场乱子里，您有大理石的地下室和阁楼，每个地方都为您保密，一种罕见、复杂、灰色性感条纹的秘密。）

莫非世界上杰出的原子都像千年湿润黑土地上的小麦那样饱满，它们名扬四海就是为了让这个固执的人适应这突如其来结实的玫瑰花球、黄色的水煮鸡蛋、黑色坚硬的星星，以及绿色的苹果、苹果、硬硬的苹果吗？

他用双手、双腿挪开了你身边的花球，走路有障碍，双腿弯曲，双臂困难地摆动，前进的速度缓慢。好像患上了风湿性诗歌病，他的眼睛、肩膀、膝盖、嘴巴都讲究圆滑（他刚刚又抛出一句聪明、费解、圆滑、完美、实心的话）。

注释：

① 达马索·阿隆索（Dámaso Alonso，1898—1990），西班牙诗人、文学评论家、语言学家。西班牙皇家语言学院院长，西班牙皇家历史学院院士。1927年一代作家群成员。长期供职于西班牙马德里、巴伦西亚等大学。1921年出版第一部诗集《纯诗集》，属于意象派作品，强调表意的精准，显然受到胡安·拉蒙·希梅内斯的影响。晚年的作品趋于艰深、复杂，联想自由。最著名的诗作是《暧昧的信息》和《愤怒的孩子们》，表现了诗人对人性丑恶的愤怒以及对世界前景的担忧。在古典文学研究方面，他对贡戈拉的《孤独》所表现的巴洛克风格有系统研究，出版了研究成果《贡戈拉的诗之语言》。他还对西班牙诗歌做了深入的研究，出版了《西班牙诗歌》，表现出他在美学上的深厚功底和独特见地。他还翻译过詹姆斯·乔伊斯、霍普金斯、艾略特的作品。1978年获得西班牙塞万提斯奖。——译注

42 安东尼奥·埃斯比纳[1]（1928）

我见到了安东尼奥·埃斯比纳，等于又见到了费加罗[2]。这是一定的。还是那幅老照片上的样子：身穿丧服，一头黑发，是从侧后方照的。有点儿像喜剧里的罗锅小丑，有点儿像头发直立的魔鬼。可能是神父手下的滑稽角色，不对，应该是斗牛士手下的小丑。头发油黑，属于西班牙特定的家族，那样的家族非同一般，有前途。他们那种家庭，无论真实的还是假想的，都无须改变继承来的一切，应有尽有：桃花心木的家具、绿色的棱纹平布帷幕、一面面冷冰冰的镜子、黑色的台布、湿润的空气、一盏盏煤油灯，位于马德里肥大的心脏地带。

这位出现在黑白瓷砖铺地、充满音乐的走廊里的人是费加罗，是安东尼奥·埃斯比纳，他把褐色的手放在乌木小圆桌冰凉的大理石上。在文学界，他是双重身份。埃斯比纳身上有许多地方像拉腊[3]，说话尖刻，喜欢耸肩膀——也许如今拉腊能比埃斯比纳做得好一些。神秘兮兮，无拘无束，敏锐机智，游走在西班牙巨大的红色神经脉络上，埃斯比纳一度是数一数二的角色，属于有五个支柱的风俗派人物。写拿巧克力愚弄鹦鹉；写从天窗、烟囱、猫洞、锁孔、俄式咖啡，从一切不可能的地方走出资产阶级的饭厅。

看来埃斯比纳是在摆弄、打气、吹拂、抛出百科全书干树叶里那朵费加罗丢下的干花；看来他在把拉腊扔在葬礼上的那根羽毛抛向空中，射向马德里中午十二点的太阳；用拉腊曾经用来盖住黑暗所使用的手枪盖住如今的靶子。就是一场象棋、一副多米诺骨牌，夫人们的牌戏，有浪漫的枪声和交叉火力。安东尼奥·埃斯比纳不是一个喜欢自我决斗、拿枪自杀的人吗？

这个有植物园、库次大街、《西方杂志》《家庭博物馆》的马德里呀！马德里在洗牌，不按顺序，跳来跳去，有现在快乐的蓝色光线，有过去悲伤的深棕色光线；有黄金般贵重的清洁空气，有对人有害的居丧服！（有林荫大道。那片大楼后面是公平大街，是巴黎大酒店，是亮闪闪的砖头斗牛场，是电话局的瞭望塔，像红红的马黛茶；接着是阿雷纳大街尽头日落时的火烧云，是皇家剧场；随后是从东方广场开始，一路下去的西方广场，古铜色，埃斯特马杜拉、葡萄牙，都是自杀的地方，大西洋……）还有安东尼奥·埃斯比纳派遣自己内心烟雾状的角色前往太阳门广场，路线是沿着阿雷纳大街与波尼安特大街交叉的人行道，那是男人走的道路，那里有假约会需要的秘密咖啡馆的黑暗处，那内心的侧影是费加罗已经冲淡的身影伴侣，手挽着手，伴着埃斯比纳同行。

注释：

① 安东尼奥·埃斯比纳（Antonio Espina，1894—1972），西班牙作家、政治家。思想进步，文学上追随先锋派。父亲是画家，祖父、叔叔是名医，西班牙医学院院士。大学时，安东尼奥攻读医学，但四年后辍学，服兵役。复员后，进入新闻界，同时开始文学创作。属于多产作家，长篇小说、传记文学、诗歌、文艺批评多有涉猎。倾向创造派和超现实主义，受到希梅内斯的认可，作品内容多为抨击独裁统治和法西斯主义。曾任西班牙人民阵线政府的州长。佛朗哥发动政变后，他被捕入狱，被判死刑，在牢房里自杀未遂。大赦后，流亡墨西哥。主要作品有《门槛》《签字人》《彩色小鸟》《巴斯克的月亮》《手握十次胜利》《伏尔泰与18世纪》《西班牙百年新闻业》等。——译注

② 费加罗（Figaro），原为法国戏剧中的小丑，擅长插科打诨，讽刺挖苦。这里是埃斯比纳使用的笔名。——译注

③ 拉腊（Mariano José de Larra，1809—1837），西班牙浪漫主义文学重要代表。才华过人，个性突出，有着强烈的叛逆精神。坚决反对西班牙国王费尔南多七世的专制统治。发表作品时也使用过“费加罗”。重要作品有剧作《马西亚斯》《戏剧评论》等。——译注

43 巴勃罗·聂鲁达[①](1939)

过去我一向拿聂鲁达（为什么不叫他的真名内夫塔利·里卡多·雷耶斯·巴索阿尔托？为什么不叫加夫列拉·米斯特拉尔[②]的真名卢西拉·戈多伊·阿尔卡亚加？）当成大诗人、大坏诗人、混乱无序的大诗人。他是个有天赋的诗人，可一直不明白自己的天赋，也不会使用自己的天赋。我感觉聂鲁达就是一个蹩脚翻译，自己不会翻译自己，也不会翻译别人；他就是一个挖掘自己和别人矿脉的可怜虫，有时分不清楚什么是原创，什么是翻译。他既没有完全掌握自己的母语，也没有掌握译出的语言。因此，他写的一切，无论好坏，都有明显的错误，连续出现错误，无知造成的错误。我听见拉法埃尔·阿尔维蒂[③]说过，聂鲁达喜欢阅读外国书，但不求甚解。聂鲁达认为，用他自己更好的东西可以代替不求甚解的部分。可是，阿尔维蒂比聂鲁达聪明，善于博采众长。聂鲁达比较自我欣赏，会阅读的东西他也不弄明白，理解的时候往往忘记了这东西眼前就有。一首理解并且写出来的诗，无论翻译的还是原创的，都是一个有组织的整体，聂鲁达到现在也没明白这个道理，这是我的看法。

我从来没有见过聂鲁达，但是看过他的照片、塑像和画像。如今趁着他还活着，我给他画漫画，这打破了我的规矩，因为我从电话里听他唱歌骂我，一起合唱的是一群愚昧无知的人，或者是醉鬼，因为我不愿意在他那份答复维森特·维多夫罗[4]的出洋相的声明上签字。后来，他换了另外一个人。我本来可以签字，因为没有理由让《西方杂志》拒绝聂鲁达的那些人所共知的诗作。（我之所以不愿意签字，是因为无论维多夫罗、聂鲁达还是洛尔卡[5]都没有道理干那种坏事。聂鲁达为了表示对我们三人是真诚的，在电话里给我唱了几首那时他写的下流民歌。我对他说了我心目中的作家，出于对他和对我自己的真诚态度，没有半点下流话。）

聂鲁达拥有已经开发和有待开发的矿藏。他的直觉是罕见的，他在寻找怪异，发现宿命的因素，寻找诗人本土的东西。他没有自己的声音，没有深度批评。他有座仓库，储藏在自己天地里找到的一切，就像是一座垃圾堆，有时就是粪堆；在废铜烂铁、破烂中间，他敢存放花朵般的石头、没有上锈的铁片，看上去还算漂亮。他找到了玫瑰、钻石、黄金，但是，没有找到有表现力、有转化力的话语；他不会用话语代替主体或者客体；能把主体、客体搬家，而不是掌握精髓和本质。主体和客体别处有，他这里没有，因为他没有理解。或许他能在这里、那里仔细找东西，但是，他在路上找到的就是一块煤炭、一块玻璃、一片鞋底、一块布头、一个烟头，等等，也许他会把这些废物聚敛起来，胡乱地贴在他工作室的木板上（其中也有被遗忘的、别人的有用物品，例如，一支笔、一把裁缝用的剪刀、一块橡皮、一张报纸、一块肥皂头，到了他这里成了废品；而如果在大画家毕加索手中，能化腐朽为神奇）。他这里则成了一盘大杂烩，有时看上去外观不错，但是终究缺乏深度的自信。本来应该用每个人物的灵魂特征换掉那些废物，但是，聂鲁达是个收藏者，他没能力做到，因为他没有与各个局部和整体相对应的话语启示，他无法找到周边的完整性，因为他心里就没有完整性。诗人是在自己的语言并且通过语言找到完整性的，因为语言是他脑海里的灵魂。完整性之所以不完整，是因为完整性的各个部分缺乏魔杖的敲击（比如，托斯卡尼尼[6]那内在无法言语的指挥棒，手中有魔杖和克制力），讲究爱情的女士们啊！美洲太缺乏美妙的克制力了。聂鲁达太缺乏克制力，如果聂鲁达想成为某些人认为或者说的那种诗人，他缺乏比克制力都小的东西，他尤其缺乏的是责任心。他那种没有责任感的样子一向如此，毫无变化啊！

令人好奇的是看看那些一直认为在绘画方面超现实主义过时的人们吧（绘画一向走在前面，文学一向落后），他们以为巴勃罗·聂鲁达那周期性混乱、疟疾般的写作就像大海般涨潮，《圣经》般完美，宇宙般无限，觉得他就是我们中间那位胡安·米罗[7]的孪生兄弟，有着同样的胎盘，而跟萨尔瓦多·达利[8]笔下那种色情维纳斯在押犯没有丝毫相似之处，因为聂鲁达没有可怕的达利那样的技术质量，问题严重。聂鲁达之所以没有质量，因为他既不是静态，也不是动态，而是密封状态。一个处于密封状态的作家如何能够成为一个国家的向导呢？如何表现他自己的土地呢？如何代表一个大陆呢？何况那是一片新大陆呢！何塞·马蒂、鲁文·达里奥、何塞·恩里克·罗多是美洲诗人，聂鲁达也能成为美洲诗人吗？尽管他与乔卡诺[9]大不相同，尽管他远远超过了僵化的乔卡诺。哎呀，聂鲁达能有什么样的文字、诗歌和散文，去唤醒美感，渴望美、光明、好生活呢？会是一种令人激动的象形文字里固有的欺骗性吗？那里面跳动着什么呢？聂鲁达的诗歌是不能与惠特曼的诗歌混淆在一起的，绝对不能，惠特曼的诗歌充满了精华、本质、风格，尤其是觉悟。（另外一个例子是莱昂·费利佩[10]。）巴勃罗·聂鲁达其实就是一个发狂的浪漫主义中多产、马虎的写实作家而已。他最好的作品里，“几乎”有魔幻现实的成分，但是也没达到圣琼·佩斯[11]、艾略特、乔伊斯的水准。聂鲁达不像这些作家已经深深意识到潜意识的重要性，他没有能力把惊奇和力量，通过这样那样不可言传的通道，融入真正、征服人、坚决的“魔幻现实主义”里去。

注释：

① 巴勃罗·聂鲁达（Pablo Neruda，1904—1973），智利著名诗人。出身农民家庭，父亲是火车司机。他读中学时开始写诗。1919年家

乡举办诗歌赛，他获得三等奖。1920年正式使用笔名巴勃罗·聂鲁达。1921年进入首都智利大学教育学院攻读法语。1923年出版了第一部诗集《黄昏》。1924年第二部诗集《二十首情诗和一首绝望的歌》问世，引起智利文学界重视。1927年聂鲁达进入智利外交部工作，先后在仰光（1927）、科伦坡（1928）、雅加达（1930）、新加坡（1931）、布宜诺斯艾利斯（1933）、巴塞罗那（1934）、马德里（1935—1936）等地任职。1939年他为营救西班牙难民做了大量工作。1940—1942年在墨西哥城担任领事。1943年回智利首都圣地亚哥，专门从事文学创作，开始写长诗《漫歌集》。1945年当选为智利国会议员。同年，获得智利全国文学奖，加入了智利共产党。1946年智利共产党被该国反动政府宣布为非法组织，聂鲁达不得不中止了《漫歌集》的创作。他本人受到通缉，被迫转入地下。1948年流亡国外，继续从事诗歌创作。1951—1952年旅居意大利，其间曾来中国。1952年智利政府撤销了对他的通缉令。1953年回国，受到老百姓的热烈欢迎。1954—1969年完成了一系列长诗的创作，其间当选为智利作家协会主席，再次来中国访问。1969年作为智利共产党推选的总统候选人参加竞选，其实是一种支持社会党候选人阿连德竞选的策略。1970年阿连德获胜后，委派聂鲁达为驻法国大使。1971年获得诺贝尔文学奖。1973年9月11日智利皮诺切特将军发动政变，武装夺取了总统府。阿连德英勇牺牲。9月23日聂鲁达病逝。

聂鲁达的文学创作的第一阶段是1917—1927年，代表作是《二十首情诗和一首绝望的歌》，主题是爱情；第二阶段是1928—1934年，代表作是《大地上的居所》，主题是迷茫、困惑的情绪；第三阶段是

1935—1961年，代表作是《漫歌集》《遐想集》等长诗，是他一生创作的黄金时期；第四阶段是1962—1973年，主要作品有《黑岛记事》《船工号子》《我承认我历尽沧桑》等回忆录性质的作品。

希梅内斯所批评的聂鲁达，正处于第二阶段，在迷茫、困惑的情绪笼罩下，其作品显得没有灵魂，没有觉悟，私生活颓废，甚至糜烂。正是西班牙的内战拯救了他的灵魂，使得他毅然决然地投入反法西斯的战火中去，从而写下了著名的诗集《西班牙在我心中》。——译注

② 加夫列拉·米斯特拉尔（Gabriela Mistral，1889—1957），智利著名女诗人。1945年诺贝尔文学奖获得者。重要作品有《绝望》《柔情》《压榨机》等。——译注

③ 拉法埃尔·阿尔维蒂（Rafael Alberti，1902—1999），西班牙作家、诗人。1927年一代作家中的重要代表之一。代表作有《陆地上的水手》《紫罗兰的黎明》《石灰与歌》《失去的丛林》等。——译注

④ 维森特·维多夫罗（Vicente Huidobro，1893—1948），智利著名诗人。1921年到西班牙主办了《创造》杂志，向一切文学传统挑战，积极推出标新立异的作品。重要作品有《诗的艺术》《宣言》《灵魂的回声》《夜歌》《寂静的岩洞》《隐蔽的宝塔》《亚当》《水的镜子》《北极的诗歌》《逆风》《最后的诗篇》等。——译注

⑤ 洛尔卡（Federico García Lorca，1898—1936），西班牙1927年一代中最著名的诗人、剧作家、散文家。——译注

⑥ 托斯卡尼尼（Arturo Toscanini，1867—1957），意大利著名音乐指挥，20世纪上半叶杰出的指挥大师。由于视力不佳，靠非凡的记忆

指挥。曾与世界上各大交响乐团合作演出，以指挥威尔第歌剧、贝多芬交响乐、瓦格纳的作品而享有盛誉。——译注

⑦ 胡安·米罗（Juan Miró，1893—1983），西班牙画家。早期受法国画家塞尚的影响，后来接受了超现实主义的美学思想。但是，很快走出一条自己的独创之路。——译注

⑧ 萨尔瓦多·达利（Salvador Dalí，1904—1989），西班牙著名画家。接受超现实主义思想，努力表现梦呓的内心体验。重要作品有《面包筐》《看不见的男子》《最后的晚餐》等。——译注

⑨ 乔卡诺（José Santos Chocano，1875—1934），秘鲁诗人。拉美现代主义诗歌运动晚期的代表。代表作为《美洲魂》。——译注

⑩ 莱昂·费利佩（León Felipe，1884—1968），西班牙诗人。多写西班牙内战和流亡墨西哥的题材。重要作品有《打耳光的小丑》《离开平原出走的西班牙人》《你光明在前》等。——译注

⑪ 圣琼·佩斯（Saint-John Perse，1887—1975），法国诗人和剧作家。长年任职法国外交部。1916—1921年在法国驻中国使馆工作，先后任北京使馆秘书和上海领事馆领事。1960年获得诺贝尔文学奖。代表作有《阿纳巴斯》《流亡》《海标》等。——编注

44 埃尔内斯托·希梅内斯·卡瓦耶罗[①]（1931）

这位马德里的未来派人士，令人难以捉摸，总是一副紧张兮兮的样子，到处露面，总是从大胆的角度让人拍照；既侧身又面对镜头，戴着模模糊糊的眼镜，不知如何保持平衡，是依靠眼镜的棱角，还是镜片。他是立体派看重的二号人物，为人实际，讲究效果。既狂妄又一视同仁，既是超现实主义者又是浪漫主义者，位置显眼又合适，他是“锗”元素，在别人面前保持安静，对自己、对内心世界，围绕自己的问题，就是一包炸药，坐在那里跟自己生气。嘿，瞧啊！是书房里的猫啊、狗啊、老鼠啊在跑吗？他哈哈大笑，眉毛厚道地颤动，讲交情了：“好啦，先生们，有我在这儿呢！”

面对我们这堵墙壁，面对我们这辆车子，面对我们这条板凳，面对我们脚下，他视而不见，扬长而去，摆出一副绿色无线电报的神情。他待在自己的摩托上，自己的脚踏板上，保持极限速度。他身穿军用雨衣、黑色灯芯绒外套、凸纹布坎肩、短袜、灰色围巾、方格帽、蓝衬衫、燕尾服、马靴，必要时穿军装。小口袋里装着铁丝、固体醇、玻璃、鱼、砖头、粉笔、课本。每分钟，进不同的门，拿着不一样的纸张，摆出不一样的姿势，角色不一样：红色、黑色、黄色。那模糊眼镜的后面几乎看不见眼睛，那无可救药的老照片上的眼睛。莫非是人们遗忘了他的眼睛？莫非是我们看见他在照片上，他从照片上也看见了我们？是什么样擦皮鞋的人在他身上留下了鞋油？什么样的钟表店让他这个没有眼珠子的人去修表呢？

我希望看到一片朴素的曙光，给当今的鲁滨孙造出一个烟囱、一个救火的云梯，两侧有车轮。那片曙光就是可移动的孤立建筑物，是一个不同居民区的灵敏新装置，里边有转动轴，亦即心脏、肺脏、脾脏（只要一按动那几个表面上中性的按钮，这些脏器就会冒出紫色的火花，残渣就会从耳朵、口袋、衣袖里窜出来）。他应该把这些东西当成一台亲爱的发电机，地窖里盼望的发电机，盼望着来自苍天、街道、绿树的阳光。

注释：

① 埃尔内斯托·希梅内斯·卡瓦耶罗（Ernesto Giménez Caballero，1899—1988），西班牙作家、散文家、外交官、教师。早期十分推崇先锋派文学。大力宣传超现实主义、极端主义、未来主义，并为此拍摄过纪录片。曾经担任过巴西、巴拉圭文化参赞。创办过《文学报》。有宣传法西斯主义的倾向。主要作品有《西班牙的天才》《一个士兵的摩洛哥散记》《牛群》《响板》《处女》等。——译注

45 埃乌赛比亚·柯思梅[1]（1937）

埃乌赛比亚·柯思梅在西班牙的照片，让我觉得像黑色的怒涛，像约瑟芬·贝克[2]那种人，她的朗诵撕心裂肺。我到了古巴以后，看见柯思梅出现在《现场与形象》的节目里，发现地道的黑白混血性质也是温柔、细腻、悄悄移动、未被觉察的。我看到柯思梅是一种受过精心培育的肉桂色玫瑰。

这种温柔的黑白混血玫瑰、埃乌赛比亚玫瑰，充满了一等一的潇洒以及原创的味道。另外，她很幸运地拥有自己种族的优势和权利。因此，她可以重新当着大家的面去做自己愿意做的一切，而不会受到伤害，因为她会自己保护自己。但愿这朵肉桂色的可爱玫瑰能记住我的话（也原谅我这番话）。

依我看，埃乌赛比亚·柯思梅人生和艺术的未来，就在于她要坚持生长在她自由土地的绿色花茎上，呼吸着那永远生动、清纯的空气，怀抱黑人的生命力和洁身自好；就在于她不容忍那笨蛋演员朗诵时的蹩脚表演模式，也不容忍那白人忸怩作态的朗诵；就在于永远不要当玫瑰色的玫瑰，也不要当茶色玫瑰；就在于不染上这个世界的任何坏毛病，亲爱的埃乌赛比亚玫瑰，为了插在艺术展览会上最纯净的水晶上，你快快逃离这肮脏的世界吧！

注释：

① 埃乌赛比亚·柯思梅（Eusebia Cosme，1911—1976），古巴女演员。在诗歌朗诵方面取得了巨大成功。她非常了解古巴黑人的悲惨处境，善于搜集黑人的民歌和口头文学，加工整理后朗诵给社会的各个阶层，深受大众欢迎，红极一时。成为古巴黑人诗歌的重要传播者，推动了黑人诗歌的迅速发展。古巴著名黑人诗人领袖尼古拉斯·纪廉（Nicolás Guillén）对她的工作给予了很高评价。此外，柯思梅在墨西哥还参加了话剧演出活动和一些电影的拍摄工作，如主演了《生的权利》《把白玫瑰给我的黑妹妹》等。——译注

② 约瑟芬·贝克（Joséphine Baker，1906—1975），法国和美国籍女演员、舞蹈和歌唱家。有“青铜女神”和“黑珍珠”之称。她的舞蹈表演性感动人，她的歌声柔美，让成千上万的法国人为之倾倒。第二次世界大战期间，她为英、法情报部门工作，为打败德国法西斯做出了自己的贡献。战后，法国政府给予她很高荣誉。1976年她去世时，法国人民纷纷上街为她送葬。——译注

46 拉法埃尔·阿尔维蒂[1]（1929）

拉法埃尔·阿尔维蒂咧开嘴巴纵情大笑，同时影响到他的双肩，笑声来源于牛皮哄哄的胸腔。是什么性质啊？因为那不是嘲笑什么，不是哭鼻子，不是开心，不是绝望，好像什么因素都有。是暂时的消沉，无精打采，强作笑颜。具有母性美的伟大安达卢西亚来助他一臂之力了，她带来各种颜色和气味的浪涛，裹挟着三个王国[2]融合起来的生活方式。忽然，那折叠起来的笑容打开了，变成伞状的笑脸。无论在什么地方，这位“港口之子”[3]开始跳舞，跳斗牛舞，跳民间哈雷奥舞，跳安达卢西亚地方的维托舞。

1925 年我信中所说的那位小水手很快就长高了。他那件漂亮的、印有我家海滨街道图案的水手服，穿在身上小了，弄得这位诗人不好意思上马德里的大街去，因为胳膊、大腿的肌肉都裸露在外面。他连连道歉，然后穿上了老式服装：鲁文·达里奥那个黄金世纪的粗布衣裳、部落长老喜欢的黑色或橘黄色的长袍、挂上“主义”招牌的鲜亮衣裳，其中有闪光服，有小丑服。他偶然向上一跳，登上了一些逝者和活人的肩膀，像济慈那样抓住了天使群裸露的脚脖子。与天使们一道奋斗，就是说呀说个没完，赢过，也输过。他用投枪发出的誓言有伟大的谎言中的许多真话；他那从蓝天降落的拉斐尔艺术风格，面对着成千上万喜欢开玩笑的观众，让他感到头疼和肝疼。（莫非浪漫派的天使们也乱弹琴吗？）

他来到这里，四处走动，天蓝色的鞋后跟像鞭子一样“啪啪”作响。他自己才华非凡，疯疯癫癫，喜欢炫耀，反对那没用、也没必要的夸张。就在他摘下来第七块矫揉造作的口才披风时，我把他那灵巧的魔杖扔进了深渊，他干脆摆脱了眼前自己手中的超级浪漫主义。我在修剪他那过分激越因而解体的口才时，再次把那美丽鲜活的精灵从他的声音里剥离出来，那声音就像最高一层楼上的天然活门，穿过金银色的管状顶灯，那是来自地心的钻石般的火光。拉法埃尔·阿尔维蒂要对没看见此情此景的人们说一说至少有加迪斯海那么大面积的事情，对我来说，加迪斯海是世界上最美丽的海湾，是我知道的西南诗坛上最富有的海湾。如果没有那手指划过并放出的弯弯曲曲的闪电，如果没有打着寒战去抚摸那天蓝色的裸体，落到地上，露出母鸡那样的紫肉，这样的事情是不会重复发生的。

注释：

① 拉法埃尔·阿尔维蒂（Rafael Alberti，1905—1999），西班

牙著名诗人。思想左倾，参加过保卫西班牙人民阵线的政府。后来，流亡阿根廷和意大利。20世纪70年代回国参加竞选，当选西班牙南方加迪斯省议员。1983年获得西班牙塞万提斯文学奖。他的文学创作可分为四个时期：第一时期属于先锋派，作品有《情人》《紫罗兰的黎明》等；第二个时期属于回归传统之后，向未来主义诗歌发展，作品有《石灰与歌》《天使》《布道词与住所》等；第三个时期则回归现实主义，受苏联诗人马雅可夫斯基的影响，创作了《埃斯特雷马杜拉的农民》《诗人在街头》《面向任何一代》等；第四个时期的创作倾向于传统性与社会性相结合，作品有《人民的春天》《随时随刻》《潮汐》等。——译注

② 这里可能是指西班牙南方安达卢西亚地区曾经出现过古罗马帝国、阿拉伯阿拔斯王朝和西班牙天主教王国的统治。——译注

③ 拉法埃尔·阿尔维蒂出生在加迪斯省（Cádiz）的圣玛利亚港，他在那里生活了十二年之久。——译注

47 何塞·贝尔卡明[1]（1922）

我经常说："何塞·贝尔卡明做起伸展运动来，显得真高、真瘦啊！"这是第三次大伸展了，是决定性的一次，为的是可以用手摸到天空中最优美、几乎是无色的那一层，那里有新思想，那里有星星和火箭[2]的搏斗。

伸展起来又高又瘦，为的是抓鸟群（几乎从来没有抓到过）。但是，何塞·贝尔卡明用推心置腹的办法抓到过几只鸟儿；另外有些鸟儿，他是用最为简单明了的笔触或者普普通通的文字抓住的，那文字的颜色就如同夜莺的羽毛；还有些鸟儿，是他用岩石般坚韧、温和的态度，用漂泊不定的馨香，用从清丽婉转的赋格曲里落下来的音符，用他翱翔时产生瞬间形式抓住的。（从我们这里飞走的猎物并非败笔。）

明天，就今天下午吧，这位伸展后的何塞·贝尔卡明，可定会张开他那高尚的手，问道："我手里的这个……这个是什么呀？"没关系，无论今天、明天、以后，永远都用不着为任何一次疯狂的狩猎而后悔，因为让关在脑海里的一只鸟儿飞走是很容易的。

……在我们全部的生存方式里，永远会有美好至极的伸展锻炼，来吧！要当心那敏捷的思维啊！

注释：

① 何塞·贝尔卡明（José Bergamín，1895—1983），西班牙散文家、戏剧家、出版家。早期受西班牙大作家、思想家乌纳穆诺的影响很深，拜乌纳穆诺为师。后来，又结识了希梅内斯，成为终生好友。年轻时，坚决反对里维拉（Miguel Primo de Rivera）将军的独裁统治。支持人民阵线政府，参加了保卫共和国的战斗。流亡国外期间，他领导了出版《安东尼奥·马查多全集》《阿尔维蒂选集》《巴列霍选集》《洛尔卡选集》《塞尔努达选集》的庞大工程。他自己创作了大量的散文和戏剧作品，主要题材包括文学神话、西班牙黄金世纪文学、神秘文学、社会政治问题、斗牛术等。由于涉猎范围广大，而被称为“西班牙文化界的幽灵”。主要作品有散文《火箭与星星》《西班牙失去控制》《诗歌的地狱之门》，诗作《沙漠亮光》《期盼白雪的手》，剧作《苦井》《低沉的声音》等。这些作品反映出他一生的思想十分矛盾：既相信天主教又相信共产主义。他的散文语言风格清新、简洁，因此西班牙评论界认为他是20世纪大散文家之一。——译注

② 这里是指贝尔卡明的散文佳作《火箭与星星》。——译注

48 费德里科·加西亚·洛尔卡[1](1928)

费德里科·加西亚·洛尔卡，在青铜种族、橄榄色种族、白色种族、黑色种族、黄色种族里面，如同五种颜色面对阳光，他像个胖墩墩的褐色菠萝，再次改变了奔跑的方向。他再也不愿意丢下属于小动物们的潺潺流水。终于，大腿擦着大腿，腿肚子呈凸状，迈着四方步，他缓缓地走在长长的伤感峡谷里，用乳白色的泉水喷洒在声带上。或者，忽然奔跑起来，像个大马蝇那样一头撞在一块挡风玻璃上，撞在阴沉的西方，像是撞在幻灯机上，暗红色的幻灯机架在两块平行的木板上，这时暮色来到了格拉纳达[2]。

（洛尔卡那隐蔽小区的条条胡同的靛蓝色墙壁上，他用木炭画上了各种涂鸦的结果：玫瑰和垃圾。在漫长的黄昏里已经点燃脚灯的桥上，他对清水里的三个女巫说了一句具体的粗话。他直接与占卜天梯的人说话。他登上另外一堵墙，把一朵晚香玉扔给正在黄昏中、在自己果园里挖地的白衣修女。突然，他令人费解地哈哈大笑，一下子跳过脚下的绳索，沿着四个街口寻找男孩给女孩的蜡烛。随后，他连蹦带跳地顺着老路向下走去，沿途散布着白铜色壁虎、从石灰墙壁里钻出的蓝色牵牛花，以及不停地搬家的蚂蚁们。）

……他没有自杀。他是钻进倒塌的房屋了吗？我们再也没办法知道他能从哪里出来啊！可是，眼下，他沿着什么道路，手提彩色灯笼，给圣体送行啊？他从哪个井口、阴沟、下水管道口，掀起了地面上红色的大理石，来到了教堂的圣器室啊？法雅[3]“微笑着”在那里等候他呢。他摆脱吹嘘、胡编和亲热的表示，像一个从孤儿院出来的、没有见过世面的孩子，在一个美妙的时刻回到家中，声音是伤感的，眉毛、眼睛是悲伤的，手里拿着一幅油画，上面有百合花，他跟着小伊莎贝拉唱平安夜的谣曲和圣诞颂歌。

注释：

① 费德里科·加西亚·洛尔卡（Federico García Lorca，1898—1936），西班牙1927年一代中最著名的诗人、剧作家、散文家。从小喜欢文学、美术和音乐。大学期间开始文学创作。深受希梅内斯的诗论观点影响。在艺术上经常与大画家萨尔瓦多·达利交流心得。1932—1935年组织剧团下乡演出，深受老百姓欢迎。宣传进步思想，反对独裁统治，1936年7月佛朗哥发动军事政变，攻击人民政府。洛尔卡被法西斯分子杀害，年仅三十八岁。重要诗作有《诗集》《深歌》《歌集》《吉

卜赛谣曲集》《诗人在纽约》《短歌》《十四行诗》，另有游记散文《印象与风光》，主要著作则有《血婚》《玛利亚娜·皮内达》《坐愁红颜老》等。洛尔卡是个有理想、有追求的艺术家，为人纯朴、厚道、热情，有超群的天赋、才华横溢。他的作品有着鲜明的人民性和社会性，艺术上博采众长，善于把外来优秀作品与民间艺术结合，因而取得了非凡的成就，在欧洲、美洲有深刻影响。——译注

② 这里指的是洛尔卡的出生地——格拉纳达郊区的放牛泉镇。诗人在故乡度过了童年时期。——译注

③ 法雅（**Manuel de Falla**，1876—1946），西班牙著名作曲家。善于学习瓦格纳、德彪西等外来优秀音乐作品，结合西班牙本土的民间歌舞，创作了《短暂的生命》《西班牙花园之夜》等脍炙人口的作品。他是洛尔卡的好友。——译注

49 杜尔塞·玛利亚·罗伊纳斯[①](1937)

阴雨中的下午，我登上了那弯弯曲曲的窄楼梯（叶子锋利的蔓生植物刺伤了我的手掌，古铜色的叶子包围着电灯泡似的花朵，从郁郁葱葱的花园另一侧依稀可见绿色、潮湿的光线下挺拔的枝干）。我踏进一间供休息用的前厅，迎面看到的是一张西班牙圣母玛利亚像，坐姿，肢体残缺，彩色木雕，大小自然。一根石灰岩质的象牙，呈月牙状，是圣母玛利亚像的仪仗队，白色的香烟袅袅，送来一股股刺鼻的硫黄气味，熏陶着圣母，也熏陶着我们。

这位温柔、和蔼、肤色发黄（这有点儿意外）的标准美人，我的好朋友说："亲爱的先生，您请坐吧！"我坐下了，心里有些害怕，望着她风度翩翩地走来走去，这时她……我浑身一哆嗦，杜尔塞·玛利亚这时是一尊可爱的象牙制品，女性的体态介于哥特式和超现实主义之间，金丝眼镜套在耳上，镜片后边是蝴蝶形的小眼睛，微笑中露出了一颗珍珠般灰色的牙齿。她那柔弱的古巴话，不允许别人打断，如同旧薄纸一样，简明、优美。"这是您的房子吗？”“是的，请过来看看！”这是走廊，还有一个老鼠笼子，里面塞满了枯树叶；有一堆银币，小心翼翼地从小到大码放在一个还有饭后点心的盘子里，码放成一个倒置的巴别塔；还有一个半身的黑人侍者，身穿红色和银色的制服，这个石膏像浑身胡乱涂了一些颜色，端着一个生锈的、放置客人名片的托盘；地面上有个大玻璃杯，那是费德里科·加西亚·洛尔卡曾经用过的：喝柠檬茶，里面有石笋、石钟乳以及被囚禁的蜘蛛网。（啊！我现在忽然明白洛尔卡最近作品里神魂颠倒的话语是从什么地方冒出来的了！）杜尔塞·玛利亚在一些奇奇怪怪的、交织着光线和黑影的缝隙中时隐时现。呀，对了，是恩里克，就是那个恩里克·罗伊纳斯·德·恰贡·伊·洛尔卡②，他像一盘菜，香嫩可口，令人满意，有一副令人不安的牙齿，说出来的话语像梦呓一样破碎。我不知道杜尔塞·玛利亚的寝室在什么地方，如何才能找到，不知道哪里是她的起居室、停尸间、黄色的私室、化妆室、储藏室、小教堂，她是圣女，也许是信奉女灶神的少女，也许是中世纪的凡俗女子。她是陈列橱窗，里面有各种瓶子，空的，没有永恒的国际精华，陈列着像扇子散架之后的骷髅，陈列着几个世纪来的汗水凝固成的纱织花边，陈列着……突然，妹妹弗洛尔来了，情绪有点儿低落，大眼睛像黑黝黝的子弹。她那被人遗忘的补药，如今拿在手里。她那发亮、浓黑的衣服，底色是浓黑的马黛茶色，像是为给费得利卡公爵夫人送葬穿的丧服。弗洛尔比起姐姐杜尔塞和哥哥恩里克来显得更加白胖。（恩里克乳白中带灰色，属淡黄色。）四月岛上的一个下午，一个跳弗拉门戈舞的男子站在众人面前，赤脚，吐了一口长气，他难过，因为他的女人决定远走高飞。终于，见到了床，双人床，床脚朝着花园，花园里面有六十一条狗，有扇玻璃门，以备不时之需。现在，这是杜尔塞·玛利亚的玻璃陈列柜，这一次，她位于决定性的中心位置了。妹妹丽贝鲁拉，神圣的大律师，去过遥远的洪基岳思岛，去过遥远的犀利菲斯岛，去过遥远的易思凯斯岛，去过遥远的大头针岛，去过遥远的牙签岛。妹妹奥菲利亚·罗伊纳斯·苏提尔，既讲古又讲新，她自己的诗歌里特别讲究人情味，闪烁着磷火似的现实，文字清新、柔情、轻盈，练习本的字里行间富有慵懒的气质、情感和神秘的嘲讽意味，如同包装普通、内容香艳的玫瑰。是的，她是塔尔克地方的圣女特蕾莎，从前稚嫩，如今已经凭借蚂蚁般的勤劳可以吃饱，过上了快乐的生活；已经是可以被分析研究的女歌手了，已经留在人们心坎上，如同那踌躇满志的蝉一样在唱，用一枚尖尖的大头针钉在那种生活上。仿佛她发出的叹息、她那迷失的灵魂，把她冷冰冰地丢给了别人。但是并非让她死掉。

一棵大树倒了，成了亭子与亭子之间的跨桥，亭子是属于每个人的。注意平衡，注意摸索。“走这边！走这边！”没见过如此粗野的人特别乐意行善。卡洛斯[3]身穿深棕色方格外衣，头发直直的，没有染好，没有剪好，深绿色像秋天里意外出现的古巴深黄色含羞草；还有点儿白色，像干草。现在，请室内乐队出场，由罗伊纳斯兄弟姐妹组成，在这犹豫不决的时刻，他们说话轻柔，口齿不清。这是情趣高雅的时刻吗？光线半明半暗。朗诵吗？我决定不朗诵。这个家庭其他成员，除去他们四位常住人员，除去我，除去别的一切，就只有特别令人惊奇的大自然的陪伴了，这样的陪伴在那里实实在在罕见，就是四人刺耳的旋律在陪伴着他们，其中，杜尔塞·玛利亚的小提琴走了调，或许是歌唱爱情的中提琴跑了调。有冷饮吗？供桌上摆满了各种葡萄酒、白酒、开胃酒，以及能有和不可能有的果汁。冷冰冰的，带玫瑰色，还有点儿淡淡的香味，用手去摸那翡翠色的把手，冷彻脊背。这种令人不安的心理（后来用我这支笔写出文章可以做证）就是：我没有喝下去的那一大杯冷饮，将来送到展览杰出人士用过的杯子博物馆，禁止触摸。

黄昏时分，大家在花园里纷纷告别。街道，城市，真奇怪呀！旅馆呢？我还记得吗？是不是还存在啊？恩里克坚持认为："我就睡在这个汽车笼子里呀，因为我家的房子还是新的嘛。"弗洛尔说："我要去那间通向河流的十字形大理石卫生间睡觉。"小卡洛斯说："这段时间我不睡觉，因为我无家可归，不知道在哪里睡觉，不知道怎么睡觉啊。"最后是一朵玫瑰花，我手里拿着的玫瑰花。杜尔塞·玛利亚说："别的玫瑰依然新鲜着呢。这一朵生下来就老了，它是我的，在我卧室的墙下长大。"我手里一直有（能有多久呢？）这支老玫瑰：乳白色、黄色、紫色，生下来就弯腰，恰恰没死；往日，严峻，僵硬，一直陪伴着它的女诗人，无论她睡着还是醒着。它像她一样，既热情又冷若冰霜，既丰满又干瘦，是一座正在开花的小火山；既不给别人留下噩梦，自己也不梦游。

注释：

① 杜尔塞·玛利亚·罗伊纳斯（Dulce María Loynaz，1902—1997），古巴重要的女诗人、女作家。父母都是古巴诗人。她本人十七岁发表了处女作《心灵冬日》和《黄昏》，引起古巴诗歌界注意。跟随父母遍访美国、欧洲、土耳其、叙利亚、黎巴嫩、巴勒斯坦和埃及，对她人生观的形成有很大影响。后来进哈瓦那大学攻读法学，获博士学位和律师头衔。1928—1935年，她花七年的时间创作了长篇小说《花园》，充分展示了她的艺术才华：惊人的想象力，字里行间充满了诗情画意，特别是运用魔幻现实主义的手法方面，其灵活、巧妙和娴熟的程度比起加西亚·马尔克斯们要早三十年！智利女诗人、诺贝尔文学奖获得者米斯特拉尔评价《花园》时说道："提高西班牙语水平的最佳方式就是阅读《花园》。"她郑重地把这部长篇小说推荐给诺贝尔评奖委员会。

杜尔塞创作了大量的诗歌，重要作品有《戏水》《情书》《特内里费的夏天》《兽笼》《拉撒路的新娘》《缄默的声音》等。另外有游记《在古巴我幸福过》。20世纪30年代，她在古巴接待过许多西班牙作家，其中就有洛尔卡和希梅内斯。她认为在文学创作观念上，希梅内斯是她的老师。1989年以后古巴文学界加强了对杜尔塞的研究，认为她是

当代拉美文学的先驱之一。1992年西班牙政府授予她西班牙语文学最高奖：塞万提斯文学奖。——译注

② 恩里克是杜尔塞的大弟弟。后面加缀的“洛尔卡”是希梅内斯的“杰作”，因为有一次洛尔卡拜访杜尔塞，开门的是恩里克，他把洛尔卡当成了一位生意伙伴，是来登门签合同的。洛尔卡不知就里，糊里糊涂签了字，闹了个大笑话。希梅内斯听说后就把两人的名字故意混成一团。——译注

③ 卡洛斯，杜尔塞的小弟弟。也写诗，但是从来不发表。杜尔塞的小妹妹奥菲利亚也是诗人，但是作品也从来不公布于众。——译注

50 弗朗西斯科·博莱斯[①](1932)

弗朗西斯科·博莱斯肤色浅黑，令人印象深刻，模样像扁桃，由于身穿流行的横宽垫肩上衣，体形显得宽宽的、方方的，下身是带褶长裤，双腿呈剪刀形站立，两手插在蓝色深深的衣袋里。他是画家罗萨莱斯的曾孙，克服了西班牙绘画界浪漫主义封闭状态造成的如同热带疟疾一样的朦胧色彩，似乎正在发芽吐绿。他的办法是冷嘲热讽，如今普遍聪明的乐观主义态度有助于他的办法。命运之神对他说:“神奇的画家啊，看一看！画一画！”他画呀，画呀，没时间打盹儿，像一条流向未来的河，手指头总是捏着画笔。他画画有极大的偶然性：属于双倍和谐的曲线，属于双重旋律的曲线，如同产生快感之爱的曲线，必须表现得恰到好处、浓淡相宜、令人愉悦。

(博莱斯应该感谢毕加索，当代一切年轻的画家都应该感谢毕加索，如同当代一切年轻的音乐家都应该感谢作曲家法利亚一样，我们的年轻诗人应该感谢那个他们要他走开的那个人。在西班牙当代第一批年轻的诗人、音乐家和画家当中，博莱斯逐渐脱颖而出，他神情又警惕又专注，他的道路自然而然，与众不同。大家都被命运永远打上了烙印，西班牙现代的诗坛、乐坛、画坛，以多么渴望、虔诚、热情的态度，创造了三大特征，每人都被这些特征的三重烙印打上了印记：热爱真正的美，追求内在和外在品质，鲜明的思想觉悟。）

绘画、音乐和诗歌再度集博莱斯一身，他真走运。这样的三合一，尽管有技术问题，却永远会有人做下去（例如拉斐尔、莫扎特、波德莱尔）：表现真正美的最高境界。对于那些不相信这文艺三合一的，而且还打算让三者分家的人们来说，会觉得很糟。一时风行的玩意儿，似是而非，其价值只在编造者自身。今天文艺青年的时髦货就是四分五裂，他们企图用耍手腕、讲排场、吹牛皮来弥补缺乏创新力的毛病。真正的文艺青年过去、现在和将来都是正直的、全面的，讲究整体的。如果永恒的印象主义最后能与永恒的立体主义融合在一起，那么就会永远光芒万丈。（而与此同时有很多人似乎想名垂史册，如今谎话说尽，就黯淡无光了。）

注释：

① 弗朗西斯科·博莱斯（Francisco Bores，1898—1972），西班牙著名画家。青年时期与文学界交往密切。早期为马德里一些杂志、报纸创作版画、木刻。1922年首次参加西班牙全国美术展览。1925年参加伊比利安艺术家协会首次美展。随后前往巴黎进修美术，其间结识了西

班牙著名画家毕加索、克西奥、格里斯等人。1927年在巴黎举办了个人画展，从此步入法国画坛。1930年在美国举办个人画展。他的作品成为美国和法国艺术收藏界的对象。他的艺术追求是：革新古典主义，发展新立体主义，讲究动静结合，努力表现内心世界的活动。题材广泛，包括风景、水果静物、人物肖像等。——译注

51 埃乌赫尼奥·弗洛利特[1]（1939）

埃乌赫尼奥·弗洛利特从他那厚厚的大眼镜片后面，在眼镜折磨颧骨的同时，用一种带惨笑意味的深邃目光注视着我，把我给瞧扁了。他那拉丁式、古典式、未来式、无限遥远的惨笑，如同一种上帝选民才有的谨慎气息。这位静静地流露出自己内心痛苦，目光敏锐却又漫不经心的秘密观察者，其散发出来的气息可以理解为一堵厚墙（有血有肉有情节），是真正的诗人们一定要在自己身边建立的精神监狱，是用来对付外界骚扰的中心城堡。他的根基化成了忧伤，炼出了精华，收藏在熔炉里，这在更好的永恒环境里看得很分明。无论弗洛利特从哪里来或者到哪里去，都走自己的路，不听别人喊叫，那是一条远离塑像和百合花的道路，他竖起耳朵，倾听那最美的声音。生下来就情趣高雅，朴素的灰颜色对他来说是幸事，他永远属于诗歌和人文的贵族阶层：高尚的本能、良心，加上文化养成。三者亲如兄弟。细心、专注、善解人意。他是贵族，寻找与之在爱情、宗教信仰和友情、诗歌上相应的贵族交往：劳拉、胡安·德·拉·克鲁斯[2]、拉罗萨、济慈。不带仇恨地嘲笑“男子汉”们，真是不幸！

弗洛利特是在古巴的西班牙人之中的普通美男子。他打磨着自己的生活和作品，如同打磨着一块平静的玛瑙。从他开始，美洲和西班牙都急切渴望地通过他那永久性的西班牙语融合在一起。圣灵降临节使用的语言，晨曦和晚霞时分火烧云般的精神。讲究漂亮、难以对付的表达方式，把人类与闪光、泉水、天鹅联系在一起，又不离开人的范畴。对，天鹅之路[3]就是他的道路（不应忘记的是，天鹅只在心里唱歌，只为自己唱歌；不应忘记的是，由于天鹅永远不会死去，就不唱歌给死神听，因此扭断天鹅的脖子是荒谬的[4]。无论天鹅还是苍鹰都不应该扭断它们的脖子，应该把那种鸟的脖子扭断：喋喋不休的小鹦鹉。）

对，弗洛利特，另类诗人，“在黑影里慢慢磨蹭的人”。你是唱给自己听的，你是唱给天上听的，你不令人讨厌。把聪明的天鹅的脖子扭断是荒谬的啊！

注释：

① 埃乌赫尼奥·弗洛利特（Eugenio Florit，1903—1999），古巴诗人。出生在西班牙马德里，在美国迈阿密去世。母亲是古巴人，父亲是西班牙人。他二十岁时出版了第一部诗集《短诗三十二首》。此后，陆续出版诗集《热带》《双重口音》。希梅内斯为其作序，表示热情鼓励。他的作品中既有古典主义的特征，又可以看到欧洲先锋派诗歌的影

子。1945年后转入教育界工作，但仍然没有放弃写诗，重要作品有《王国》《四首诗》《习惯期待》《倒数第二部诗选》等。进入21世纪，古巴文学界认为弗洛利特是20世纪古巴文学的代表之一。——译注

② 胡安·德·拉·克鲁斯（San Juan de la Cruz，1542—1591），西班牙诗人、神秘主义者。创作了大量具有宗教色彩的抒情诗和赞美诗，代表作有诗集《热恋的火焰》、长诗《心灵的黑夜》《赞美诗——灵魂和丈夫的对话》等。——编注

③ 天鹅之路是指在19世纪末拉美现代主义诗歌运动中，鲁文·达里奥等诗人用“天鹅”来比喻诗人，应该向人生、社会、苍天提出质疑。——译注

④ 20世纪初，拉美诗人提出诗歌应该面对现实，而不要沉迷在风花雪月中，因此要“扭断天鹅的脖子”。——译注

52 诺拉·博尔赫斯[1]（1939）

诺拉·博尔赫斯裹在毛茸茸的银色皮衣里（就像一朵山茶花裹在自己的叶子里，就像一只白鸽披着自己的羽毛），她那纯净、优美、雪白的曲线闻名遐迩，她说起话来大部分词语轻柔、富有音乐感，流露出细腻的音铃声。说话不多，足够清楚。她走了，缓缓地笑着，跟着她的吉列尔莫[2]，走在寒冷的马德里大街上，顶着飘飘悠悠的雪粒，同行的还有大地女神的另外一些白色、蓝色、古铜色和黑色的鸽子。

我只见过诺拉一次，那一回，我看到她的画作——动物、植物、人物，都是眼光成熟的产物，水果的果肉光洁、鲜嫩，世界是更加洁白的空气。世界作为灵与肉的居所，似乎是被优美的灰色隔断分成了一个个像是由圆圆的星星烧出来的圆洞，仿佛灵与肉的薄薄面具，处在闪烁着神秘黑光的视野内。诺拉同她自己那具有翅膀、轮子的鸟巢一起四处漂泊，那圆圆的星星可能是蜜蜂、蝴蝶，跟着诺拉一道飞翔，如同成群结队的鸟儿追随着一位迪尔德丽[3]。

诺拉·博尔赫斯本身就像某些水果和鲜花（柿子、菊花），不能不是民族和世界的，却又丝毫没有丢掉乡土气息。诺拉·博尔赫斯是阿根廷女子，尽管就像菊花和柿子一样，俄罗斯、葡萄牙、中国、爱尔兰、瑞典、日本、西班牙也有。

她无须借助显微镜和望远镜就看清了一个世界、一种生活，她眼中的世界是个怪物，她就在那种生活里面，就生活在那种生活里面，她正在逐渐完善那生活的各个阶段，这并非出于需要，如同南方的月亮自然而然，有缺有圆。诺拉，月亮为什么一定要出来呢？月亮非得去什么地方不可吗？这位今天的夏娃，娇里娇气，容易激动，她根据活动范围画出了自己的天堂，其中，其余的一切（种种鲜花、鸟群、瓶瓶罐罐、星星、鲜鱼、水果、梯子、面包，包括男男女女）根据灵与肉和谐的原则，都成为她的兄弟姐妹，都成为一个秘密的方济各·德·阿西西圣徒那样的兄弟姐妹，还有都成为最佳人类的兄弟姐妹，那最佳人类是非常温文尔雅的，无论是本能的还是后天培养的，都是最高标准。

注释：

① 诺拉·博尔赫斯（Norah Borges，1901—1998），阿根廷著名女诗人、评论家、画家，是路易斯·博尔赫斯的妹妹。少女时期在日内瓦学习美术。1915年出版了第一部诗集《遥远的音符》。1920年结识胡安·拉蒙·希梅内斯等一大批西班牙文学家、艺术家。参加了先锋

派中极端派的一些活动。1923年法国超现实主义运动发表她的画作。1924年阿根廷《马丁·菲耶罗》杂志发表她的作品。她为哥哥的一些诗集做插图。1928年与西班牙诗人、评论家、研究先锋派的专家吉列尔莫·德·托雷结婚。第二次世界大战期间，诺拉参加了阿根廷反法西斯妇女协会的工作。因与母亲一道呼喊“打倒庇隆独裁”的口号而被捕入狱一个月。此事加深了路易斯·博尔赫斯对庇隆政府的仇恨。1942年希梅内斯的名作《小银与我》在阿根廷出版，是诺拉为之做了插图和大量推介工作。此后，她为一系列西班牙、阿根廷作家的作品做了插图，例如，阿尔维蒂、比约·卡萨雷斯、科塔萨尔、洛尔卡等。诺拉绘画的题材包括静物、风景、人物肖像，方式有油画、水彩、版画、木刻、炭画、素描、蛋彩画、壁毯画、丙烯酸涂料画等。——译注

② 吉列尔莫（Guillermo de Torre，1900—1971），诺拉的丈夫。——译注

③ 迪尔德丽（Deirdre），爱尔兰爱情故事《尤斯内奇诸子的命运》的女主人公，有沉鱼落雁之美。国王康纳尔爱上了她，欲霸占为妻。但她钟情于尤斯内奇之子诺伊西，这位美男子在两位兄弟陪同下，与迪尔德丽私奔。四人逃至苏格兰一处世外桃源。但是，国王康纳尔不肯死心，派人去诱骗诺伊西。四人被骗回爱尔兰。诺伊西三兄弟惨遭杀害，迪尔德丽自杀身亡。20世纪初叶芝和辛格将这个故事写成了剧本。——译注

53 维森特·阿莱桑德雷[①]（1930）

我把维森特·阿莱桑德雷看成了一座岗楼、赭石岗楼，眼睛就是两扇天窗，头顶上有一根砾芥细毛。我把他还看成了一棵孤零零的树，其树冠乐滋滋地与两朵花、两只鸟、两只天蓝色蝴蝶一道享福。也许一切均处于优势，这双绿色的天眼进来、出去，在树枝上看看，或者也许看到了老老实实的牛群在大墙角下的绿地上安安静静吃草。（安东尼奥·马查多是棕色，佩德罗·萨利纳斯是淡灰色，维森特·阿莱桑德雷是红色，三人属于三种完全不同的骗人抒情公牛。费德里科·加西亚·洛尔卡说萨利纳斯是“美洲野牛”。当然，骗人的西班牙人之间大有不同。）

维森特·阿莱桑德雷花朵般的天眼静静地眺望着过去、现在和将来。周围有一股永远在变化的风，在吹拂和打磨着那块表面上统一或者分裂的石块。统一的想分裂，分裂的想统一成合乎道德的沉默一体。这个石头建筑物采用大理石修建，对于一座新建筑来说，它无疑是聪明的立方体、永垂史册的圆柱。一位公正的参观者会停留在石头建筑之中，抚摸它那得天独厚的位置。这也是正字法[2]的一道理想的风景线，围绕着萨利诺斯那蝴蝶眼旋转，不停地扑打翅膀，在正午，在大半夜，发出蜜蜂般重要的嗡嗡声。

真正好的抒情诗生活在岩石上、诗人心里、植物的精髓中。它的存在，日日更新，永远是春天，处于灿烂的曙光下，把往日的丑陋、黑暗丢进了遗忘的深处。维森特·阿莱桑德雷是蓝天下金绿色大自然的镜子。维森特·阿莱桑德雷是铁塔般的男子汉、参天大树，他的身影倒映在自己的海水中、自己高山的苍穹上。他恬静，是山和鹰的弟子，回到天上去，回到地上来，形成可以找到的两座海市蜃楼，如同互相回应的双手手指，打破其他种种模仿，露出他那春天般健康的微笑、塞维利亚人慌乱的神情，是静静的最佳诗人。

注释：

① 维森特·阿莱桑德雷（Vicente Aleixandre，1898—1984），西班牙重要诗人，1927年一代主将。生于西班牙南方塞维利亚，家乡的海滩、浪花、朝霞、山川、河流成为他取之不尽用之不竭的灵感源泉。1913年进入大学，攻读法律和商业。毕业后，1920—1922年做过两年商业法教师。后因病休养，尝试写诗。他的作品逐渐被西班牙诗歌界认可。1934年他的诗集《毁灭或者爱情》获得西班牙全国文学奖。1949年入选西班牙皇家语言学院院士。1977年获得诺贝尔文学奖，获奖理由是

“他的伟大作品深深植根于西班牙抒情诗传统中，同时又吸收了当代诗歌的辉煌思潮”。

阿莱桑德雷的诗歌创作分为两个阶段。早期作品以自然泛神论为指导，多写自然元素——大地、海洋，但也涉及生、死、梦境。喜欢运用比喻、神话，讲究风格“纯粹”。作品中有萨利纳斯、纪廉、希梅内斯、贝克尔和超现实主义的影响。重要作品有《轮廓》《大地的激情》《毁灭或者爱情》《天堂的影子》等。

阿莱桑德雷晚期的作品从自然界转向了人类社会。多写自己的经历，呼唤真爱、真诚、人与人的和谐关系，但也写衰老和死亡，有神秘主义的影子。重要作品有《心的历史》《辽阔的领域》《有名肖像》《终极的诗歌》《知识的对话》等。——译注

② 正字法，即文字的形体标准和书写规则。——编注

54 本哈明·帕伦西亚[1]（1923）

这个西班牙的本哈明快乐、幸福的节奏，健康又纯粹，隐藏在自己内心对春天的看法上，这个看法还掺杂着混乱的春秋季，他运用处于彩虹色抽象中的自己血管里不合群的攀缘植物的样子，来抵挡"伟大、崇高"，陶醉在用液体和气体绘画鲜花、女人、水、水晶、天空、活鱼、儿童……（至今依然渴望追求浅色中那坚实的秘密结构。）

我们这位拉曼查[2]画家（差不多还是个孩子呢）仿佛陷入一片美丽而阳光充足的海水里一样，整个儿陷入了作为艺术家首要敏锐的长处：注重感官快乐。"想干什么就干什么""乐意干什么就干什么"，就是率性而为，不是人们让你干什么，你随便做什么好了，哭也罢，跺脚也罢，打人也罢，狠狠打！在这个意义上，最完美的艺术家就是孩子了。在表现这样的感官快乐方面，本哈明对综合法一见钟情。感官快乐加上综合的方法。这位年轻的创造者还需要别的武器、别的助手吗？

这位创造者流着汗水，面带笑容，晃晃头发上的汗水，犹如杂草丛生，面对赤裸裸的惊人美丽，还散发着他那童心般的动植物气息。他那反复无常的狂热还没有完全退去，还悬挂在那条令人愉悦的松紧带上，狂热取决于他自己巅峰时期的奇迹，迎着来自每日疯狂热情的清风摇来晃去，让他盲目地跑来跑去，处于高度激情之中。

但是，晨曦已经第二次照亮了本哈明洁净的前额（第二次是专门照到上帝的选民的，第二次照耀仅仅改变了他那胭脂红色的漆画）。在照亮的那一瞬间，品位高雅难以做到的朴素玫瑰色，唯一有诱惑力的颜色，终究会让这位神圣、充满人情味的艺术家永远如醉如痴，因为面对他不做任何装饰的态度，树立了一面对爱情、幸福和光明有所觉悟的旗帜。

注释：

① 本哈明·帕伦西亚（Benjamín Palencia，1894—1980），西班牙画家，属于超现实主义中的野兽派。1920年认识了胡安·拉蒙·希梅内斯，后者十分赏识他的作品，二人成为终生好友。1926—1928年在巴黎学画，结识了毕加索、米罗、洛尔卡等西班牙艺术家和诗人。1932年参加了法国超现实主义运动，认识了安德烈·布勒东、路易·阿拉贡等法国作家。他回国后创建了瓦耶卡斯（Vallecas）画派，以画风景画为主。他的美术成就得到西班牙王室的认可，授予他美术成就金奖并收藏他的作品。文字著述有《本哈明画册》《斗牛士

之梦》《我的绘画观念与经验》等。——译注

② 拉曼查（La Mancha）是西班牙中部地区地名。《堂吉诃德》中的许多故事发生在这个地区，该地因此名声大振。——译注

55 塞拉菲娜·努涅斯[1]（1941）

生活和梦想让我看到了抒情诗中渴望的各种拟人化。

一天黎明时分，我在一个边远的港口上看见有个姑娘坐在一块岩石上。显然，她在那里过了一夜，等待着黎明的到来。凉爽的海风吹拂着她的头发，她全神贯注地在看着一张纸片，黎明时分让她手中的那张纸显得很白净。姑娘坐在那里的苗条身姿很像一棵棕榈树。太阳突然冒出了地平线，穿过了古铜色的乌云，把她给烧化了。我仅仅看到风中她几缕彩虹似的发丝，太阳用它刚刚点燃的火焰把她给带走了。

我喜欢塞拉菲娜·努涅斯抒情诗般苗条的坐姿或者站姿，她像是面向大海的一棵坐或站的棕榈树。（棕榈树的坐姿就像女子和歌声。会写十四行诗的老师们啊，十四行诗是坐着的，它应该可以弯腰、躺下、伸直身体。）这位在期待什么的古巴姑娘，她的笑声和啜泣是在这个地方寻找日出呢，是在这个太阳西下去照亮别处的地方，寻找日落呢。因为暮色不是衰老，它之所以让我们伤感，仅仅因为我们看不到太阳要去的西方究竟在哪里。她在寻找表现生活和艺术的机会，寻找一种可以满足她那不安的情绪、变来变去年轻人愿望的方式、多样的形式。我说，塞拉菲娜·努涅斯有着棕榈树般孤独、优美的冲动，银白色的树干为它的长高提供营养，让绿色结实的乳房丰满起来，在棕榈叶芒刺的舞蹈里散发芬芳。

塞拉菲娜的诗歌里有许多棕榈叶芒刺的舞蹈动作，芒刺用锋利的刀刃划破了生活里各种玻璃，迫使玻璃发出阵阵尖叫或者叹息。当诗歌接受常情时，有时它的尖端、指甲就会按住一颗珍珠，假如指甲向上举起，诗歌会发出叹息。

注释：

① 塞拉菲娜·努涅斯（Serafina Núñez，1913—2006），古巴抒情女诗人。1936年毕业于哈瓦那师范学院，长期任小学教师。青年时期，她的抒情诗受到希梅内斯的赏识，被收到了《古巴诗选》里。后来希梅内斯又伸出援手帮助她出版了第一部诗集《着迷的大海》，并在第二部诗集《失眠和秘密》为她作序。这引起了墨西哥著名诗人、哲学家阿尔丰索·雷耶斯和智利女诗人米斯特拉尔的注意。塞拉菲娜·努涅斯从此走上西语世界诗坛。在以后的三十多年里，她停止了诗歌创作，直到1992年方才出版了一系列诗集，如《连续的王国》（1992）、《平静的空白地区》（1999）、《奇怪的明净土地》（2000）、《带伤的钻石》（2002）、《短歌集》（2002）等。晚年受到古巴诗歌界重视。她的作品题材以风景、爱情为主，清新自然，朗朗上口，深受读者欢迎。——译注

56 埃米利奥·布拉多斯[①]（1926）

埃米利奥·布拉多斯静静地、秘密地回到了故乡马拉加，就为了一个玩具：诗歌舰队里那艘日本鱼雷艇（舰队把他从钢铁甲板上扔回了他那封闭、漆黑、戴着墨镜的安达卢西亚地方民族主义，真不知道他作何表示，是不是日本式的拿破仑风度！）。他完全不知道这背后的事情，注意力集中在海水、岩石和天空上。接着，他开始走动起来，速度有些慢，有些摇晃，那是从莫罗海角吹来的风。此时，黄昏里，东方和西方都处于铅灰色的惆怅里，他目不转睛地注视着来自最新苗头的紫绿色的蝴蝶，那是薄荷色的瞳孔，在睡意蒙眬的睫毛下显得轻柔，比前来要睡在岩石上的地中海热浪的叹息还要轻柔。

那天，海上只有两艘船，是回来的船。褐色、孔雀石色、紫色、棕色羚羊形状的山峦，远处是玫瑰色的高峰（是格拉纳达山脉吗？），站在那里还可以看到一个小时前的太阳，山峦要求那位站在海岸上招人喜欢的隐士长期发出声音。那位有磁力的隐士越来越感觉陶醉，尤其是夜幕已经降临到了港口，他再次拦截了时间这只小鸟，一种神奇美妙的音乐开始触摸远处的山峦，音乐灵活而和谐，与依然还是白色的圆形灯塔磨坊电动风车摇柄一唱一和。（什么？那是一种黑色火柴头样的象形文字突然离开了自己的体系吗？他是曼努埃尔·阿尔托拉吉雷吗？他在这幅抒情漫画里，还是别的什么真迹里出现？什么都不是……快跑，慢跑，是两种相对的“逃跑方式”……）

夏季东南部的那些令人讨厌的大片霉花挂在那位流浪者身上，他给自己那些肉色的书籍系上了一条马黛茶深色的腰带。有了这条腰带，他继续在沉思中漫步，在水波、路灯以及两岸的星星之间兜圈子。他把那些半截诗句如同贝壳、花瓣、火星一样，这里、那里乱丢一气，在可以听见叹息的同心圆里，在天上，在水里，在空气中，三座深渊沉浸在一个有上佳黑影的地狱里，那是不会受到伤害的家乡，永远可以唱歌、做梦，因此那个藏着竖琴、任性的被放逐者永远有吸引力。

注释：

① 埃米利奥·布拉多斯（Emilio Prados，1899—1962），西班牙诗人，属于1927年一代的人物。少年时即喜欢诗歌，中学时组织诗社。1914年，十五岁的布拉多斯认识了大诗人希梅内斯，受到鼓励。1918年大学时参加先锋派文学活动。1922年在柏林攻读哲学。后去巴黎，结识了毕加索、洛尔卡等西班牙著名艺术家、文学家。1924年回老家马拉

加，与诗人曼努埃尔·阿尔托拉吉雷组织文化革新社团，创办《海滨》杂志，介绍先锋派诗歌、音乐和绘画。埃米利奥的创作分为三个时期。第一个时期为1925—1928年，多写西班牙南方的自然风光，特点是风格纯粹。主要作品有《时间》《诗二十首》《灯塔看守者之歌》《圈子》《水之密语》《被迫害的躯体》等。第二个时期为1932—1935年，多写社会、政治问题，具有超现实主义诗歌的特点。主要作品有《着迷的声音》《走啊，在世上走！》《面包和鱼的全面的日历》《没灵感的土地》《纪念洛尔卡》等。第三个时期为1939—1962年，多写流亡在墨西哥的情绪：孤独，思乡，生死，渴望团结友爱。主要作品有《回忆遗忘》《花园关门》《至少一死》《半明半暗》《睡在草堆里》《自然之河》《梦中割礼》《他们何时归来？》等。——译注

57 曼努埃尔·阿尔托拉吉雷[1]（1924）

曼努埃尔·阿尔托拉吉雷遇到困难还能像在月亮上那样呼吸。我见过，他干干净净，高高的个子，白白的脸色，带着忧伤，像是被钉在了圆形靶子上，在怀疑那些平平常常的天文学家。我见过他，黑如炭，白如雪，在怀疑海军司令们，他站在光滑的木板上：不一般的多米诺骨牌上的大牌，沿着平平的海面上来来去去，那是月亮落到没有诗人的秘密会议室的秘密研讨会上，在全面讨论痛苦的错误。

（有个夏天，他常常跳到荒无人烟的海滩上，把木筏放到浪花上，摇晃着星光；还有就是常常快跑，为的是不迟到，不损坏那朵常开的玫瑰，沿着林荫道，通过牛群广场，像从天而降的燕子，飞进那黑白花砖的楼房；他常常笑哈哈地扑在什么人身上，像木匠用的难以支撑的象牙墨线，压在那朵屋檐下的玫瑰上。巴黎、马德里，无论他到了哪里，我总认为他是从一座灵活、好冲动的马拉加市里来的人。）

这位马拉加人、灯芯草做的机械师，坐在打字机的键盘面前，对着可以写作的钢琴，播撒种子，拿周围的各种异类兄弟开玩笑、不断羸弱成长的少年们开心，让只有诚实掌握内心激情的人，用灵与肉的热情双臂，才能打开无限光明而又黑暗、装得满满当当、密密麻麻的宝藏并使之快速增加三倍。

注释：

① 曼努埃尔·阿尔托拉吉雷（Manuel Altolaguirre，1905—1959），西班牙诗人、出版家、电影导演、编剧。在诗歌创作方面属于1927年一代。青年时，毕业于格拉纳达大学法律系。喜欢印刷、出版，1926年与埃米利奥·布拉多斯创办过《海滨》杂志，刊登了大批1927年一代作家的作品，介绍了欧洲先锋派发展的情况。为诗人萨利纳斯出版过诗集《爱的理由》，为塞尔努达出版过《现实与愿望》等。西班牙20世纪30年代内战期间，他站在人民阵线政府一边，参加了反法西斯知识分子联盟，负责宣传工作。他的两个兄弟被法西斯分子杀害后，他几乎精神崩溃。后来逃亡法国、古巴和墨西哥，开始从事电影工作，担任编剧。为著名导演路易斯·布努埃尔（Luis Buñuel）编写过剧本《登天》。后任编剧兼导演，作品有《宽恕》《群星灿烂》《歌谣》等。诗歌题材多写爱情、孤独、死亡，重要作品有《被邀请的岛屿》诗歌系列，《水之歌》《伴你孤独》《慢慢的自由》《季节的云》《爱之结束》《美洲诗》等。另有回忆录《希腊马》。1959年不幸死于车祸，文艺界为之扼腕叹息。——译注

58 贡恰·门德斯[1]（1931）

贡恰·门德斯靛蓝色的工作服可能属于印刷车间的排字工，可能属于女船员，可能属于火车女司炉，可能属于飞艇偷乘者，这一切都是因为那偷偷跑在前面的诗歌界，面对四种机器，诗歌要穿越地平线。我们走进贡恰的所在地，列车司机室的睡铺上下晃动，左右摇摆。我们晕车，方式有四五种。我们不得不抓住什么人的肩膀，抓住什么知识，抓住什么钉子、云彩、火炭。在一幅描写发现西印度群岛的闪光画面上，我们看到了高高在上、在这里或那里拥有大量财富的贡恰，那时她手里拿的也许是羽毛、鹦鹉、箭矢、真猴子，自愿履行谷物女神的职责，像维纳斯女神一样，梳着鬈发，头戴丰饶羊角。

贡恰·门德斯是我们从小看着她长大的那个小姑娘，她身穿紧身衣，像夏季娱乐协会里走钢丝的女演员；她身穿空中海员服登高，她为航空学打前锋，登上了蒙戈尔费埃[2]摇来晃去的吊杆，她那黑白相间的赤裸小小身影留在了火红的落日上；她是小小美人鱼，藏在海藻、珊瑚以及别的贝壳中间，在翡翠色水晶宫，冲着那些小伙子微笑；她是游泳冠军、柔道冠军、滑水冠军、瑞典式体操冠军。我们发现她到过极地、赤道、尼加拉瓜莫莫通博火山口、塔尔西斯矿山。

可是，等到我们再度看到她在家里出现的时候，她是个没有出门的姑娘……眼下，她躺在珍珠母身上，后者是在她当潜水员时悄悄登上她房间的；眼下，她静静地望着那扇布满星星的窗户，欣赏着窗外万家灯火的天堂：五颜六色的夜景，加上大自然里的一切动物、植物，可以接受空气、土壤、火焰、水。她想一口咬住天堂美景，咔嚓一口！于是，她的嘴巴和眼睛里会爆发出柑橘、鸟群、玫瑰、风筝。在色彩缤纷的晚会上，她笑了，下牙床向前一努，表情像白色的小船。全身平躺在地，半醒半睡，像躺在风中玫瑰上的肉体指南针。

注释：

① 贡恰·门德斯（Concha Méndez，1898—1986），西班牙女诗人，属于1927年一代作家。1931年认识诗人曼努埃尔·阿尔托拉吉雷，两人1932年结婚，1933—1935年在伦敦生活，生下一女。她编选了诗集《诗选》《英雄》《1616》《绿马》。西班牙内战爆发后，她和丈夫流亡到古巴、墨西哥（1939—1943）。1944年离婚。她于1986年在墨西哥去世。贡恰·门德斯的作品有《甘蔗和烟草》《惴惴不安》《喷泉》《天使邮差》《海洋与大地之歌》《预感的人物》《以命抵命》《跑了

一颗星星》《被骗的鱼》《煤炭和玫瑰》《孩子和影子》《为孤独者作序》《口述回忆录》等。——译注

② 蒙戈尔费埃兄弟（Joseph-Michel Montgolfier，1740—1810；Jacques-Étienne Montgolfier，1745—1799），法国热气球发明人，实现了人类第一次自由飞行，开辟了探索高空大气的道路。1782年他们发现，大而轻的纸张充满热气后就能升空。1783年6月4日他们在阿诺奈市场当中做了首次表演。热气球升到1000米高空，逗留了十分钟。1783年9月19日在凡尔赛进行了更大的热气球实验，在空中飘浮约八分钟。两兄弟享有法兰西科学院荣誉称号，出版了有关航空的著作。——译注

59 爱德华多·维森特[1]（1930）

一股刺鼻、浓郁的草香，来自西班牙榨葡萄汁的地方、葡萄酒产地，还有茴香型的卷烟。拉曼查地区的夏季，未发酵的葡萄汁紫皮几乎散发着某种音乐感，面部也有相应的紫红色，小眼睛缩眯一条线，斜下里发来的嘘声中总有一句半句的粗话。这是一双劳动者的手，有承担的手，有思想的手。那对面呢？是一幅油画？是一块木头？一块花岗岩？画室里一片混乱，要想跟他沟通，只能通过玻璃窗。

粗犷的黄褐色，令人难懂的灰色，许许多多过期的废料。一块大腿生肉、一摊积水，照在镜子角落里的光线，性感的乱麻，秘密。忽然间，一切都沿着地面掉头攻击那处于悔过状态的四周环境、自然界的基础。那是一米、两米、十三米、二十米生命或者死亡的自然界吗？首先要大，范围巨大。爱德华多·维森特，昏头昏脑，沉默不语，受了惩罚，长期处分，于是抹掉过去开始的一切。什么时候开始的呢？回来，重新再画，扔掉，抛弃。手里只剩下寥寥材料，那是彩虹温柔的残渣：一块结实的抹布，一根供周转用的木棍。那是他有笑声的房间，里面有轻声细语，有温柔的眼神。他走了。（空气和阳光为我们的到来，在这里、那里搭建的临时帐篷，对大家都合适，只有对他不合适。他看见别人在他的帐篷里，别人却没看见他。他总是在自己的帐篷外面走动，不在帐篷之中。他不喜欢那里的普遍氛围。）

爱德华多·维森特的主要工作好像就是露面后消失，就是离去，就是闷闷不乐，就是走开，再走开。为了在西方深邃的画布上画出令人激动的曙光，他寻找什么样的画笔，什么样的颜料呢？他要去哪儿？在庞然大物林立的地方，哪里好走？是肮脏的棚户区吗？是无法居住的黑洞吗？是地狱般的远郊吗？是关于陀思妥耶夫斯基内心世界的研讨会吗？是安吉利科修士②明朗的近景画吗？难以知晓，因为很难知道他的天性与生命的关系，因为在所有情况下，这样的关系绝对不成比例。

注释：

① 爱德华多·维森特（Eduardo Vicente，1909—1968），西班牙画家。20世纪30年代支持西班牙人民阵线政府的成立，亲自深入前线为共和国战士画像。内战后受到佛朗哥军政权的迫害。他坚持深入马德里郊区描绘底层民众的艰苦生活。他笔下的卡斯蒂利亚平原是荒凉的，乌云密布。民间舞、酒馆、咖啡馆、流浪汉、妓女、吉卜赛女郎都是他绘画的题材。他的作品深受老百姓欢迎。——译注

② 安吉利科修士（Fra Angelico，约1400—1455），意大利15世纪最伟大的画家之一。他的作品在文艺复兴前期佛罗伦萨画派中追求宁静的宗教心情，反映出古典主义强大的影响。他的作品笔法清澈细腻，颜色鲜明光亮，使画面人物呈现出超凡脱俗的艺术效果，如《圣母玛利亚像》《圣母领报》就有这些特点。安吉利科修士的顶峰之作是《基督被钉上十字架》，主题是舍弃世俗的名利场，相信只有基督才能拯救灵魂。画面上，他以天空为背景，在三个被钉在十字架的人物下方有参加宗教仪式的合唱队、殉教者、隐修士、多明我会的捍卫者，绘出了这一宗教组织的系谱图。安吉利科的作品具有很高的历史价值、文化价值和艺术价值。无论古今的什么评论家，都一致认为，他是文艺复兴时期美术方面的重要代表。同时，他又是一位过渡时期的艺术家。——译注

60 罗莎·查塞尔[1]（1931）

罗莎乌云般油亮的黑发在身后的神经中枢上方流水一样地摇来晃去，天庭饱满、白净而美丽，咽喉漂亮。她边走路边摇晃，这是过度兴奋的罗莎，可以说她是在飞翔啊，是化作了玫瑰，是从她少女时代深绿的玫瑰丛中变化出来的。她一路穿行，一切随之倒下，道具、书架、石膏、花园、前面带着铃铛箍的幕帘。她跳着，笑着，节拍有力而独特，与新霍达舞[2]不一样，终于放射性地出现在（193× 年）那不存在门牌的门口，出现在我们青年、中年、老年人中间。

罗莎的内心已经相对平静下来了，她像一朵玫瑰轻轻依靠在那个处于休息状态的铁环上，秀气的嘴巴笑得像图画，嘴角线条坚硬，根子在黑色钻石般的眼睛里，肤色黑红黑红。笑容是主要的，独立存在，处于次要地位的是来自阿拉贡地方、妙趣横生、经过修剪的生动语言。要么她现在就躺在顶楼席子的“阳光湖畔”，仿佛自己在海滩上一样，可她丝毫不想跟大海、书堆、玩具堆、画品堆待在一起，她是个进进出出的活泼“男孩”，是朵姿势放松、随意、自由的玫瑰，全神贯注于诗歌富有的文字符号游戏中，那是意义重大的诗歌，形态各异，格调不同，圆圆的、白白的、尖尖的、下陷的、直立的、方方的、绿绿的、黑黑的。

罗莎·查塞尔这个名字另外与破坏爱情的女英雄有关系；罗莎·查塞尔还因为在节日和晚会上不停地唱小曲而小有名气；罗莎·查塞尔是天生的阿拉贡人、西班牙马德里人，也天生就善于骑马。亲爱的罗莎·查塞尔比那个跟着杰出人物走掉的小姑娘长大了许多，她一副倦容，走得很突然，去找她未来红绿两色的玫瑰丛，携带着两片叶子和两个翅膀，还有她的铁环，顺着风的方向，张开了黑色的鬈发，总是晃动着前额，激动的笑声就要传来了，来了，面对着想象中的危险，像沸腾的开水一样喘作一团，有人在她身后惊叫道："罗莎·查塞尔！"

注释：

① 罗莎·查塞尔（Rosa Chacel，1898—1994），西班牙女作家，属于1927年一代人物。在小说、诗歌、散文创作方面都有建树。20世纪30年代加入西班牙先锋派组织——文学家和思想家奥尔特加·伊·加塞特领导的《西方》杂志社的文化团体。1930年她的长篇小说《车站，来来往往》问世，引起文坛注意。1936年出版了诗集《井边》，受到好评。内战期间，由于支持人民阵线政府一边，在佛朗哥上台后，她受迫害，不得不流亡阿根廷。1941年长篇小说《特蕾莎》问

世，讲述底层人们的悲惨处境，在刻画人物心理活动方面取得成功。她在运用自传和他人传记的元素方面，创作出一系列好作品，如《莱蒂西亚·巴列回忆录》《不合情理》等，揭示出社会激烈的矛盾冲突和意识形态斗争。此外，还有中篇小说集《易卡达、那福达、狄爱达》，散文集《忏悔》《纵情狂欢》《头衔》，回忆录《从黎明说起》等。1985年以后，西班牙文学研究界逐渐发现了罗莎·查塞尔的文学创作的重大意义。1987年授予她西班牙文学奖。1989年授予她美术成就金奖。一些大学加强了对她作品的研究。——译注

② 霍达舞（Jota），一种由响板和鞋跟伴和的三拍子西班牙双人舞。——编注

61 路易斯·塞尔努达[1]（1927）

来自东部的快乐忏悔神父，走下那丝毫不动人的、大教堂大门的石柱台阶，穿过一层层狭窄的空间——叠叠相加的阶梯。按照当下时髦的方式，他身穿黄颜色衣裳，去乘坐下午的火车，精心保养的手拿着一束野生白色康乃馨。再见吧！很快，没了妈妈，这个瘦瘦、孤单、傲气十足的人就这样消失在圣克鲁斯暮色苍茫的迷宫里了吗？这内心的针多么敏锐，多么有力量啊！什么样巧妙的轴线支撑那令人窒息、无声的铁制风向标上的百合花啊？它给诗歌界的各种风标出方向，尽管这诗歌界由于缺少新鲜空气而显得悲惨、寂寥。

路易斯·塞尔努达独自待在阿依雷大街另外一处房屋的深处，从四点到九点，安达卢西亚那漫长的下午亲密时光，柔情雕琢并打磨着那里的空气，他过去、现在、将来永远都是西班牙青年诗人喜爱的超越贝克尔大师、最为追求事物本质的人。他长得不像贝克尔大师，但是他有四十年前贝克尔的品格，方方面面、明明白白地等量齐观，虽然他俩的诗句不同，但是都有精神上的黄金、白银、象牙，都有成群结队的高贵天使。他们那雪花石膏似的骨头，如同另外一种竖琴的白色键盘在黑暗中发出声响，那竖琴没有尘土，由于真正的奇迹而留在正午时间沙龙的黑暗角落里。他歌声中的一切都是鲜花，都是果实。如同混淆了玉兰花的花朵和果实一样，他把洋槐的玫瑰色混同白色，把晚香玉的花与果混淆起来了。他那朝霞时分的土地上没有木柴。

现在，路易斯·塞尔努达来到马德里，经历了一段时间之后，我发现他浅黑色的皮肤赛过了马来人，好像得过疟疾，像南方的风流老头。无论在什么地方，他还是老样子：一如既往晃晃悠悠，好像走在通向大海的瓜达尔基维尔河畔茂密的棕榈树荫下。他身上裹着一股橘园的香气，精髓的光芒爱抚着他。我感觉他离开塞维利亚之后更加幽闭在塞维利亚的笼子里了：由魔幻般的银白色、紫色和黄金色金属丝网组成，最后是四种七弦琴，是给夜莺准备的笼子，让它高兴时，唱出奇特的真正蟋蟀声。假如我去塞维利亚，路过格拉达斯教堂，可能看不到那位忏悔神父—诗人了，而只有路易斯·塞尔努达过去像个奇怪的飞鱼那样，扑打着翅膀时所在的空空荡荡的壁柱。宁静的黄色氛围中缺少他那不连贯的竖琴声、他那柑橘花和茉莉花的呼吸声、他那乳白色心脏的拨号声。

注释：

① 路易斯·塞尔努达（Luis Cernuda，1902—1963），西班牙诗

人、文学评论家，1927年一代重要人物。由于有同性恋倾向，一生受到歧视，因此激发出反抗意识并诉诸笔端，写成诗歌。1923年服兵役时写出第一首诗歌。大学攻读法律。他是洛尔卡、阿莱桑德雷、阿尔托拉吉雷等青年诗人的好友。1925年结识希梅内斯，但是他早期的作品由于过多模仿纪廉的风格而受到希梅内斯的批评。比如，他的第一部诗集《空气的轮廓》就是如此。1930年他的两部爱情诗《遗忘可能的住处》和《被禁止的快感》受到诗歌界好评。他的代表作是《现实与愿望》，主题揭示了诗人这样的看法：现实与愿望永远是对立的，个人自由和资产阶级社会是不可调和的。1937年出席了第二届知识分子反法西斯国际大会，结识了墨西哥著名诗人帕斯。1938年由于支持人民阵线政府一边而被迫流亡英国，最后定居在墨西哥城。1943—1945年出版的诗集有《乌云》《奥克诺斯》和《活着并没有生活》。1947—1952年在美国教书。1954年在墨西哥国立自治大学当教授。1957年出版《肉体之歌》和《当代西班牙语诗歌研究》。1963年11月5日在墨西哥去世。塞尔努达的诗歌理论是：尊重文学传统与重视创新同等重要。从他的作品中可以清楚地看到西班牙黄金世纪的大作家的影响，例如，贡戈拉和加尔西拉索，还有西班牙浪漫主义作家的影响，例如贝克尔。与此同时，他也很重视向同代作家，例如向胡安·拉蒙·希梅内斯学习。他认为，真正优秀的文学要善于抓住事物的本质，因此主张优秀的作家应该是具有超人洞察力和表现力的人们，如海涅、荷尔德林、贝克尔就是如此，这些人是“上帝”或者“魔鬼”的选民。对于封闭的社会来说，诗人是“讨厌鬼”“制造麻烦的人”，应该让他们边缘化。诗人与这样的社会自然是格格不入的，感觉孤独是正常的。在塞尔努达的作品里，读者可以清楚地感受到他强烈地希望恢复童年的“乐园”，强烈地希望世界是“纯洁”“完美”“可以充分享受爱情的快感”，强烈希望“青春永驻”“人与自然和谐共处”。他这些作品在西班牙青年读者中深受欢迎。——译注

后　记

对于在西班牙能比较坚决从事美学科学研究的人们，我曾经称他们是西班牙人中的英雄。

我不认为世界别的地方的诗人、哲学家能找到像西班牙这样的国家环境，如此不利于美学研究，如此冷漠，如此敌视美学。也许这样的环境和态度是与西班牙大力宣扬的实用风气是一致的，也是有利的。也许西班牙的科学稀少，时断时续，艺术掌握在特权者手中，这应该归咎于致力于深入研究科学、艺术者的四周苦难重重。喧嚣、坏天气、叫骂、生气、蠢话、政权更迭、不尊重人、工资少等，这一切都造成内向的西班牙人活得凄凄惨惨。（在我的诗作中处处可见的这种凄惨表现，从来没有与凄惨的真正原因联系起来，那就是感觉自己与世隔绝、孤独，抛开了美好志向的少年、青年和中年人的内心苦闷。）比如在诗人拉腊所处的时代（这种情况是家常便饭，对吗？对，对，我知道）。今天，恐怕哪朝哪代都是如此，写作、绘画、研究哲学、雕塑、看天象，一句话，创造发明研究，在西班牙就是四处哭求。

（比如，就西班牙社会整体而言，一位天文学家、一位数学家、一位哲学家、一位诗人有什么意义呀？他们的太太在回答别人询问丈夫职业时，如果说“是天文学家、数学家、哲学家、诗人”，会感到羞愧。画家、雕塑家还是做事的嘛……画像、塑像嘛。医生在精神和物质上都能得救，因为他自以为在治疗这个病、那个病。即使如此，假如医生抱着从事纯粹研究的幻想，假如他不愿意出卖健康的灵魂，那就也要生活得像肯牺牲的英雄。）

这第四种族，即英雄种族，至今依然活在地球上，数量不小，可能会日益增多。古希腊人给自己的英雄死后供奉蜜、酒、牛奶，用黑色的牲畜头颅祭奠他们。当代，主要是在西班牙，应该给活着的英雄们提供牛奶、葡萄酒、蜂蜜。猪头、羊头之类的东西可以留给西班牙死去的英雄，同时发发讣告，搞搞送葬。

补遗（一）

1 逝者还在，生者去又来

留下来继续活在我心中的逝者还在这里，生者去远方的又回来。在《科里纳》中的逝者和生者的形象并非要写成一部西班牙名人录。没有这个打算。当然还缺少未来的能人。这就是一种……心情罢了。

对我来说，只有纯粹的人和热情的人才活着，来到我眼前。他们是火焰和激情。一知半解者、奇货可居者、没有创建但有些才干的批评者、说三道四者，我不感兴趣，丝毫不感兴趣……

无论纯粹还是热情，总之，常常离群索居，因为如果内心只有纯粹，那么在别人面前，越是孤独，内心就越发充满激情。这组肖像画可以称之为《火焰与激情》。

有些人曾经来过，如今去又来。如果他们不走自己的正路，那就不公平。

对有麻烦的能人要让步，否则会……但是，他们要向前看，因为总要向前发展嘛，绝对不要浅尝辄止，绝对不要极力表现自己。

这里缺少政治家，但此事在我的兴趣之外了。

2 漫画

这里说的是漫画，不是肖像画，因为我认识他们，可以看清楚他们的面貌特征。（这是远方的一些人的肖像画，或者说我本人不熟悉他们。）

他们是日本人，他们的绘画是漫画，要画出反映本质的侧影来。

格列柯[①]和戈雅[②]是大漫画家。后印象主义的全部力量在于用漫画的形式强调面貌特征。（塞尚、凡高、高更、毕加索、苏叶尔，都是善于表现心灵的伟大画家。）

现代艺术中最为巧妙的产物就是抒情漫画：兰波、科比耶尔[③]、马拉美、拉弗格[④]、杜卡斯[⑤]、德彪西、兰德[⑥]、塞尚、凡高、高更。我们中间则有毕加索、苏叶尔。

别以为这里面有什么歧视谁的意思。在《黑杨树山》这本书里，我写了离群索居者和隐身者，他们有较多的观察角度。这里有几位的角度值得推崇，但别的角度我不感兴趣。整体之美表现在一个事物上，也就表现了全部。

注释：

① 格列柯（El Greco，1541—1614），西班牙画家。在画宗教题材和肖像画方面特别有天赋。重要作品有《基督治愈瞎子》《基督洁净圣殿》《哀悼基督》《奥尔加斯伯爵下葬》等。——译注

② 戈雅（Francisco de Goya，1746—1828），西班牙著名画家。他用自己的画笔忠实地记录了西班牙18世纪下半叶到19世纪初的社会动乱。重要作品有《基督受难图》《战争的灾难》《1808年5月2日：马穆鲁克斯起义》《1808年5月3日：枪杀马德里保卫者》。肖像画代表作有《查理四世一家》《堂娜伊莎贝尔》《堂何塞·皮奥》等。——译注

③ 科比耶尔（Tristan Corbière，1845—1875），法国诗人。善于用写实的手法描写海上生活，同时创新了讽刺话、俚语的使用方法。一生只有一部诗集《勉强的爱情》。英年早逝。——译注

④ 拉弗格（Jules Laforgue，1860—1887），法国象征派诗人、抒情讽刺诗大师，是“自由诗体”的创始人之一。主要作品有《怨歌集》《月亮圣母颂》和《仙人会》。——译注

⑤ 杜卡斯（Paul Dukas，1865—1935），法国作曲家。创作上受到贝多芬、瓦格纳、德彪西的影响，以配器色彩丰富而著称。主要作品有交响诗《魔法师的弟子》、抒情童话歌剧《阿丽安与蓝胡子》，以及舞剧《仙女》等。——编注

⑥ 兰德（Ayn Rand，1905—1982），俄罗斯出生的美国女作

家。她的几部长篇小说非常畅销，例如，《源泉》《阿特拉斯耸肩膀》。此外还有表现她哲学理念的《兰德的哲学》《客观主义者》等。——译注

3 抒情漫画

（抒情性：诗意的背景，多愁善感，强烈、移动、夸张。）漫画就是移动了的情感。

4 火焰与激情

火焰与激情是我对在这里开始画像的人们要求的特点。我的看法是，这两个特点是对西班牙生活的一个……补充，从查理三世至今生活的一个补充，是对未来生活的要求。

当然还会有……别样的心灵……但是，我坚持完成逝者的这一事业，或者是生者的这个工作——别无他法。

肯定（或者有人怀疑）还有别的价值观念。这就是我在经过一年多漫长而连续思考和比较其他价值观念之后，出现在我脑海里的想法。我认为此外无论别的什么想法均属一知半解、无所事事、一时的兴趣而已。

5 前言

我没有预先打算麻烦什么人。但是由于无法令人愉快地书写出某些西班牙人来，另外由于必须把这些西班牙人收集在一系列里，而我不想在这个系列里把西班牙当代生活的突出部分说得过多，而是愿意生动、形象地表达出当代生活不可缺少的部分。

此外，怎么能预先同时感知好坏呢？请诸位想想吧！看看如果我态度生硬，你们会不会打心眼儿里赞成我。

6 后记

我曾经给本书起名叫西班牙人的《西班牙英雄》。（如今我把书名改了，因为有位盗窃成性的小英雄不自觉地使用了“英雄”二字，我别的一些书名也有过类似情况，简直令人恶心：这些小英雄常常被人利用。）

…………

我估计在西班牙美洲（那里有许多事情跟在西班牙一样），这类情况大概也是如此（生活困难）。

7 通用的安达卢西亚方言（为各类爬行动物画像）

我的东方命运群仙带着我乘风飞到西南部，把我丢在那个白色大理石偏僻的第二个楼梯上，那里布满了黄白色玻璃顶棚照下来的阳光，让我随心所欲。一架漂亮、诱人的棱镜，摆在楼梯平台桃花心木栏杆的转弯处，闪烁出变化多端的颜色，给我指明了棱镜的使用规则。我不顾众人反对，一向坚持我上上下下、随意的棱镜活动，因为我相信命运，盲目听从命运的安排。——在任何荒谬的厄运降临前的一小时，在随便发生什么具体的悲剧之前，总会在我前方，从一块随便什么肮脏的石头后面，曙光出现。

现在我说的是：总会有一双可靠、漂亮的手，时隐时现，沿着我快乐、惆怅、悲伤、好好坏坏、正常、明白、灰色和黑色生活的永久性迷宫里，把我领到最佳出口。我从不因怀疑而回头去看那无数的玫瑰花、苹果花和桂花，尽管她们喜欢我。反之，我打算办的事情都办成了，除了金钱之外，这是我唯一的不幸，因为，想想吧，如果我有了臭钱，会干出什么事情来呀！一句话，我总是福星高照，不用保险箱就很保险。我像老人或者孩子一样自私，总有自己不能出售的钻石，我总是准备为自己所爱的一切做出牺牲。

还有，我心中盲目的激情与外表不错的热情是均衡的：一只眼要我正眼看世界，另外一只眼要我斜视世界或者改造世界。有了这样的看法，我会行善和后悔；于是作恶，也后悔。我的生活和创作成了一圈不断后悔的火轮；但是，我的美学、伦理学、疯狂、理智、和平与战争，总是有足够明确的目标，给了我全方位的安慰，那就是裸体的女子。

美和我亲如一家，我有全面的诗歌天资：感觉、禀赋、品位、眼力、视野开阔、能评论、会思想。对待生活和写作，我随心所欲。——这里、那里，人们说长道短，如今在这扇半闭半开的阳台门前，我明确告诉大家：我的脑壳很像卡尔德隆、莎士比亚和贡戈拉。但我从来没打算跟别的什么人一样，我就是我！我最喜欢的正常状态有两个：一是留在家里跟老婆在一块儿，跟我的著作在一起；二是出去旅行，跟老婆一道旅行。我看书越来越少，因为如果不是我自己写的东西，我越来越看不懂了；还因为我总是没有时间表现自己心中美好的事物。每一页都润色，估计每天可润色二十页，那还有什么不能润色的呢！

对不起。我从小起，我美丽、善良至极的妈妈，为人完美的妈妈，就经常慈爱地责备我，使用了许多生动、准确的称谓，如同她全部生动、神奇的语汇一样（构成了我的词汇库），诸如：讨厌，无理要求，爱提问的小胡安，任性，胡编，让人头晕，夸大其词，愚蠢透顶，真烦人，还有……杰出人才！

8 一项已经公布的权利之反面

从开天辟地起，我就是阿拉伯闪米特人，长着大鹰钩鼻子；自从一位德国摄影师把他照相机的背景装置摔坏之后，他把我鼻子一分为二，结果鼻子变得更加像鹰钩，鼻子随着我左边脸一道扭曲；我一只眼生下来就有角膜炎；从三十岁起，谢顶；从四十岁起，双腿越来越成罗圈，有人说我是骑马或者骑驴的结果；我的右心室有些堵塞，并终身不愈。我不愿意照镜子，如果有必要非照不可，我就对那个强迫我的人说：你得承认我的声音很好听。如果非要照镜子，我就只注意眼睛，可是心里很害怕。

我从小就生性暴戾（有人这么说），对任何东西都摔摔打打，招猫逗狗，打麻雀，斗乌龟，砸玻璃，幸亏猎枪是高高挂在客厅里的，差不多我睡觉之前，我总是用猎枪灭蜡烛，如今我猜测不是猎枪熄灭蜡烛，是蜡烛自己灭了自己。我没忘记，乡下需要杀鸡的时候，我废除了用棍子杀鸡的权利。这肯定是要遭到上帝惩罚的，所以我从小就有各种疾病。我得过白喉和强直性癫痫，我身上这些疾病的名字把我家里人吓得够呛。我父亲猝死的时候，我感觉自己脑海里长出一层黏膜，让我想到可能会猝死，我想我可不能这样死去，仿佛真有这种可能似的，这想法迫使我非要去打搅医生不可。

我做出来的事情，说出来的话，写出来的东西，跟别人做事、说话、写出来的东西是一样的。就是说，我的生活是一次总结，我写出来的东西是我生活的总结，是我全部诗歌的总结，也就是我生活的总结。如同我儿时的光阴很长一样，我的诗歌在很长的时间里都是天真、单纯的。由于我有事事喜欢后悔和改正的毛病，我的一切是最好的，于是就没完没了地修理我的诗歌，来回折腾阅读我诗歌的人们，我的读者必须有一份能经受诗歌考验的耐力。至于议论我为人的人们，有好有坏，坏的说我这个人不够朋友，好的说我真是出色。当然，我对自己的朋友要求太严，总是希望他们像我要求我自己、可是我又做不到的那般优秀。我不喜欢某些造谣中伤的人，我认为造谣诽谤是唯一应该上绞架的罪行。我很讨厌那些喜欢打搅我的人，这肯定要归咎于我长期以来惹人注意的关系。关于我的写作，一些人说我有写诗的才华——才华横溢，从前我说过我有才华；另外一些人说我没有才华；还有人说我有点才华，但是不多；还有人说不知道。也许我的好友阿波罗神和缪斯女神知道吧，因为两位神仙是文艺鼻祖啊，谁说出了人类真相啊，谁说出了人类的谎话啊，谁成了各种各样卑鄙无耻的强盗啊（我给这样的人当面画过漫画），谁是我的保护天使！

我最糟糕的需要就是绝对与世隔绝，与一切生物断绝来往，这是工作需要，不是创作需要，对我来说创作不是工作（这是我说过的一句警句：只有创作才能战胜宇宙的杂音。），而是需要整顿混乱的秩序，因为我需要倾听宇宙的天籁，天籁是生命之声，我喜欢听。不要任何活物，不要人，不要狗，在我清理和监视我的本能的时候，一只小蚂蚁都会让我难以忍受。这个绝对的需要（的确绝对，或者并不那么绝对）让我不得不更多地麻烦我家里人，因为我经常闹得家里人坐卧不安。我一向明白：别人跟我一样也需要时间和空间，可事实是我总免不了要麻烦他们。我恳求大家安静，我强迫大家安静，我把一切都让位给我那命中注定的志向，因为我认为世界上最大的犯罪就是强迫别人改变志向。

我从来不找缺点，我是在自己身上、大家身上、方方面面看到了缺点。但是，在没有缺点的时候，缺点不是太多的时候，缺点不是废物的时候，我喜欢缺点。我经常看到自己和别人身上丑陋、荒唐、脆弱的一面，如同看到美好的一面。总的说来，我很喜欢与两三个人的交往，尤其是与一个人的交往。再多就不好了。由于男人和男人都相似，我就更喜欢与女子和孩子交往，以及创作之外的一切来往。身处我喜欢的人身边，我高兴；待在我不喜欢的人们中间，我难过；一人独处时，我伤心。生活里我更喜欢的是同情心。

我想我一死就可以彻底休息了。糟糕的可能是我希望能让我安息的人们，早就安息了，他们已经摆脱了我，摆脱了大家，永远摆脱了一切。

补遗（二）

1 伊萨克·阿尔贝尼斯①

幻觉隐去了，消失在落日金色的余晖里，仿佛是我们儿时梦里五颜六色的星星一次升天表演。那是一次充满音乐感的彩色神游。

那是一次从下午开始的幻想，到黄昏来临时被打破，黄昏用幻想的别针让现实保持清醒。没有奢求，仅此而已。就是这么一次神游，向着富于静态色调、金玫瑰色城池的南方神游。

这里、那里，在令人惆怅的暮色里（就像今天这样），处处可见（一望无际）的黄昏覆盖了整个安达卢西亚自治区，天空上清漆般的玫瑰色压倒了碧绿，地面上豪华的紫色压倒了深蓝，一座座尖塔镶上了用光线编织的花边，给这里、那里造出许多星星。

天空布满了星星，空气中处处有眼睛，整个大地播种了鲜花，显出了心、口、眼睛。

注释：

① 伊萨克·阿尔贝尼斯（Isaac Albéniz，1860—1909），西班牙钢琴家、作曲家。安达卢西亚人。希梅内斯的好友。——译注

2 埃尔梅内希尔多·安克拉达·卡马拉萨[1]

我至今记得小时候站在阳台内通过彩色玻璃窗眺望海上生明月的情景，记得通过魔幻般的彩色歪曲了月夜朴实无华的那一刻，记得大自然如何“用宝石装饰”这个身穿豪华服饰的山川河流。接下来，大自然用自己的真心通过心灵的眼睛窗口看到的自然界是多么美丽呀！我不认为米勒[2]和戈雅，那个时代的两位大画家，在自己的作品里投入的深情厚谊与法国印象主义有什么关系。

如果在古代，《哈卡的恋人们》可能就是最好的作品了。不是根据他画中的紫红色腰带……可以说是外形的颜色，比如格列柯、戈雅、米勒笔下的颜色，可以说是心灵、生命中高雅心灵的颜色。那种画是循环流动的，如同性欲起伏中果敢的膨胀。

妙中之妙。假如颜色就是颜色本身，那似乎就没有什么更美的颜色了。但是，颜色有时（很少）是某种非物质，不透明，没有质量，不可调配，是某种非颜色，但充满了理想色调的灵气。如同身穿女王服装的女子脱光衣裳的那一瞬间。

真想脱光这些图画的外衣，肯定可以在里面找到真正的肉体。

但是，咱们不要把这些图画像把涅斯托耳[3]那样从工艺美术，比如，陶器、搪瓷、玻璃，工艺中分离出来。在涅斯托耳那里，咱们肯定找不到真正的肉体；在这里，可以找到。因此，真想剥光这些图画的外衣呀。

注释：

① 埃尔梅内希尔多·安克拉达·卡马拉萨（Hermenegildo Anglada Camarasa，1871—1959），西班牙后印象画派杰出代表。20世纪初在巴黎设立画室，后来回西班牙马约卡岛专门画农村风光，其中农村风俗习惯是主要题材。30年代西班牙发生内战时，流亡法国，长达八年之久，画了许多法国农村题材的作品，影响很大。1947年回到马约卡岛，继续作画，仍然坚持描写农民生活。他的作品在国内和国际上赢得很高赞誉。代表作为《哈卡的恋人们》系列组合。——译注

② 米勒（Jean-François Millet，1814—1875），法国画家。他的作品以农民题材著称。主要作品有《挤奶女人》《骑术课》《簸谷农夫》等。美国波士顿博物馆和法国卢浮宫均藏有米勒的作品。——译注

③ 涅斯托耳（Nestor），古希腊传说中的皮罗斯国王。他的功勋之一是重视工艺美术生产。——译注

3 胡里奥·安东尼奥[①]

（1）

你们瞧瞧吧，瞧瞧他那副被创作激情吞噬的样子！从外表看，那激情几乎是隐形的，但是显露出内心有堆篝火。差不多从死亡之初就开始创造生命，把提取自雕塑材料的东西放入令人怀念的极度痛苦中。

看来，他雕塑的作品在发烧，塑造者的血液在作品体内循环。

胡里奥·安东尼奥热爱雕塑材料，打开血管，为材料献血。在胡里奥·安东尼奥心里，尤其是因为他从事的是雕塑，那么创造就像是分娩男婴。是的，他的作品就是他身上的肉。

爱情就是创造，在这里看得多么清楚啊！做爱、抚爱、宠爱就是创造呀！他用指尖抚摸着材料就是在起死回生，就是要心想事成。听觉、视觉、味觉、嗅觉、触觉，还有另外五千种感觉以及另外五百万在五个指头尖上千差万别的细微感觉要把心头所想化作具体形态。

……光线从石头上分离出一种外来感觉的方方面面，化作奇怪和多样的人类梦想。雕塑家双手捧着太阳，如醉如痴地欣赏着，从自我的角度欣赏着自己内心跳动的世界，就像欣赏着自己的儿子一样。

（2）

他的死就像许多大艺术家去世一样，是自愿的。他曾经日复一日地把自己的鲜血输送给冷冰冰、吝啬、难以满足的石头或者铜块，兴致勃勃，满怀仁爱，满怀信念。这是真正的奇迹，但奇迹归奇迹，因为如果换了一种方式，就是说以牺牲生命为代价，就是说以灵魂为代价，这样的奇迹就难以理解了，因为他牺牲的，或者更确切地说，让胡里奥·安东尼奥永远处于心醉神迷的不是肉体，而是灵魂；如果这肉体是工具的话，那么他要自己变形为自己创造的世界。

死亡仅仅是内心世界的自我封闭，对于活着的人们来说，死亡就是一座无法攻克的城堡。

（3）

他那长期发烧的浅黑色皮肤、黑色的鬈发、眼睛和眉毛，一袭黑色的衣裳，以万物为映衬，显出轮廓。说他感情冷漠是站不住脚的，他把生命的每一天都献给了石头、铜块，等等。

注释：

① 胡里奥·安东尼奥（Julio Antonio Rodríguez Hernández，1889—1919），西班牙雕塑家。他雕塑了大批以卡斯蒂利亚地区风土人情为题材的作品。英年早逝。——译注

4 阿索林[1]（1915）

鉴于他刚刚哭过，应该特别哄哄他，让他格外高兴。于是，有人上前跟他说事情，结果没有用处。（几乎没有。）他不作声。他不会突然大笑的。可是，从他的眼神里，深绿的瞳孔闪出一瞥轻轻的、令人愉悦的斜视，跳动着可以找到的答案——温柔、亲密的答案。

他也是用眼睛写作的。由于他的双手不好使——风湿病的影响，虽然不是特别疼痛，可是不灵活——这个冬天，他要我找个速记员，能够抓住他眼里心思跳动的速记员。于是，他这样写道：

亲爱的胡安·拉蒙：

明天，星期四，您愿意把那个年轻的速记员派到我这里来吗？

上午八点，或者下午四点。

通常情况下，给他多少酬金为好？

您的忠实朋友，阿索林。今天，28日。

这样一来，他的文学创作就成了情感速记，通过他的眼神直接落实到文字符号上了，不用他手写。好像这是一场艰难探索的产物，是从一个满满当当的洞穴里汩汩流淌出来的东西……但是，可以感觉到那洞穴里面，有一种永远闪光的非本质东西。

一切都说完了，应该跟他对话，如同跟未婚妻对话一样，要面带微笑，热情洋溢。有个女子去找他了，在那座绿色的桥上，想跟他再多说几句话。他停下片刻，一副哭相，像是装出来的，其实心里美滋滋的。这时，他有些难过：什么都没说就这样走开，真遗憾啊。于是，他落在后面，在花丛里逗留，独自坐在板凳上，更好地欣赏孤独之美：金色的杨树、紫玫瑰色的山峦、清澈的泉水，沉浸在单纯的回忆往事中……

注释：

① 阿索林（Azorín，1874—1967），西班牙著名作家。十四岁即入大学，攻读法律专业。但是，兴趣在文学方面。二十二岁在马德里开始担任《国家报》记者，连续发表文章抨击教会、政府的腐朽，结果被社长辞退。三十一岁进入《公正报》，发表了他的成名作《堂吉诃德之路》和《悲惨的安达卢西亚》，揭露了西班牙贫穷、落后、愚昧、黑暗的现实，同时也道出了作者的悲观情绪，结果被《公正报》领导不公正地开除了。后来与1898年一代作家中的乌纳穆诺、巴罗哈、马埃斯图

结成同盟，连续发表了一系列散文精品，如《古典的和现代的》《古典作品眉批》等。还创作了小说三部曲《意志》《安东尼奥·阿索林》和《一个小哲学家的表白》。这些作品都有印象主义的痕迹，都在努力探索何谓“深奥的西班牙精神”，这在他的散文随笔《卡斯蒂利亚》中表现得格外突出。阿索林的文学风格对后来的西班牙文学的发展有重大影响。——译注

5 路易斯·巴卡利亚[1]

一切都留在他漫画的网络上，如同昆虫落入蜘蛛网里，当了俘虏，发脾气也没用。或许可以这么说吧，路易斯·巴卡利亚像是加泰罗尼亚的上帝、幽默大师，什么样的上帝、上帝啊！如同意大利武尔卡诺岛[2]上的火山，眼下正在重新创造一个西班牙，就是带点儿玩笑性质而已的西班牙。

画中带着虚无的意味，比从前多了一点儿虚无。他那混沌世界里只有一次站起来的行动，那是在动乱前三十年的编辑生涯里发生的，那时处处黑暗，人人处于危险之中。那是法兰西文明和创造中被遗忘的拉鲁斯袖珍字典中一个令人意外的动词，那是从神和他的形象之间的吸引力中出现的圣灵。对于他笔下那些新人来说，这是他介于爱和嘲讽之间什么样的爱情或者同情呀！为了给他的世界、圣灵提供营养而去反对自我，需要怎样的慈悲心肠方能当儿子或者老子呀！

我不知道，真的不知道。但是，他和他的漫画曲线的影响之大，以至于他一出现在大街上，那么跟他一道同行的朋友们似乎就成了漫画人物、他笔下的漫画人物。路易斯·巴卡利亚让从前的外部世界适应他创造出来的内部世界达到了这样的水平，以至于人们分不清楚谁是父亲、谁是儿子、谁是圣灵！

注释：

① 路易斯·巴卡利亚（Luis Bagaría，1882—1940），西班牙20世纪初重要的漫画家。从1912年到1936年，他在巴塞罗那和马德里的主要报刊上发表了大量的漫画作品。他讽刺的对象多为保守、落后的教士，腐败、反动的贵族以及狡猾的政客。作品线条简洁、明快、生动、逼真，深受读者欢迎。1933年他和几位朋友一道成立了苏联之友协会。1936年内战爆发后，佛朗哥反动政府对他进行迫害，他不得不流亡到巴黎和哈瓦那。1940年在古巴去世。——译注

② 武尔卡诺岛（Isola Vulcano），位于西西里岛东北面埃奥利群岛最南端的岛屿，火山活动较为活跃。——编注

6 梅塞德斯·巴耶斯特罗[①]（1932）

她写作像鲜花盛开的春天。她的作品很有说服力，朴实无华，出自天赋，如同轻风细雨。她的技艺清纯，轻而易举，可与蝴蝶或者燕子飞翔媲美。

梅塞德斯·巴耶斯特罗就像一只小巧、老练的燕子，她有着活泼灵动的眼睛，有柔情似水的声音，有螺线型的躲闪身姿……这位小小的女王，尽管才十八岁，却已经拥有自己真正爱情和诗歌的王室。

听着她说话的声音，似乎看到了一场美妙的春雪，鹅毛般轻盈的雪花，目标明确地落到自己的位置上，那地方看不清楚，但是谁都知道不会错位。小草清纯、柔弱，可别触摸啊！

注释：

① 梅塞德斯·巴耶斯特罗（Mercedes Ballesteros Gaibrois，1913—1995），西班牙女作家。父母是历史学家，丈夫是作家。她年轻

时攻读哲学和文学。1949年发表《赫尔特露迪丝·戈麦斯·德·阿维雅内达传》，传主是古巴著名女作家，拉美浪漫主义文学的代表之一。梅塞德斯的其他作品还有小说《阿尔贝塔男爵夫人》《鹌鹑》《我要看大夫》《陌生女》《侯二和叔叔从西印度群岛归来》，以及剧作《蝴蝶们唱歌》《生活就是如此》《夏日》《冬日》《工作室》《地球食》《风筝与回声》《他们从这里经过》等。此外，她还有大量的散文、随笔、小品文、文学翻译作品。进入21世纪后，西班牙文学研究界提出应重新评估梅塞德斯的文学创作。——译注

7 柯尔布斯·巴尔卡[1]

短距离，快速度，直截了当，这是柯尔布斯的写作手法。他的写作像蜻蜓做出的直角和直线的飞行。

……他好像是用葡萄藤、青草、泉水、煤炭、蚂蚁、炉渣、露水写作。

我还没看到我们当代西班牙作家中有谁像柯尔布斯那样与综合美学保持一致。可以毫不夸张地说，他是真正的、地道的立体派[2]作家。

欧洲先锋派文学的各种特征，他都具有，但是没有行为准则。他更像一个前哨，渴望战斗，勇敢坚强，关注当下的美景，在欢乐的暮色里，未来几乎是在他手中闪烁光芒。

注释：

① 柯尔布斯·巴尔卡（Corpus Barga，1887—1975），西班牙诗人、小说家、散文家、记者。出身资产阶级家庭。大学时攻读矿业

工程，但是喜欢文学和哲学。1906年开始当记者，为马德里和巴塞罗那各大报刊提供稿件。酷爱旅游。他十七岁时第一部诗集《歌谣》出版。1914—1948年担任常驻巴黎记者，遍游欧洲，尤其是意大利，写下大量游记。他是皮奥·巴罗哈和巴列-因克兰的好友。西班牙爆发内战后，他支持人民阵线政府，为政府采购飞机。1939年他受佛朗哥独裁政府迫害，流亡到秘鲁首都利马。在利马圣马尔克斯大学新闻系主持工作，其间写下四卷回忆录《屈指可数的几步》，其中一卷《贪吃的刽子手们》荣获西班牙文学评论奖。1975年在利马病逝。——译注

② 立体派（cubismo）是20世纪极有影响的一个艺术流派。由西班牙画家毕加索和布拉克于1907年至1914年在巴黎首创。该画派肯定了画面能表现平面和二度空间的面，通过描绘前后上下左右几面同时可见的物体，表现一个虽然支离破碎却又崭新的现实境界。开创这一艺术风格的画作是1907年毕加索完成的《亚威农的少女》。此后，直角和直线结构最为流行。用色极其简单，有些近于单色（较多地使用黄褐色、褐色、灰色、奶油色、绿色或蓝色）。表现性主题常常与文字相结合，强调画家的抽象思维。立体派偏爱的主题包括：乐器、瓶子、水壶、玻璃杯、报纸、人脸和人体。立体派的第二个发展时期是1912年以后，通常称为综合立体派艺术，强调要在画中对景物进行合成或者综合。此时，色彩发挥了作用，但画面依然讲究形体的破碎性、平面性，只是形体更大、更富于装饰性，平滑与粗糙相得益彰。这时，在画面上又加入了拼贴法，从而加强了构图的变化。与此同时，画家们又提出了绘画中什么是现实，什么是幻觉。这些问题的提出，以及新的视觉语言的应用，在随后的雕刻、建筑和文学上也产生了深远的影响。——译注

8 皮奥·巴罗哈[1]

（1）

皮奥·巴罗哈来了，但是不愿意进门。奥尔特加说：皮奥在外面树下撒尿呢。于是，我们一面双手插在衣袋里，缓缓穿过花园，一面看到树下有个人影，那是皮奥·巴罗哈正在从自己的思想感情的顶楼里往出掏什么，这就是他不在我们身边不寻常的原因。皮奥·巴罗哈魂不守舍，不像是他那个年龄里的人。很难说出他的真实年龄和文学岁月，他不关心这个。如同一个喜欢爬树的小孩，像翻阅一本奇特的画报那样翻阅着生活。他还像孩子一样，张着小老鼠一样的嘴巴不停地啃噬着什么，否认自己是无知的。

他说话的时候，你别理睬他，跟着他一道嘲笑他谎言里的幻想故事。因为他对于一切不属于他的世界都不知晓。另外，他没有心思关注深奥的政治观点，也懒得想什么展翅高飞。他不停地走啊，走啊，走啊，像是一只蚂蚁。而他的全部著作，就是向我们展示他没完没了地低飞，身边留下自己的影子，像一列货车。

（2）为西班牙人做注释

看到一个五十岁的人不知自己该做什么、说什么、写什么，真是令人揪心啊！因为他活腻了，只知道在生命之书的天头地脚乱写，在书籍的空白处涂鸦。

题目是“孤独时刻”。如果以为你不去热情地追寻孤独就可以从孤独那里获得什么宝贝，那就错啦！孤独只会把你幻想带走的东西归还给你，增加一点分量而已。

注释：

① 皮奥·巴罗哈（Pío Baroja，1872—1956），西班牙著名作家，1927年一代重要代表。父亲是矿山工程师，皮奥童年时因父亲经常调动工作而搬家。念大学时选择了医学专业，1893年获得医学博士学位，在村镇行医。但是，早在中学时期，他就喜欢文学——阅读文学著作，写小说。1899年迁居巴黎，结识了马查多兄弟、阿索林等西班牙作家，开始给西班牙《公正报》文艺副刊写文艺作品。1900年他把一系列短篇小说结集为《忧郁的生灵》出版，题材多为社会问题，受到著名作家佩雷斯·加尔多斯和1898年一代文坛领袖、哲学家乌纳穆诺的推崇。同年，他的第一部长篇小说《艾斯格里一家》问世，这是对话体小说，

有许多象征主义和自然主义的成分。1902年出版了自传体小说《完美之路》，反映了1898年一代人的思想危机。此后他新作不断问世。1903年《拉布拉斯的长子继承权》，1904—1905年《为生存而斗争》，1906年《国王，帕拉多克斯》，1909年《冒险家萨拉卡因》。皮奥·巴罗哈的创作高峰期是1908—1911年创作的三部曲《种族》，分别由《流浪的女人》（1908）、《雾都》（1909）和《知善恶树》（1911）组成。其中第一、第二部讲述两个无政府主义者企图谋杀国王的故事。谋杀未遂后，两个杀手在逃亡葡萄牙首都里斯本的过程中目睹了社会底层人们的悲惨处境。第三部的故事情节与第一、第二部无关，讲述一个人生故事：主人公安德烈，性格孤僻，与社会格格不入，感到人生荒谬、空虚、迷惘。作家阿索林认为《知善恶树》写出了巴罗哈的灵魂。安德烈本想通过读书改变心境，但是他发现西班牙的高等学府是又一种名利场，同样像商场一样充满了铜臭气，同样是尔虞我诈、钩心斗角，“教授、导师、校长都是吸血鬼，都是王室的御用文人，灵魂深处十分龌龊”。再看整个西班牙，从北到南，贪官污吏肆意横行，社会风气败坏，卑鄙无耻的脏水泛滥成灾。全书流露出作者的悲观情绪。《为生活而奋斗》是又一部三部曲，由《寻觅》《秀草》和《红色曙光》组成。主人公名叫曼努埃尔·阿卡萨尔。他自幼丧父，起初寄居在舅父家，后来去投奔在马德里打工的母亲。母亲在一家公寓当女佣。她为儿子找了一个送信的差使，以维持生计。曼努埃尔从此结识了很多人，比如，大学生、鞋匠、街头泼皮、面包师、菜贩、流浪汉、拾荒者等人物，了解了他们的生活境遇和困难。在送信的过程中，又结识了另外一些人物，如记者、艺术家、无政府主义者，这些人提升了曼努埃尔对社会和人生的认知水平。后来他当上印刷工人，接触了一些很有思想水平的政治家、哲学家。从此，他开始为翻身解放而奋斗，开始自觉地去认识西班牙社会的法律、人权、体制的深层次问题，准备用实际行动去迎接“红色的曙光”。《为生活奋斗》三部曲开西班牙社会小说的先河，在西班牙文学史上占有重要地位。

纵观皮奥·巴罗哈的文学创作，可以看出无论是他早期的笔下人物还是高峰期作品中的角色，都流露出对西班牙社会的不满情绪。这些人物虽然有强者和弱者、成功者和失败者之分，但最后的结局都很悲惨。因为这个社会的土壤是腐朽的，是人间地狱。这表明了巴罗哈的世界观。

在叙事艺术方面，巴罗哈坚持自然、放松，反对咬文嚼字；他不在乎技巧的雕琢，主张质朴、强健，尽兴发挥，开放自如。因为他怀疑历史的必然性，认为重大事件都有很大的偶然性，因此他拒绝选择政治派别，认为“结党必营私”。

巴罗哈是西班牙最多产的作家，小说、戏剧、散文、传记、回忆录均有涉猎。西班牙当代文学研究者认为，巴罗哈的作品有着宝贵的价值，通过研究这些作品，可以看到1927年一代作家面对社会危机的忧患意识，以及他们对解决危机开出的“药方”所具有的现实意义，因此有必要重新认识1927年一代的作家、作品，因为里面闪烁着智慧的光芒。——译注

9 拉蒙·德·巴斯特拉[1]

（1）

1913年，我和拉蒙·德·巴斯特拉同住在马德里第一学生公寓的时候，他给我留下一册斯宾诺莎[2]的《伦理学》，他在书里已经用各种勾勾叉叉画下了重点符号。这本书有了他生命活力的烛照，像是早晨北方的太阳。

拉蒙·德·巴斯特拉身上，如同早晨的太阳，有着强大的指引力。他还是个言论偏激、行动秘密的人，谁也对付不了他。这是我一想起他来，对他最佳、最亲热的赞誉。

（2）

……您热情坚持不懈地用本能喜爱的方言与西班牙语博弈，实在令人感动；在您那毕尔巴鄂儿童灵魂的深处，一定如同海雾一样给方言安排了一个安静的位置。恐怕您早就忘却了，或者从来就不清楚自己说过什么。

在所有使用方言写作的作家中，我赞成您的方言，就是说，您的语言。乌纳穆诺本人在他写的“每日文章”里就达到了这样的境界：朴实无华、活泼流畅、明快充实。当他写诗的时候，就是说，心里有诗句要说的时候，却总是遇到这堵分界线上的大墙，往往损失了意思和声调。

（3）

西班牙语不让他感到愉悦。于是，他笑，他生气，他向西班牙语求爱，殴打西班牙语，咒骂西班牙语，用强暴的手段从西班牙语那里得到些许快感，极力得到快感，而西班牙语词汇用封闭表示反抗，这里、那里都有一些，保持处女状态。

巴斯特拉想像玩球一样对付话语，球打在他脚上，球打在他手上。

剩下的是一块挂毯，是博弈，是奋斗，是喘息，其特色可以推测出来，巴斯特拉根据自己理想的权力全都看过，但是实际效果相反。

鉴于这个原因，他那些不适应环境的全部著作就是一个主张倒退和进步的毕尔巴鄂人用巴斯克–西班牙语写出的抒情悲喜剧。

注释：

① 拉蒙·德·巴斯特拉（Ramón de Basterra，1888—1928），西班牙诗人，属于1898年一代作家，外交官。大学时攻读法律。1915—1917年担任驻罗马参赞。1918年担任驻布加勒斯特参赞。1924年担任驻加拉加斯参赞。外交工作之余，从事文学创作，写下大量抒情诗、戏剧和散文。1923年出版了第一部诗集《发亮的奶头》。他出生在西班牙北部的毕尔巴鄂，那里有巴斯克族人，作品常常回忆家乡的风土人情，并涉及民族问题，主张民族独立，捍卫巴斯克人使用自己语言的权利，例如诗集《山嘴》中就是讴歌巴斯克地区的风景和民间传说。1924年他借用《圣经·创世纪》中的人物写下《托里奥拉的少年时期》。此外，他还创作了剧作《亚麻帽檐》，散文作品有《18世纪的伟业——启蒙运动的大船》以及研究罗马皇帝图拉真（53—117）业绩的《图拉真的工程》。——译注

② 斯宾诺莎（Baruch Spinoza，1632—1677），17世纪荷兰哲学家。《伦理学》是其代表作。他在书中首先区分了实体、属性和形态，随后明确提出，必须否认上帝的超然存在、上帝的人格、天意天命、自由意志和意图。《伦理学》提出的道德哲学观点是：善对于不同种类的事物是有区别的。然而人类有足够的共性可以提出什么是真正的善良，尽管他们的观点各异。自19世纪以来，无论唯心主义者还是唯物主义者都借用斯宾诺莎的观点解释自己的学说。他的知识论和心理学对现代哲学的发展影响很大。——译注

10 古斯塔沃·阿道夫·贝克尔[①]（1915）

这几天贝克尔回来了。有一天下午，我见到了他。他的生存能力真好啊！的确，他知道自己的身份，他把自己匕首的弹性之根牢牢插进了西班牙体内。

就在那一瞬间，一系列面纱被拉开，露出了我们中间悄悄发生的事情，仿佛风儿突然掀起了攀缘植物，露出了里面的背景，鸟儿们立刻离开了攀缘植物，飞走的样子很难看，为了返回灌木丛中，因为似乎被攀缘植物不可救药地迷住了。

贝克尔抓住高筒礼帽，轻风在他的长礼服上勾出了轮廓，他在科里纳山上停下脚步。攀缘植物恢复了原状，阳光点燃了它的叶子。

如同安德烈·谢尼埃[②]一样，他俩方方面面都很相像，贝克尔回来是为了策划说教性诗歌的计划。但是，多亏了太阳神的安排，旋风席卷了他那最乏味的艺术以及写诗的计划。

贝克尔，我对您说过：您的现代性不在说教性诗歌的计划里，您还为飓风卷走计划而惋惜呢。由于谢尼埃的计划不在这里，他在自己的赞歌里——完成了计划……赞歌里有关于爱情、鲜花的抒情诗，有印象派的韵味，而没有从前的记录。由于您是站立的，您心情觉得沉重。如果您躺在地上，去做您那变形的梦，那就变成了长诗，一直延长到我们今天。如今您回来了，会在我们心中找到长诗的影子。

这就是印象派情景交融、心灵复杂的浪漫主义啊。

注释：

① 古斯塔沃·阿道夫·贝克尔（Gustavo Adolfo Bécquer，1836—1870），19世纪浪漫主义代表诗人。他的作品多写伤逝的情怀、梦想的破灭和爱情的失败。代表作为《诗韵集》，其他重要作品还有《传说集》《斗室书简》《给一位女子的文学书简》等。这些作品在西班牙语世界有一定影响。——译注

② 安德烈·谢尼埃（André Chénier，1762—1794），法国18世纪著名诗人。在他担任政治记者时期，抨击反动政府，捍卫自由和正义。1794年被害，年仅三十二岁。——译注

11 哈辛托・贝纳文特[①]（1929）

在我还是个中学生的时候，仰慕过一位“风雅”人士，他在时尚界正处于大红大紫的状态。他是这样打扮的：上衣的垫肩高高竖起，带蝶形领结的衣领中间突出喉结，小胡须上翘，头戴圆顶礼帽。我在自己书本上的空白处，按照同等的女子类型来画这位“风雅”人士：球状衣袖，头戴女士帽，手持阳伞（有细白铁的伞尖）。此后，差不多过了八九年的时光，我看到了哈辛托・贝纳文特早期照片，他差不多还是那副样子。我依然仰慕他。后来，我渐渐讨厌那位“风雅”人士，讨厌贝纳文特的那些照片，讨厌他本人，讨厌他的文学作品，从 1913 年起，我不再阅读他的任何著作了。就在我犹豫不决的当口，好像要急急忙忙纪念某位离去的王子一样，我把我的著作《迷宫》献给了他。

那时候（我想我后来一直如此）喜欢男子（还有女子）自自然然的样子：不要垫肩，而是圆润、柔和、宽松的肩部，不要装饰，无光泽、舒适的衣领，不要额外修饰，原原本本的胡须。（对了，1901 年我在德国弗兰岑的一张照片就是被修饰过的，为的是用胡子尖尖上翘的办法让我“风雅化”。）我想我后来还见过贝纳文特，他样子变了，尽管依然很“时尚”，我是永远摆脱不了他早期给我留下的印象了，包括他的文学作品，尤其是剧作，总觉得他“演戏”的成分太多，他的文学作品今天在我看来就是华而不实，附庸风雅。

华而不实。哈辛托·贝纳文特身上有什么呢？虽说他的确是个文学奇才，虽然他的写作方式轻而易举、驾轻就熟，尽管他有些肤浅，可爱而呈波浪状的肤浅，他是把华而不实、附庸风雅放在戏剧界里的，总是放在一边，好像他的艺术是仅仅用嗓子眼儿里的声音喊出来、用炭笔画出来、用服装道具打扮出来的一个个形象。所有这些故作严肃、一本正经、装腔作势、表示生气……华而不实的毛病中，究竟有什么呢？我试着重读贝纳文特从前的作品，或者阅读最近他写的文章段落。不错，我看到了贝纳文特的敏锐、灵活、才干。但是，他让我觉得领子太紧，勒住了我的喉结，肩膀有压力，“胡须”钻进了鼻孔和眼睛。真让人不舒服啊！附庸风雅是什么东西啊！因为文学奇才嘛……难道空洞的脑壳里有什么圆滑的东西可以影响奇才、降低奇才和超越奇才的吗？

注释：

① 哈辛托·贝纳文特（Jacinto Benavente，1866—1954），20世纪西班牙最著名的剧作家之一。1922年获得诺贝尔文学奖。一生做过戏

剧导演、编剧、电影制片人，还当过马戏团主，遍访法国和俄国。终身未娶，同性恋者。1933年创办西班牙苏联之友协会。上述两个原因造成西班牙内战结束后，他的一些剧作遭到禁演。1892年第一部剧作《神奇的戏剧》问世，随后出版了《贝纳文特诗集》、短篇小说集《平民百姓》和散文集《妇女书信》。1894年首演剧作《别人的窝》没有成功，无论观众还是评论家都看不懂作品的创意，是大作家阿索林第一个高度评价了他的作品。贝纳文特一生创作了172部剧作。1896年创作了剧本《熟人》，攻击权贵集团的贪赃枉法；1898年创作了剧本《野兽的食物》，反映底层人们的悲惨处境。1903年创作《周六之夜》揭示御用文人的腐朽、堕落状态。1905年创作的《秋玫瑰》是个爱情故事。1907年创作了《利害关系》，抨击金钱关系主宰一切造成的种种社会病态，演出获得极大成功。首演当夜，观众抬着贝纳文特上街游行。1898年一代领袖乌纳穆诺和大哲学家、文学家奥尔特加·伊·加塞特给予很高评价。1912年贝纳文特当选为西班牙皇家学院院士。1918年当选为众议员。1922年去美国担任剧团艺术指导，旅行途中获悉自己获得了诺贝尔文学奖。以后访问了埃及、麦加、中东各地和苏联。1933年成立西班牙苏联之友协会，受到右派攻击。1947年参加过支持佛朗哥统治的游行。佛朗哥反动政府解除了对他作品的禁令。1948—1954年担任了西班牙作家、艺术家协会主席。晚年的政治态度处于摇摆之中。贝纳文特的戏剧作品包括悲剧、喜剧、正剧和讽刺剧，创造的艺术人物有农民、市民、贵族、流浪汉、妓女等。题材多样，涉及风土人情、各个阶层的现状，敢于针砭时弊，强调自然、逼真、诗意和讽刺，开创了西班牙戏剧的新篇章。——译注

12 何塞·贝尔卡明[1]（1922）

何塞·贝尔卡明的高尚美德和严重缺点就是他总需要一位英雄加朋友作为审美对象，超越种种障碍赞美英雄。这成了积习。为了赞美，他搬出全部家当。四处低声说英雄，没完没了地重复。有一天，看上去他太像“英雄”了，“英雄”要跟他分道扬镳，要抹掉他，要从他的镜子下来，换上新的水银镜面。不过，有时他也无可奈何，因为英雄早在他抬举之前就已经高高在上了。

从前的事情过去了。如今重新找眼下的英雄说话，像是自己谈情说爱，说说下面最美好的事情。说得高兴，口干舌燥，需要一杯茶水，需要注射一针克拉米纳，需要一台电热器。何塞·贝尔卡明浑身冷得要命啊！他缩成一团，双手插在口袋里，脸色苍白，眼睛发蓝，黑暗中觉得眼前可能有蜘蛛网。

何塞·贝尔卡明从事收集谈话里的蜘蛛网（头绪），用蜘蛛网编织一块难以置信、说三道四的布料，差不多总是破碎。有时他的布料越拉越长，纠缠在一起，个别的时候也有完好如初的样子。月光下，蜘蛛布料像一朵花，魔幻般反射光辉，烈日之下很难坚持。这块布料可是不能洗涤的啊。

何塞·贝尔卡明是个百宝箱，就像那种时而当作雨伞，时而当作指挥棒，时而当作鱼竿的手杖一样。问题是，下雨的时候，他的雨伞打不开，充当鱼竿没有弹性，充当指挥棒则太长，当作手杖用错地方会摔死人，既不能驱逐鬼魂，又不能支撑身体。

注释：

① 何塞·贝尔卡明（José Bergamín，1895—1983），西班牙诗人、剧作家、散文家，属于1927年一代作家。一生关心政治和宗教问题，长期研究共产主义和天主教的关系。是希梅内斯和乌纳穆诺的好友。他著作的内容有：西班牙文学神话、黄金世纪文学、神秘文学、重大政治事件、斗牛等。戏剧作品有《逃走的敌人》《盼什么来什么》《上帝之女》《我躲到哪里才不发抖？》《堂林多》等。诗歌作品有《小精灵与歌谣》《沙漠之光》《最后一刻》《梦境下面》《何塞·贝尔卡明诗集》等。——译注

13 圣地亚哥·拉蒙·伊·卡哈尔[①]

（1）

卡哈尔旁若无人，神情优雅，讲究实际，经常纠缠在迷宫里，纠缠在显微镜下方、无穷奥妙的文献迷宫里。在我们这个圈子之中，如此坚强、细心、敏感、变化快、善于思考的头脑真是没见过。那双眼睛从来不会目不转睛地看人；那眼神总是没有固定目标，总是萎靡不振、飘忽不定，似乎在寻找秘密状态中的自我，为的是终究要面对自己。

他在方方面面都像个胆小的孩子，躲躲闪闪，犹犹豫豫，突然爆出全面完美、铿锵有力的一番宏论——从娘胎里出来的小儿，口无遮拦，全是真言……他走了，两手交替放松，例如，手持一把雨伞，似乎真下雨也不打开，身穿一件随意的大衣，有一顶帽子，没戴在头上。

一个大雨滂沱、昏天黑地的下午，我看见卡哈尔在电车上满头乱蓬蓬的银发，戴着眼镜正在看书，忘记一切，靠在玻璃窗上，一直保持这个姿势：懒散、放松、闷闷不乐地注视着眼前的空间。

（2）卡哈尔纪念碑

卡哈尔跟他的女友“才智姑娘”生活在东方的亚述房屋里，装饰房子的是梅斯特洛维奇[2]的侄子，那里属于一座水上城市。他去实验室要乘坐木筏。“才智姑娘”送他到家门口，也就是湖边，给他肩膀围上一条马尼拉披巾，因为天气潮湿，还因为他患有全身性硬化症。

注释：

① 圣地亚哥·拉蒙·伊·卡哈尔（Santiago Ramón y Cajal，1852—1934），西班牙著名病理学家、组织学家、神经学家。卡哈尔是现代神经学科学之父，对大脑的微观结构研究有开创性贡献。1906年获得诺贝尔生理学或医学奖。——译注

② 梅斯特洛维奇（Ivan Meštrović，1883—1962），南斯拉夫雕塑家。雕塑题材多选取神话故事和历史人物。——译注

14 巴勃罗·卡萨尔斯[①]

巴勃罗·卡萨尔斯演奏大提琴时，座无虚席的大厅里鸦雀无声，我没有听见过别人的演奏能有如此的效果，因为他演奏出来的音乐只能在完全的肃静里听到（需要真正的肃静）。

他衣着简朴、得体，头部后仰，望着无限的空间，仿佛他弹奏的是肃静，音乐是他裸体的姐妹，浑身银白色，有着黄金般肃静的优良品质。

因此这是神圣的肃穆或者梦境中的清泉。这是最高级音乐中的顶级水平：音乐自然流淌出来，没有任何模仿。

巴勃罗的音乐扣人心弦，因为他实际上是在叩打我们的心脏，让我们发出心声，他的琴弓不是放在大提琴上，而是放在我们心上。

注释：

① 巴勃罗·卡萨尔斯（Pablo Casals，1876—1973），西班牙著

名大提琴家、作曲家、乐队指挥。1896年担任巴塞罗那大剧院首席大提琴手。1898—1917年，在世界各地巡回演出。在政治上反对法西斯主义，毕生以音乐为手段为世界和平而奋斗。在音乐方面，他对巴赫的作品情有独钟，创造了一套独特的演奏技法给作品注入了活力。——译注

15 费德里科·德·卡斯特罗①

我只见过费德里科·德·卡斯特罗一次。是在塞维利亚大学最后面那间教室里吗？教室位于庭院和花园之间，远处是威亚西斯广场白银胡同的人行道，在夏日的阳光下，胡同显得迷茫。那时候，我还是个孩子，如今回想起那时的情景已经模糊不清了。脑海里存留的感觉就是大胡子裹着小胡须的笑容，那胡须像乱麻，是黄色的，浓浓密密，还有就是他像猴子一样活跃。考试的时候，他喜欢拿学生开心，冲着学生扔纸球，给学生使坏。他对老师们也是如此。

他身上有某种东西，后来我在佛朗西斯科·希内尔那里也发现了，也是在眼神里、微笑中和动作上。但是，费德里科更多的是《圣经》里的内容，更富于田园牧歌的味道；而堂佛朗西斯科更新颖、更世俗一些。

注释：

① 费德里科·德·卡斯特罗（Federico de Castro y Fernández，1834—1903），西班牙塞维利亚大学教授，哲学家、历史学家。——译注

16 何塞菲娜·德·赛贝达[1]

——何塞菲娜的声音

何塞菲娜·德·赛贝达的声音是诗神为她的诗歌用一根心弦调整出来的。她的声音平和、细微、朴素、无拘束，她的声音是纯银的，她的声音受到材料完美的女子影响。

诗神自己就喜欢天资聪慧的人，有时就通过这位好闺女的心声道一句："你让我说吧！"

注释：

① 何塞菲娜·德·赛贝达（Josefina de Cepeda，1907—？），古巴女诗人、歌唱家、音乐教师，古巴艺术学院乐队指挥。多次去美国和墨西哥巡回演出。20世纪40年代即被列入拉美著名女诗人行列，主要作品有《石榴红与洁白》《赛贝达诗选》《孤独的话语》《海上火焰》等。——译注

17 罗莎·查塞尔[①]（1931）（又一篇）

每当我想起罗莎·查塞尔就似乎总是伴随着想起一种气味、一种味道。那是清香，果园里或者是有果树里的香味，可能是果园里某个角落的花香（是新大陆的花卉）。苹果和玫瑰的香气融在一起让罗莎·查塞尔里里外外都是芳香。闻着香，吃着香。

注释：

① 罗莎·查塞尔（Rosa Chacel，1898—1994），西班牙女作家，1927年一代重要人物。在小说、诗歌、散文、文学翻译等方面均有建树。出身书香门第，丈夫是画家，结交的朋友中有巴列-因克兰、奥尔特加、希梅内斯、乌纳穆诺、戈麦斯·拉·塞尔纳等大作家。1922—1927年在意大利研究欧洲先锋派思潮。1928年发表中篇小说《齐丽娜·米高内》和《两个街口的游戏》。1930年出版第一部长篇小说《车站，来来往往》。内战期间支持人民阵线政府，在反法西斯妇女协会工作。1939年被迫流亡到阿根廷和巴西。从1960年开始，她进入创作高潮时期。重要作品有长篇小说《特蕾莎》《莱蒂西

亚·巴列回忆录》《不合情理》和《马拉维亚居民区》，这四部长篇小说叙写的时间从二十年到六十年不等，长期受到西班牙读者和评论界的关注。此外，她还创作了大量短篇小说、诗歌、散文、传记，翻译了多部英、法、德等国的文学作品。法国犹太人思想家、社会活动家西蒙娜·韦伊以及法国哲学家、文学评论家、精神分析学家、女权主义者茱莉亚·克里斯蒂娃的思想对罗莎·查塞尔影响很大。这在她的长篇小说中的人物身上都有清清楚楚的烙印。这些作品表现的思想主题是意志、性爱、感官享乐与理性冲突、为捍卫妇女权益而斗争。评论界认为查塞尔抓住了西班牙进入民主进程后人们的精神面貌发生的变化，因此公认罗莎·查塞尔是20世纪西班牙文学中最具代表性的作家之一。文学研究界认为，应该重新发掘她的价值，尤其是艺术价值。——译注

18 霍阿金·科斯塔[1]

霍阿金·科斯塔在这里就是用他喜欢和不喜欢的一切来对抗暮色中西班牙迷宫里的城堡、国徽上的狮子、鹰爪和落寞的神情。

我看科斯塔这个人不怎么样阳光，倒是日薄西山，就是说他属于过去时，如果我们随心所欲地看待过去的话，或者说像他那样看待未来，而未来并非一定要那个样子不可的话。他站在科里纳山上，像个善意的评论家，可是又义愤填膺，既霸气又谦恭，互相矛盾，有地气也有火气，说话啰唆，咬文嚼字，情意绵绵地爱着西班牙，就像爱着洁身自好的妻子。

他对红黄两色的国旗既爱又恨。

注释：

① 霍阿金·科斯塔（Joaquín Costa，1846—1911），西班牙法学家、历史学家，19世纪末20世纪初复兴运动的代表人物。他是克劳泽

主义的信徒。在批评西班牙严酷现实的问题上，有真知灼见。攻击君主制，主张共和，积极寻求变法。晚年有法西斯纳粹思想。——译注

19 萨尔瓦多·达利[①]

带翅膀的蚂蚁纷纷飞出了画面，停落在肮脏的地方。那是杏花丛中的一根镍棍；那是一轮怪模怪样的太阳，用不可重复的方式让人感到眼花缭乱；那是一次令人惊讶的巧合，集中了魔幻艺术、天真性、原创性、犯罪和性虐元素。

这位出身卑微、擅长变形的画家的现状就是把可能性与不可能性叠加在一起。一天，他来到了卡达盖斯[②]，它属于广义的索多玛[③]、文明的索多玛、没有日期的索多玛，装饰着已经灭绝的三种犹太文明。

他伪称是维纳斯女神的亲戚，满嘴谎言，像块下流的火炭，光着身子跑出来，手持一面镜子，复制着被天体照耀下不可能的一切：想象中的“七”。

注释：

① 萨尔瓦多·达利（Salvador Dalí，1904—1989），西班牙著

名画家。属于超现实主义流派，以探索潜意识的意象闻名于世。早期的作品就已经显示出他非凡的艺术技能。在接受了弗洛伊德的潜意识理论以及结识了超现实主义运动的作家后，他的绘画进入了一个新时期。1929—1937年的画作使他成为世界上最著名的超现实主义画家。在他画笔下的梦境中，普通的物象被扭曲、变形，对物象的细部做十分逼真的描绘，放置于荒凉但阳光明媚的风景里。重要作品有《记忆守恒》《安达卢西亚的狗》《黄金时代》《达利的秘密生活》。晚年的创作多以宗教题材为主，但是依然探索性爱、童年的记忆、夫妻生活场景。——译注

② 卡达盖斯（Cadaqués），西班牙赫罗纳省一小镇，达利曾在此居住。——译注

③ 索多玛（Sodoma），《圣经》里的城市，因居民罪孽深重而被上帝焚毁。——译注

20 鲁文·达里奥（1940）（又一篇）

鲁文·达里奥早就听见过上帝在树林里说话，早就见过维纳斯女神在海上行走，早就见过潘帕草原上的考波利坎[①]，早就见过那广场上的雨果，早就见过魏尔兰在自己的花园里。如今来到西班牙，这充满阳光和斗牛场的大地上，他就对西班牙民间歌舞大加赞扬。过去这里是努涅斯·德·阿尔塞[②]的天下，人们没怎么理睬达里奥。如今，达里奥又来了，带来了同样点铁成金的和声，胸前佩戴着同样的玫瑰花，人人都唱起了达里奥写的《凯旋进行曲》。我们摘掉了他的铠甲，看到了他那颗心。过去他满怀惆怅地吟诵他的《亵渎的散文》时，我就见过他。很少有人跟他说话，鲁文·达里奥是个性情中人，他的诗句有着哀婉的、天籁般深邃的底蕴，哪怕表面上蒙着红绸缎，哪怕里面是阳光下最芳香的肉体。

有人（就是乌纳穆诺）说过，鲁文本质上是个城市诗人。我不这么认为。鲁文是生活在城市里，因为没有别的去处嘛。我想他希望住在广阔天地的乡下，生活在狮子和老虎中间。

今天，他给我们带来一本诗集，里面有竖琴、笛子、小提琴、潺潺溪水、女子樱唇合奏的音乐。我们要用撒满玫瑰花朵的红地毯为他铺路。

请安静！

注释：

① 考波利坎（Caupolicán，16世纪初—1558），智利印第安马普切人酋长。多次率领部落民众抵抗西班牙军队的入侵。作战机智勇敢，曾经俘获过西班牙军事首领巴尔迪威亚。在西班牙军旅诗人艾尔西莉亚-苏尼卡的长诗《阿劳坎人》中备受颂扬。——译注

② 努涅斯·德·阿尔塞（Gaspar Núñez de Arce，1882—1906），西班牙作家、政治家，是从浪漫主义向现实主义过渡的重要代表。戏剧、小说、诗歌创作都有涉猎。政治方面，担任过省长、政府内阁成员。——译注

21 艾乃斯蒂娜·德·强波尔辛（又一篇）（1930）

每当我看见艾乃斯蒂娜的时候，就总觉得她是从火焰般的黑莓丛中走出来的。跟在她身后的是一片雨云，是一座充满荆棘和宗派的迷宫。

尽管她很想控制自己的感情，也控制住了，但总是留下惊恐、慌乱的结果。

诗歌吓住了她。一面摘掉身上的荆棘，她也不看看四周的情况，与此同时，小天使们费力地用绿色粗布长袍披在她的裸体上，因为她四处乱跑，一面温和地奉劝她要像春天那样保持平静。

艾乃斯蒂娜最大的秘密一定是红花里面的黑色，还有她那用长刺的葡萄藤围起来的栅栏。栅栏内传出来的水声不唱歌，而是冒火星。那无休止的火花就是她生动诗词的话语。

那声音的深处有着怎样的洞穴呢？洞口在哪里呀？艾乃斯蒂娜有时好像跟地狱里的狼群打过架。她被烧伤了，牙齿咬过什么，眼睛充血，疼痛难忍，还有不知道什么部位被扭伤。她是马德里的女预言家吗？

22 胡安·何塞·多门齐纳[1]（又一篇）（1930）

那个夏天胡安·何塞从自己不声不响、厚厚的空中降落下来。这位乘客经过转换，突然而至，没被发现，是从候机室的反方向进来的，强壮地站立在我们抒情草坪的绿地上，一轮红日贴着地面把光线投射在西边的小小植被上。他晃晃胳膊，跺跺发木的脚掌，发出一声顽童般的笑声，口音很重，声调很高，感染了营养良好的眼睛，因想象丰富而呈血红色：

“您好！”

向上方变形是好事，可以像雄鹰展翅那样俯瞰地下室，从彩云的高度说，那是人间的每日生活。在空中，灵魂只有肉体的装置，从而获得了异乎寻常的表现力。随后，如同古人面对海洋时，土地丝毫不安全可靠。如果有谁不用翅膀仅凭垂直上升的推力飞翔，那么他要站稳脚跟。（反之，精巧装置的推力，运行很差，如同使用别人的翅膀飞翔一样，救生衣上写着别人的名字，那是属于蓝天的。）

返程的道路尽头，像固态的河水，街口总是通向山林，让肥硕的燕子们可以直飞。他让自己增加磁性，用植物性的肉食提高声音中绿色的浓度。那里肯定有个写诗的女子，晚上七点，用她不可抗拒的魅力，脱掉了诗人上半身的衣裳。对于这位写作形式多种多样的诗人来说，街口、蓝天、人间乐园是多么有吸引力啊！他心中的调色板上有从自然宝库里吸收来的丰富原料啊！

对，他是亚当，是怀抱着七弦琴的亚当，还有夏娃。有颜色、有光线的平面图上，用漂亮的透明帐篷划出了伊甸园四个地方，把那位住户关进了地平线上的铁桶里站立，他发出的声音里包含奇怪、粗糙、生动的语言印记，有时很恶心，是那种中国人、阿拉伯人、俄国人、西班牙人骂人的风格，但主要风格是和谐的，整体结构是自由的。在美与丑的双重标准里，他生活得幸福，从早到晚，身旁是他第一个永久性巨大模型，是另外一只鸟儿，是琴弦和羽毛的快乐奴隶——夜莺或者是家雀儿。

注释：

① 胡安·何塞·多门齐纳（Juan José Domenchina，1898—1959），西班牙诗人，1927年一代作家。——译注

23 格列柯[①]

他像阳光，又像月光，在一处暂时消失的风景里……

注释：

① 格列柯（El Greco，1541—1614），西班牙画家。——编注

24 安东尼奥·埃斯比纳[1]（又一篇）（1928）

这就是那位耍吊杆的人，吊杆上方没有任何悬挂之处，他随意地摇来晃去，有时脚尖擦过地面，有时他拧成麻花，快速旋转，让别人感到头晕目眩，还有时脚尖指向天顶。

他的耍杆术不是复制别人的。他是这里捡一点，那里捡一点，捡条绳索，捡个横杆，捡个座椅，捡些彩旗，组装成一个很有个性、很抢眼的吊杆，仿佛在储藏了烟火的城堡里那样，拿起火药（有烧煳的血腥味）、爆竹，最后是黑色的骨架，实现一系列最具创意、可靠而奇异的想象。

那位杂技演员走在大街上，不断地变化：小神父、小丑、斗牛士、魔术师。他能把古罗马诗人卢克莱修[2]说的话变成自己的："我是人，人的一切我都不奇怪。"如此魔术般快速转变角色的唯一危险就是：因为什么都有了，可能会失去因为一无所有而去奋斗的巨大动力——最宝贵的财富是自我。

注释：

① 安东尼奥·埃斯比纳（Antonio Espina，1894—1972），西班牙作家、政治家。诗歌、散文、小说、传记均有涉猎。政治上特立独行，不愿意加入任何派别组织。在“二战”中，坚决反对法西斯主义。重要作品有抒情诗集《门槛》《签字人》《埃斯比纳全诗》，长篇小说《彩色小鸟》《巴斯克的月亮》《手握十次胜利》等。——译注

② 卢克莱修（Titus Lucretius Carus，约前99—约前55），罗马共和国末期的诗人、哲学家，以哲理长诗《物性论》而闻名后世。——编注

25 埃斯普龙塞达[①]

（1）

虽然他同样反复翻阅了雪莱和拜伦的诗歌，例如，“是爱情宠爱同样的爱情……”这样的诗句，一种知识分子的热望让埃斯普龙塞达更接近雪莱。

……似乎埃斯普龙塞达有些好事没说出来，事情太好了，他居然没有意识到这个问题。

我从来没有在西班牙介绍过他，只是在伦敦、里斯本、巴黎一些西边的奇怪城市说过他，一面想着西班牙，一面给他的音容笑貌造出全世界闻名的神态和韵味。他是个站在船头上的形象，忙于公务，忙于地球上的事情。他可以成为德拉克洛瓦[②]或者库图尔[③]的模特儿。

如同拉腊[④]一样，罗萨莱斯[⑤]好像也画过埃斯普龙塞达，那时他刚从国外回来，迎着太阳，身披金色、绿色和黑色。画上有德拉克洛瓦的颜色，还有勃朗宁[⑥]的一些色调（十分簇新）。

原因似乎是那个时期他心中更惦记葡萄牙或者英国，而不是西班牙。

（2）

西班牙的海岸线是红色的，与蓝色的大海对抗。埃斯普龙塞达站在伦敦看西班牙，觉得西班牙很小，红色的海岸线被蓝色的大海包围。埃斯普龙塞达站在伦敦，褐色的皮肤，黑发没有梳理，浪漫的清风闪亮，吹乱了他的黑发，大大的眼睛睡意蒙眬，梦见自己让人作画。也许是梦见自己站在一条理想的船头，扬起风帆，一张帆坚挺直立，另外一张有倾角，像合身的大礼服。他站在那里，望着远方，让普尔或者德拉克洛瓦描绘——怎么画呀？在哪里画？

注释：

① 埃斯普龙塞达（**José de Espronceda**，1808—1842），西班牙著名诗人。早年积极参加政治活动。他的抒情诗分为三类：爱国诗，如《献歌祖国》《五月二日》；歌颂自由、爱情的诗歌，如《哥萨克之歌》《海盗之歌》《乞丐之歌》（开了社会诗歌的先河）、《死囚之歌》《刽子手之歌》；表现个性和浪漫风格的诗歌，如《致狂欢中的哈里发》《致一颗明星》《太阳颂》。在叙事诗方面，《萨拉曼卡的大学

生》是西班牙浪漫主义传奇叙事诗中最早和最出色的作品之一。此外，他还有一部长诗《魔鬼世界》（6000行），由于诗人英年早逝，未能完成。——译注

② 德拉克洛瓦（Eugène Delacroix，1798—1863），法国著名画家，浪漫主义代表。重要作品有《但丁和维吉尔共渡冥河》《希俄斯岛的屠杀》《南希之战》《自由领导人民》等。——译注

③ 库图尔（Thomas Couture，1815—1879），法国著名画家，学院派代表。擅长肖像画和历史画，代表作为《帝国末期的罗马》，1847年展出时引起轰动。——译注

④ 拉腊（Mariano José de Larra，1809—1837），西班牙浪漫主义作家。他的剧作《马西亚斯》被认为是西班牙浪漫主义文学的奠基之作。——译注

⑤ 罗萨莱斯（Eduardo Rosales，1836—1873），西班牙画家，从浪漫主义向现实主义过渡的代表人物。代表作为《天主教女王伊莎贝尔的遗嘱》。——译注

⑥ 勃朗宁（Robert Browning，1812—1889），英国诗人、剧作家。主要作品有《戏剧抒情诗》《环与书》，以及诗剧《巴拉塞尔士》等。——编注

26 曼努埃尔·德·法雅[①]（又一篇）（1926）

人们正在把他的心放进一家吉卜赛人的铁匠铺里。外面，太阳下山，余晖无限惆怅地落在加迪斯[②]城头，浅绿色在说“明天见”。安达卢西亚的暮色中充满光彩：水光、目光、昆虫的闪光……黑影中的一切都在闪烁，抵挡黑暗的来临。那边山下，安达卢西亚躺在那里，像新娘等待新郎，美丽的大眼睛热泪盈眶。

无法去干别的事情。音乐像热恋的女子牵住我们的心灵，它用一百只手从四面揪住我们。只有倾听，只有倾听，只有倾听。

一场情感风暴掀翻了我们的内心世界，一个小时的激情加剧了事情的发生，一切的折腾和折磨都随着寒战一道化解在眼泪里。

注释：

① 曼努埃尔·德·法雅（Manuel de Falla，1876—1946），20世

纪初西班牙最杰出的作曲家。优美的旋律、僧侣般的苦行精神与强烈抒发的内心激情，形成了具有鲜明特色的西班牙风格。——译注

② 加迪斯（Cádiz），西班牙南部海港城市。——编注

27 费尔南多·佛尔顿[①]（1890—1914）

在我们这个斯巴达克式的小团体里，一种美男子之间纯粹的友谊维系着秩序，这里没有那种追求昙花一现、无用（虚荣）过分装饰桂冠的枯燥乏味的东西，你，费尔南多，是最年轻的一位，可能也是最甜蜜的一位。你总是笑容可掬地来到我们中间，打扮得整整齐齐，握手时轻柔而热烈。你像少年肖邦，文质彬彬，清清爽爽，但同时又带有些许忧伤。你苦涩的微笑驱散了面庞上的一切，如同一只可爱的洁白蝴蝶驱散了戈雅笔下那位痨病女子不可言喻的愁容，她像你一样有些未老先衰，我觉得你不知被哪股风吹得像小小的柏树。

你有些世俗之气，稍微有些懒散，好像懒得听一听音乐，听一听在唯一的草原上清泉旁边你想象中浪漫花园里的歌声。你过去一直没时间安排完美的和谐游戏，你……那些游戏预言你眼神里闪烁的、曙光的各种幻象；那曙光有时弄错了突然醒来的时刻，样子像微笑的黄昏，但是含含糊糊地唱出了你序曲中的歌曲，唱得好听。

一天早晨，似乎是在斯巴达克的传说里，一股姗姗来迟的北方恶风，在温暖的晴空下……

注释：

① 费尔南多·佛尔顿（Fernando Fortún，1890—1914），西班牙诗人。十七岁成名。曙光派成员。著有《浪漫时刻》《现代法国诗歌》《遗物》等，格调浪漫、忧伤。不幸英年早逝，年仅二十四岁。——译注

28 何塞·玛利亚·弗兰科[①]（1932）

他不说话，只是走路，好像是一边扇动翅膀，一边啾啾叫。啾啾叫，向上，大笑，向下，啾啾叫。不知是在什么样缩短的进化过程中，他时而缩小，时而膨胀，向树林、向空中飞去，一路慌乱地尖叫着飞过我们头顶。这是一种仙鹤，啾啾叫，是骨顶鸡，是红鹮，披着向后的羽毛。

毫无疑问，何塞·玛利亚·弗兰科的样子像鸟儿。腿长，有拔去羽毛的翅膀，有喙，有小眼睛。慢慢长大成人后，自然而然地成了擅长各种乐器的音乐家——钢琴家、小提琴家、笛子演奏家，尤其是模仿鸟儿叫。于是，他那些为母亲和儿童作的摇篮曲，同样可以用于鸟巢和黄色的雏鸡上。他跳高，要离开我们的地面，希望得些人气，因为他人气不足。他没完没了地啾啾叫个不停，是要找什么啊？这个长腿何塞·玛利亚离开人间之后，能在什么样的隐秘之地建立自己的中心呢？

注释：

① 何塞·玛利亚·弗兰科（José María Franco Bordóns，1894—1971），西班牙马斯克作曲家，属于1927年一代音乐家。——编注

29 费德里科·加西亚·洛尔卡（又一篇）（1928）

过去和现在我都不愿意相信这个消息的真实性。深深的悲痛躲避着我，因为真相会给我猛然一击。我会说，这不是真的，我会对自己和大家都说这不是真的；我会说，那位像紫红石榴一样的诗人没死，就是说，没被杀死，没被枪杀，没被绞死，不管怎么样吧，没死。

尽管如此，这个我不相信的死亡、不愿意相信的死亡，就是他作品和生平中预期的死亡，就是他小时候、我不知道他怎样和为什么就制造出来的死亡。这是他如同写出一首谣曲那样制造出来的死亡，很不情愿的死亡。他已经死了……不，不，他还没死啊。

可是别人都说，他死了，过去的都过去了，没有别的办法了。——这是真的吗？曼努埃尔·德·法雅，费尔南多·德·罗斯·里奥斯，路易斯·罗萨莱斯，两座格拉纳达城的我们的朋友和男子汉们，这是真的吗？

※※※

费尔南多·德·罗斯·里奥斯给我马德里的家捎过这样一封信：

亲爱的诗人：

前去的这个小伙子充满了浪漫热情，请您好好招待他，值得信赖，是我们寄予厚望的年轻人之一。

紧紧地握住您的手

费尔南多·德·罗斯·里奥斯

1919年4月27日格拉纳达

费德里科·加西亚·洛尔卡在我家那张沙发上坐下来，脸色苍白，鼻子扁平，有痣。我俩谈了很长时间，方方面面。静静的眼神，有不少现实主义“镜子”的成分，“是个没有双脚的孩子”，月亮上的孩子，马黛茶色，有些冷淡。那些痣就是死火山。他带来许多诗歌，他母亲收藏在抽屉里的诗歌没捎上多少。这里和那里，都是萨尔瓦多·鲁埃达①的作品，是些小动物，是威亚艾斯贝萨②，是阿尔汉布拉宫③文化，是我，是月亮。他给我留下了几首诗，我给了他《西班牙》和《笔》杂志。

后来，费德里科·加西亚·洛尔卡就消失在大学生公寓的“黑杨树小山”的喧闹声中了。我时不时地听到那边的喧闹，在利斯塔街八号的阳台上，在韦拉斯科九十六号，在巴迪亚大街三十八号，听见他从山那边的喊叫。我清楚地记得一天下午我们看到太阳消失在一片黑杨树丛下面。我们仨：洛尔卡和阿尔维蒂，我在他们两人中间。

※※※

1924年，第二次合唱比赛期间，我们跟洛尔卡和他弟弟一道去了格拉纳达。旅途很愉快。西班牙风光，尤其是从维尔切斯开始，在千日红和夹竹桃丛中的红色橄榄树，构成一条山脉，伸展到安达卢西亚尽头的岩礁，吸引着我们的目光。下午，山村伊斯纳略斯隐藏在大山的背阴处，用夏日的寒噤迎接我们。

我们终于迈进了格拉纳达，它屹立在灰色的岩石上，像戴钻石的维纳斯。

我从小时候心里就装着戈蒂埃[4]笔下的格拉纳达、一座东方式的格拉纳达，白天是天青石、红宝石和祖母绿的颜色，夜间是银色的剪影，俊秀、透亮，处处是棱角和闪光。随着格拉纳达越来越靠近黑夜，我内心的格拉纳达渐渐隐藏起来，年复一年，直到上大学我在法语课上读到“夜幕降临后，格拉纳达的白杨树街”让我回想起父亲为止，因为他年轻时在格拉纳达生活过。他的身影逐渐远去，他在躲避我，确切地说，他在我内心深处，似乎害怕他消失，或者是害怕他隐藏起来。我这种对各种城市的真实认识过程总是让我感到困惑。在马拉加、纽约、萨贡托、巴黎、阿维拉、巴塞罗那、卡尔卡松……这些城中间，经常会有两座城市在我心里搏斗。每座城市总会在我心中不断出现、消失，它们都是两张面孔，有两个侧面。格拉纳达像所有城市一样，属于“另外的方式”。

※※※

在一列开往格拉纳达的火车上，深深的梦里出现了格拉纳达。黑暗中传来嘈杂声、水声和风声。上午，跟费德里科·加西亚·洛尔卡、小伊莎贝尔、巴克、孔奇塔，上山，去参观阿尔汉布拉宫，去看国王的行宫。

（未完）（1936—1938？）

※※※

对艺术家来说，最糟糕的莫过于一种无条件的友谊。我觉得费德里科·加西亚·洛尔卡的那些无条件的朋友对他干的事情不好，他们把他给毁了。我之所以把艺术置于艺术家的友谊之上，恰恰是因为这一友谊的基础是艺术。

到现在为止，费德里科·加西亚·洛尔卡的确有诗人气质，这里、那里，四处丢下不成熟的“果子”，自己的东西很少，没什么价值。他那些朋友们，大部分是缺乏评判是非能力的毛头小子。他在他们中间显然高出一筹，主宰一切。小子们跟在他身后来来去去，随时准备鼓掌，为他开道。光阴荏苒，洛尔卡大概有三十岁了，终日泡在大学生公寓和咖啡馆里，轻而易举地获得一些成功、金色和玫瑰色的海市蜃楼。成立大学生公寓是我第一个发起的，原来那些不赞成的人们，如今都举起了这面战旗。

马利亚内拉·比内塔[5]倒退了十六年，把我们拉回了诗剧的伤心年代。那个时代从马尔吉纳[6]、巴列－因克兰、威亚艾斯贝萨书中读到的同样东西，如今从马查多兄弟和洛尔卡那里又看到了。后者和前者作品的内容差不多一样，真是遗憾，但我不能加入这场大乱中。

我喜欢费德里科·加西亚·洛尔卡，因为他可爱。令人痛惜的是，他的抒情诗模仿我的地方太多。这话我对他说得很明白。萨尔瓦多·鲁埃达、威亚艾斯贝萨，在开始阶段，也有这个大家认可和强调的诗歌特点，如今认可和强调洛尔卡诗歌特点的还是那些老人。费德里科·加西亚·洛尔卡，别忘记这个教训啊！如果可能，请您堵上耳朵，不听那些闲言碎语。

起初是夸奖几首发表后自然令大家失望的诗歌。接着是表扬几幅画，有趣、漂亮，仅此而已。后来是一首赞歌，是近十年来抒情诗老生常谈的集大成者。

注释:

① 萨尔瓦多·鲁埃达（Salvador Rueda，1857—1933），西班牙现代主义诗歌运动的诗人。——译注

② 威亚艾斯贝萨（Francisco Villaespesa，1877—1936），西班牙作家，现代主义美学传播者。——译注

③ 阿尔汉布拉宫（La Alhambra），中世纪摩尔人在西班牙建立的格拉纳达王国的王宫。——编注

④ 戈蒂埃（Théophile Gautier，1811—1872），法国诗人、作家。——编注

⑤ 马利亚内拉·比内塔（Mariana Pineda，1804—1831），西班牙女英雄，因为手持“自由、平等”的大旗，被反动政府逮捕并杀害。——译注

⑥ 马尔吉纳（Eduardo Marquina，1879—1946），西班牙作家，现代主义诗人，西班牙皇家学院院士。——译注

30 加西亚·马洛托[1]

化作两朵紫罗兰的眼睛是可以复制星星的。

灰色加上别的颜色，非常赏心悦目，如同树皮的五颜六色。他好像湿地的岩石，布满了美丽的地衣植物，仿佛里面充满了情感。

注释：

① 加西亚·马洛托（Gabriel Gareía Maroto，1889—1969），西班牙画家，属于1927年一代艺术家。——编注

31 佩德罗·加西亚·莫拉莱斯

仅仅是一部旧手摇风琴，好像里面装着拆毁的玻璃，在街上同样演奏出斗牛进行曲。窗玻璃上有一缕阳光，面对港口照射出一座充满幻想和忧伤的港口，巨大而无限。

街口的酒家有两扇朝外的大门，可以看见港口钻石般的天空。白葡萄酒，咀嚼的嘴巴，大虾。别了，富有的荣耀！

海湾上空有焰火，有灯火通明的船只。码头上，卖冷饮的男子还在。海风徐徐，塔灯明亮。图书被烧。从咖啡馆后面传来那黑水拍打的声音。

32 贡苏埃罗·希尔·罗埃塞[1]

贡苏埃罗身上的衣服有三种颜色：蓝色、玫瑰色和金黄色。她静静地坐在一个小小的角落里，神秘莫测，像一只漂亮的蜘蛛，开始迷惑什么。贡苏埃罗迷惑什么呢？她要迷惑玫瑰、小鸟、清风，迷惑热爱清风、小鸟、鲜花的男人们。

脸上的秀气让她显得格外迷人。无论穿什么她都像虞美人……

她的诗歌属于富有魅力、但孤芳自赏的蜘蛛之母。

注释：

① 贡苏埃罗·希尔·罗埃塞（Consuelo Gil Roësset de Franco，1905—1995），西班牙编辑，出版家。——编注

33 马尔卡·希尔·罗埃塞[①]

我很早以前就猜想马尔卡是金发美女，就像她姐姐贡苏埃罗一样。我以为是在一次上午举行的音乐会上，在一个包厢的深红色黑影里，隐隐约约见过她。那天下午，马尔卡肤色黑，脸色白，像浅绿色的雪花石膏，眼睛是灰色的，很漂亮，头发是直的，栗色。她的坐姿很带劲，胳膊上有肌肉块，肤色发黑，因为艰苦劳作有常年老伤。与此同时，她显得太脆弱了！她是灵魂在外而肉体在内啊。那时我就对她说过："苦啊！波斯女人，要坚强！当个女汉子！"

她在艺术方面，无论雕塑，还是绘画，一直是东方式的。她有一种想象力让她夜不能寐，有一种深藏在完美节奏、人神性交中的优美和隐晦的幻想。幻想的外围、中央、骨髓、轴心都有极强的个性。她在二十四岁时就摆脱了当今雕塑高层要命的影响：梅斯特洛维奇[②]、爱因斯坦、洛桑迪奇、佛奥利。如今她像磁铁一样吸引着别人。

那时候，她想给我和我妻子做头像。开始先做我妻子的头像。从一开始就发现她的布局颇具大师风范，后来表现出一种自然和超自然同在的情感，那是发自内心深处的，线条恰如其分。我妻子对马尔卡说：感觉是她把模特的头像从地下泉水中给冒出来了。脱胎换骨呀。她在变化，现在处于倒数第二个自然状态。然后，一定是天长地久。我俩的脑袋（因为她有急事，只做了一个）结果成了她不同寻常的长眠、复活的雕塑艺术的试验品。问题是事先谁能知道啊！！

※※※

走出了心中的阴云，她来了，高高兴兴，面目一新。对我俩非常慷慨，天天带来礼物，每个中午、每个小时都有礼物——玫瑰、图书、水果、钱、彩带。毫无疑问，她乐意跟我俩一道干活，我俩像她一样勤奋。她真是值得表扬的榜样：充满活力，持之以恒，花样翻新。她工作起来一连几个小时不休息，站着，带着头疼、肝疼、牙疼。双手有伤，时时摔倒，浑身是伤。身上全是石膏粉末，眼睛周围全是星星点点的石粉，给她蒙上了一种粗犷之美、一种狂野的表情。到了晚上，她走了，一路小跑。她总是一路小跑，进进出出，背着东西，上上下下。睡得少，吃饭少。咖啡、绿茶，生活简单化。可能生活对她来说无关紧要。淡泊名利吧。

注释:

① 马尔卡·希尔·罗埃塞（Marga Gil Roësset，1908—1932），西班牙女诗人，画家，雕塑家，属于1927年一代艺术家。——编注

② 梅斯特洛维奇（Ivan Meštrović，1883—1962），南斯拉夫雕塑家。他的作品题材大多选取地方民间传说故事和历史事件，特别强调抒情性。如今在克罗地亚一些城市可以见到他的作品。

34 拉蒙·戈麦斯·德·拉·塞尔纳[1]（又一篇）（1928）

拉蒙是科里纳山这个圈子里最年轻的成员。他来到这里的样子像一艘严重超载的轮船，而且海水进了船舱，他随时会面临大乱的局面，因为船要沉没。等到情况缓和以后，他继续前进，真勇敢啊！是的，他的作品里充满了废话；的确，他挂出了一串串自己的葡萄，但是没有拿掉其中有虫蛀的葡萄；不错，他走的道路往往迷失在丛林里，然后常常没有任何出路。

这就如同在大街上分娩的妇女。他浑身都是结子和缺陷，眼下正在解开结子，克服缺陷。阿尔丰索·雷耶斯对我说过："我很想抓住他的线头，理顺线索，带他走到尽头。"是的，拉蒙写的东西乱作一团，充满各种颜色的线头、各种光泽的线头、真真假假的线头，心灵借助手指摸索这些线团，经历了迷人的路程。

谁解开他这团乱麻，谁就能发现其中真情和美好。他很少停顿，只要听听他的朗读，会感觉非常有趣。我曾经多次请他朗读给西尔维尼奥·兰扎[2]写的序言。

注释：

① 拉蒙·戈麦斯·德·拉·塞尔纳（Ramón Gómez de la Serna，1888—1963），西班牙多产作家，先锋派成员。他突出的贡献是发明了西班牙“幽默杂感文体”。这是一种杂文，内容多为笑话、文字游戏、哲理辨析，追求奇特的比喻和概念的花哨。一生作品多达百部，包括小说、戏剧、文学传记、风土人情散记。西班牙内战期间，他流亡到阿根廷。——译注

② 西尔维尼奥·兰扎（Silverio Lanza，1856—1912），西班牙作家。塞尔纳的老师。他的长篇小说以幽默、讽刺见长。重要作品有《阿尔图里亚》《伤心的一年》等。——译注

35 戈雅（1915）

（1）

戈雅走出自己的洞穴，用不着眯缝着眼睛，直面西班牙的阳光、黑色的曙光、红色的落日。所有的阳光都是快乐的和悲伤的，或者所有的黑影都是鬼怪和甜蜜的。戈雅，他独自一人出门。他再创造了无数的好与坏、爱和恨、渴望、快感和痛苦，支配生和死。他是绘画界的上帝和魔鬼，不停地工作。

灵魂和肉体都是裸露的。（有时给灵魂披上肉体，有时给肉体赋予灵魂。）有时，肉体化装成灵魂；有时，灵魂化装成肉体。在西班牙生活的狂欢节里，他一直不喜欢自己那身男式化装服，因为是男士，不得不穿男装。（难道画家科里克在1808年的转世化身是在别样的灵魂里吗？）

他用多少眼睛注意一切，眼神怎么能离开大家的眼睛而注视着我们呢？似乎假面具里只剩下眼睛还是属于他的。西班牙什么样的光线是他挂上去的眼光呢？这是浓缩的灵魂，其肉体似乎由于快感销魂而被遗忘了，因为所有的生命都尽收眼底。是的，肉体被遗忘了，因为眼睛在燃烧。

有时我在梦中见到了戈雅的各种眼神，在无限的往返中，他热切地望着我，愤怒地望着我，仇恨地望着我，温柔地望着我，悲伤地望着我，在一种情感燃烧的永恒里，充满爱意地望着我。在他的眼睛里，那时的西班牙（开始画西班牙自己的国旗）正在注意我的思想；今天的西班牙，哎呀呀！只是换换外衣，在做无用功——检查那些让诗人拉腊害怕的颜色。

（2）

戈雅除去是西班牙三大画家之一，还是第一位英国画家。

他飞临英国画界上空，受到了应有的接待，是令人惊讶的西班牙规格。

据说，戈雅的画品消瘦。可是在这消瘦后面，不像英国画那样会看到画布，而是如同皮肤细嫩的人一样，可以看见生命的有机体。

36 胡安·盖莱罗·鲁伊兹[1]（1929）

胡安·盖莱罗·鲁伊兹关上门以后，不吭声（如同地平线后面的圆月），圆满，有些害羞，脸红，但是高兴，双手抱着一棵甜橙树，小心翼翼，尽量避免摇晃。和蔼可亲，一副忘我的精神。他还带来一本书、三封信、六张照片，是遗忘，是发现。进门后，把东西全放下，仿佛他的任务就是如此：有些腼腆地放下东西，面带微笑。

这样的人我很少见过。他随时准备消耗日夜加大的眼力，无论光明还是黑暗，全都用掉，孤独一人或者加倍用掉；把精力花费在别人身上。我一向非常喜欢这种做法：助人为乐，不求荣誉，最好的地方是二人世界中的真正爱情。他有权不休息，有权劳累，但是，等到所有的人都已经筋疲力尽的时候，他才感到疲倦。

一些他的、同时也是我的朋友，以及一些是他的但不是我的朋友给他起了几个名字：洛尔卡说他是“西班牙诗坛的总领事”，萨利纳斯说他是“西班牙第一个胡安·拉蒙分子”，不知谁说了

“一个君主国里的头号档案保管员”，等等。而实际上，这位忠于职守的穆尔西亚诺人，满载着荣誉勋章和物质奖励，晚上迈着坚定的脚步回家，几乎天天满心欢喜，因为没有蹉跎岁月，而是用喜欢欣赏美的意向照亮了人间。

注释：

① 胡安·盖莱罗·鲁伊兹（Juan Guerrero Ruiz，1893—1955），西班牙作家和编辑。——编注

37 霍尔赫·纪廉（又一篇）（1928）

（1）

里瓦斯公爵、马拉美、拉弗格、维尼、瓦莱里、鲁文·达里奥、胡安·拉蒙·希梅内斯为这座美丽的塑像，每人提供一个自己的侧面、平面、棱角、皱褶、鬓角、唇纹。塑像缓慢地上上下下，根据一种无意图的审美力，喜欢一种有大理石楼梯、玻璃和花岗岩的建筑，构成一种小小王国的无主要意图的吸引力。

水晶般的大丽菊在他的草地上绽放。照看塑像是细活，因此，每种形式都以其束缚的内容、一个音节、棕榈树和大理石山峰的遥远剪影让他感到喜欢。他耳朵上放着一杆大理石般的鹅毛笔。

塑像想唱歌。最后，他手里出现了这本白皮书，一天夜里，我改掉了他原来的名字《赞歌》，换上了《王国》。

（2）

我不晓得他是从什么样的笼中鸟身上拔下那只坚硬、难以折断、冰冷似铁、黄金般的羽毛。但是事情是，他一直在寻找这根羽毛。他就像那种得了头奖彩票的人一样，一夜之间，出现在我们眼前，与同类的富有大师一争高下。

对于年纪轻轻的他来说，是不是来得过于完美了呢？但事情正在走向反面。差不多和大家一样，从易到难，从开放到封闭，他没有加紧努力工作，而是可能厌倦了开头的重负，张开手让处于自由状态的玫瑰——连茎带刺——更加自由。

与此同时，这些鲜花（倒空了本来闪烁的星光，本来布满了春天寂寥的苍穹）纷纷落入我们的心田，带来这个领域视角奇特地貌的品质。花朵是一个个小小的世界，它们飞不起来，而是像肥皂泡一样，像冠毛一样，落地，如同陨石一样嵌入地球，准确落地，长期停留，永远驻足地球。

38 米盖尔·埃尔南德斯[①](1936)

米盖尔·埃尔南德斯本人就是那不停息的闪电。如果这道闪电继续不停，那么二十世纪的西班牙诗歌会跟着他一道走到哪里呢？

我想指出米盖尔·埃尔南德斯身上的东西不是“力量”。如果没完没了地连续用力会让人感觉疲倦，总是软弱无力也会令人厌烦。有力和无力可能产生的不可避免的美感，不是斗牛那种冲动，不是弹弓那种力量。诗歌、艺术，仅仅需要一些力量，足矣。我们对莫扎特的信任是以巴赫为根据的，对桑德罗·波提切利[②]的信任是以米开朗琪罗为根据的，对彼得拉克的信任是以但丁为根据的。

注释：

① 米盖尔·埃尔南德斯（Miguel Hernández，1910—1942），西班牙1936年一代诗人。短暂的一生为爱情、自由、人权而奋斗。代表

作为《永不消失的闪电》。西班牙内战开始后，他支持人民阵线政府，写下大量战斗性的诗歌，结集成《人民风》和《镜子巧匠》。后被捕入狱，坚持写作，死在狱中。——译注

② 桑德罗·波提切利（Sandro Botticelli，1445—1510），原名亚历桑德罗·菲利佩皮（Alessandro Filipepi），是意大利文艺复兴时期佛罗伦萨画派艺术家。——译注

39 特奥菲洛·埃尔南多[1]（1930）

在我看来，人类发展的最高标准在于“拯救”的能力。抢救一张邮票，抢救一句好话，抢救一片枯叶。特奥菲洛·埃尔南多属于“拯救”人类的行列。他热爱一切，收藏一切，无论大小，像个贪婪的孩子。作为科学家，他相信一切，不无道理，从天体引力到年轻人最新的假设。

这副焦躁不安的样子给人的感觉是他像个可爱的顽童、一个没有坏心眼儿的小滑头。肤色白里透红，笑容可掬，有自信心。谈笑间，流露出真情，道出了他宝贵的科学、经验，既有他喜爱的书本知识，也有对大自然的热爱。

就在他极力坚持说话要精准的同时，无论话里话外，他第五次摸摸领结，话题分为五个部分，但是不丢主线和中心议题。山川、格言、水果、海洋、逸事，都一一从他那滔滔不绝的谈话中道出，像翅膀一样存放在相应的地方。

注释：

① 特奥菲洛·埃尔南多（Teófilo Hernando，1881—1975），西班牙著名医学家，是他把药物临床学引进了西班牙。他的言行有力地推动了西班牙的思想进步。——译注

40 伊莎贝尔

那里面有一朵“玫瑰花”，银白色与蓝色相间，她消瘦、善良、自信，两只大脚走起路来没有声音，说话少，声音微弱，不透亮，听不大清楚，好像远处有钢琴声。我在一个镜框里见过她的形象，像一朵世俗的百合花，匆匆洗过，准备去做她的事情，头戴并不时尚的朴素帽子，外衣是灰色的。

这位脾气温和的人是从什么样的波提切利式的瑞士巴洛克风格画家那里跑出来的呢？走过薄荷和薰衣草的道路，倾听过远处的竖琴声，以及爬着蜗牛的树苗里的麻雀叫声，蓝眼睛望向潺潺水流，走进铺茅叶席子的苦行房间。

住在那里的还有高贵的塞维利亚–卡斯蒂利亚的松树，客厅是新的，与之匹配的还有……从那个人们按照教学法加工而成的粗糙但和谐的鸟巢里，飞出了一只可爱的家雀，快活地唠叨着，自然而然飞过屋脊、街道上空，一处处果园、菜园。

41 意图利诺[1]

（1）

他为了活在艺术里，难道不需要裸体的女人、穿衣服的男子、一块滚石、一朵鲜花吗？不需要。画画如同生育一样简单，仅仅需要冲动而已。

意图利诺就是如此。冲动。一切就是随心所欲的推推拉拉，一切就是颠颠倒倒：光线照射的物体、双腿之间的空气、树木、眼睛、花卉。他是个快速的移植者，就如同在大自然里一样，从土地到土地，让土地活动起来，让土地的画面带上自然元素，先是移植真实，再到艺术真实——画面出现同样的空气、同样的光线、准确的钟点。

这本身就是双重的，现实就在眼前，此外，没有乡愁。

（2）

他像吉卜赛人，一副瘦骨嶙峋的老马样子，那是死马、又脏又凶狠的黑马，强忍着心中的痛苦，似乎是从泥土里钻出来的，周围是喜欢他的紫罗兰。

已经到了上位，带着逝者的快乐，享受着光线和颜色。十分冲动地看画和作画，我们看到他突然睁开了眼睛，知道他活了。远方有一种不寻常的透明度，近处有隐隐约约的冲动。

注释：

① 意图利诺（Francisco Iturrino，1864—1924），西班牙画家。受法国后印象主义画派的影响，特别是野兽派的影响，讲究“纯色”，即为了表现情绪和装饰效果，大量使用纯色。作品的题材多选取老百姓的生活、风景、静物和裸体女子。——译注

42 露西亚·哈尔（1926）

据说，她好像是毕加索的模特儿，这是没有疑问的，但那是很早以前的事情了，至少对毕加索是如此。她不是被他发现的，也不是被他变成了商品的，事情就像那浪花、那云彩、那朵令人说起的大花，人们说："天啊，像是、像是、像是！……"可是，云彩、鲜花、浪花距离人们所说的意思实在太遥远、太离谱了呀！

露西亚·哈尔与毕加索之间的关系属于那位马拉加人（毕加索）的古典主义画派时期，到了巴黎，毕加索想当个加泰罗尼亚人，如今企图要三十五岁美人的花环、美貌、光彩照人、魅力、体能以及上天赐予的维纳斯女神般的永恒魅力，不是复制的，不是被打碎的，而是在土里找到的，如同那脍炙人口的新鲜洋葱长着一朵小白花。

这些水彩画上的玫瑰花是这位古典美的露西亚用她那美丽的白手画出来的。我们可以在这些玫瑰花里，在这里那里遇上一些犹太人的黑眼睛，是露西亚放置在花里的，像是可以当作杏仁吃的黑色小鸟。

43 阿尔贝托·希梅内斯·弗劳德[1]（来来去去）

他是驯兽师，有两个笼子：一个在里面，一个在外面。他在两个笼子的中心同时进行训练，折磨动物，随时受到威胁，里面和外面都会有动物尥蹶子和用爪子抓人。铁蹄或者牙齿或者爪子不留下痕迹的情况似乎很少。但是，由于他对待生活的态度就像太阳神，哦，阿波罗呀，他用雪莱的诗歌加以回答。

他是弗朗西斯科·希内尔的关门弟子，希内尔就是那位圣奥古斯丁，有些人不认识希内尔，把他当成了圣弗朗西斯科·德·阿西斯。由于弗劳德和希内尔关系亲密，两人可以互为例证，一个是黄昏，一个是黎明，同时望着苍穹。他是“有心无力”的生动和令人伤感的例子，尽管他称得上是“有心有力也无力”。他不得不戴上那顶他不喜欢的欧芹花冠，戴上鲜花和星星，做梦，吃苦，有时哭泣。

挥动着你那自由、美丽的缎子领带抵抗，那个光头俗人——他戴着可水洗的白色领带，说着从十行诗里学来的甜言蜜语。用你那梦中的声音喊吧！用炸药守卫着你身边那棵开花的石榴树吧。

注释：

① 阿尔贝托·希梅内斯·弗劳德（Alberto Jiménez Fraud，1883—1964），西班牙教育家、诗人，是著名诗人希内尔的弟子。曾去英国考察教育，回国进行教育改革。——译注

44 胡丽雅

她像紫罗兰里面的一朵大丽菊。紫罗兰散发着甜香，她的全部纯情被包裹在温柔的紫色中。读书，读书，读书。她生在自己的幻想里，那是图书铺成的绿苑。那里有她的思想感情、浪漫故事和生活足迹。将来她比任何女子都要晚些成熟。她将更长久地活在少女时代光明和甜蜜的天下。她的眼睛似乎一直在复制一座浪漫和枝叶茂盛的花园。在她和生活之间似乎有一堵绿意盎然、希望春天永驻的大墙。

她幽禁在一座花园里，一道玫瑰土墙分开了花园通向生活之路，她一点儿也听不见生活的喧闹。肉体似乎在捍卫着她的灵魂，好像完全成了一颗伟大的心。读书，读书，读书……

45 哈辛塔·兰达

她有时来看看她哥哥，温柔、甜蜜、朴素、美丽，像穆里约[①]的画像。她的面色有山区阳光照晒的影响。笑容可掬，黑眼睛望着地面。姿势优美地转身去了，独自一人。

注释：

① 穆里约（Bartolomé Esteban Murillo，1617—1682），西班牙画家。他的作品题材以圣母和百姓生活为主，重要作品大多保存在纽约、巴黎和马德里艺术博物馆，如《天使厨房》《鸟儿神圣家族》《吃甜瓜和葡萄小伙子们》《圣母》《圣婴基督》等。——译注

46 西尔维尼奥·兰扎[1]（1915）

尽管每三年大家希望他继续操劳下去，希望他复活，可他还是活在人们的记忆中；尽管人们一味地要把他当成“未被理解的人”，可还是希望他活下去。未被谁理解呢？莫非随便一个有感觉的人，不理解他吗？难道“教会不是生活在农村的吗”？

（通常对那些不“走动”“不与他人来往”、缺乏理解力的人，称之为“未被理解”。一部艺术品，就因为不让很多人欣赏，难道就缺乏生命力吗？因此“寿命”短吗？西尔维尼奥·兰扎今天处于孤独状态的作品，到了后人手里，将会是多么美丽的珍宝啊！）

当遗址实际上还在顽强地活着、顶住岁月的冲击坚持下来的时候，人们就把遗址看成了死物。西尔维尼奥的作品就是这么一种顽强坚持下来，但看到的人很少的遗址。原始密林里的遗址的长期新颖之处，越是没有被开发，越永远是新东西。

对于那位看到了这些密林、这些遗址的孤独行者，它们是多么诱人啊！因为对他来说，这是他每天夜里迎着曙光、身披露水走出村庄看到的通途啊！

注释：

① 西尔维尼奥·兰扎（**Silverio Lanza**，1856—1912），西班牙作家，1898年一代人物。他的小说以幽默、讽刺见长，代表作为《阿尔图里亚》和《伤心的一年》。生前，他作品的价值没有被西班牙文学评论界充分认识到。20世纪90年代开始，文学界加强了对他作品的发掘和研究。——译注

47 拉腊①

（1）

在这个宁静的时刻，如同净水中的倒影，在遥远的彼岸，在新鲜的空气里，出现一个黑色、安详的人物。

他在哪里啊，我们看不见。是的，他很高大。好像在念书。空中也有这样的告示：“这里静卧着希望。”

（2）

忽然间，在一次私人聚会上，拉腊出现在前往阿尔卡拉大街上方的人群中。他跟阿索林、巴罗哈说话，跟马里查拉尔一道走进彭博咖啡馆，然后又出来。

一声枪响。昨天夜里《先驱报》报道他的事情。

我们经常说，拉腊自杀身亡。拉腊面对西班牙目前这个现状，每年自杀一次，只限于这位诗人的范围，不讲具体地点，不讲有几人知道。

注释：

① 拉腊（Mariano José de Larra，1809—1837），西班牙著名浪漫主义诗人之一。才华横溢，特立独行，有极强的观察力，善于抓住社会本质问题，作品以幽默、讽刺见长。代表作为剧作《马西亚斯》。大量的著作是戏剧评论和时政文章。二十八岁时，因政治和情场都失意，开枪自杀，文学界深表惋惜。——译注

48 安东尼奥·马查多[①]（又一篇）

安东尼奥·马查多从小时候就由死神摆布，在他灵与肉的各个角落里，都是没有活力、腐烂、无希望的样子。经常是要死要活的状态，生死各半，两者由朴素的艺术交融在他身上。我一大清早看见他，以为他是从坟墓里爬出来的呢。我从老远的地方就闻到了他身上变质的气味。他不讨厌长满蛆虫的地方，因为实在太熟悉不过了。我估计他厌恶光滑的嫩肉要超过瘦骨上的腐肉；我想他会觉得空中自由飞翔的蝴蝶有着家里的苍蝇、坟墓里的苍蝇、列车上的苍蝇同等的性感魅力，都有“难以避免的诱人香味”（马查多的诗句）。

马查多是属于死神的诗人，他早就思考过，感受过，时时刻刻准备着迎接死神。我没见过有哪位诗人能像他那样善于根据情况平衡这些高高低低的水平；没有哪位诗人能像他那样在半死半活中缩短生和死的距离，而生和死是自相矛盾的悖论啊！我们这些人极力要把生死分开、对立和冲突起来的同时，在马查多那里则是亲密地融合在一起。我们的一生就是怕死，就是要设法让死神远离我们，准确地说，是我们极力远离死神。马查多心里早就理解死神了，在多数情况下屈服于死神。或许，他不是出生，而是复活。大概他那成熟的青年哲学思想证明了这个道理，当然还有别的事情可以为证。他掌握了复活的秘密，每天都要复活一次，这一回我们看到了，他是通过自然的诗歌奇迹复活的，为的是看看他那别样的生活、我们的生活、他曾经部分地保留下来的生活。有时，他过夜的地点是在城里的出租房、家中或者旅馆。归根到底，睡觉就是死亡。夜里，咱们躺下来，就是为了死上那该死的一段时间嘛。无论是与非，他都不愿意被人识别出来。为此，每当他旅行归来，他总是身穿寿衣，无论是从城外、大街、小巷、走廊，还是旋转楼梯。有时回来晚了，是因为海上有风暴、气候变化、塔灯弃之不用、起床的地点是坟墓。

从我们这个角度看他，在我们这半真半假的光线下观察，他身材高大，是个有天生土色的魁梧壮汉，像个刚刚从土里刨出来的粗壮树墩；黑色、赭色、褐色的上下外衣，肥大而得体，与他那半死半活的怪诞做派相匹配，大概是新做的，或者在托莱多农贸集市上刚刚买的，裤子上有磨损，大衣是秋冬两用的，都有破损，外表就有毛病；头上戴着一顶老式毛边耷拉的帽子，是他那半死不活的状态平衡着时尚和时代的关系。衬衣袖口上没有人造宝石纽扣，而是一些毛毛虫似的细绳；腰间没有皮带，而是一根麻绳束腰，看上去像是修道士。有纽扣吗？干吗用啊？定居在坟墓里的身躯有完全合乎逻辑的习惯。

他唯一的恋人死在索里亚的时候，他非常懂得这只心爱的鸽子对于他生命的意义，他觉得自己的恋情已经被死神捏在手里了。从那以后，由于已经完全掌握了情况，他就把婚房搬到了坟墓里，那秘密的鸽子窝里。他只是为些急事，比如，出版、印刷、售书、必要的签字……才来到我们这省城闹市。战争、长期的西班牙内战爆发了，于是他才完全离开了死神，离开了他周围亲密的逝者，在较长的时间里过上和大众一样的生活，为的是像许许多多仁人志士一样去牺牲，死得比别人，比我们这些眷恋生活、以生命为界限的人漂亮。由于安东尼奥·马查多永远活在这无形的现在，才华和外形永远不会复活了，那就不可能有谁能比他死得更漂亮，在西班牙这奇怪的人间生活里，就不可能有谁比他更死得其所。就外形而言，他完全死了，死得谦卑、悲惨，是集体死亡，他是一群被迫害、被赶出西班牙的人群中的“头羊”。本来安东尼奥·马查多在西班牙应有尽有——鸽子房、爱巢，可以走暗门来往，但他翻过了冰天雪地的高山国境线，因为他那些最要好的朋友们，最穷、最有尊严的挚友们，也是这样出境的。假如他继续跟那些埋葬在地下的人们待在一起，那也是出于喜欢那些人，因为可以肯定的是，由于他熟悉死亡的那些崎岖通道，可以通过地下的天堂影响西班牙。

今天这个夜晚有上弦月，这个来自西班牙并且带给西班牙山山水水以及安东尼奥·马查多的月亮，都一一映照在我真正流亡他乡的庭院中、带紫色长毛绒的棕榈树上，蓝绿相间的钻石般悲伤的月光像一面令人惆怅的镜子，照出我半睡半醒的内心里有安东尼奥·马查多一首抒情短诗——《夜间的彩虹》，一首最为动人心弦的诗歌，也是我这辈子读到的最美的作品之一：

主啊，你让我们大家
看清自己，你看清
我们大家的灵魂，
请告诉我们：是否有一天
我们一定要看清你。

这场可恨的西班牙内战留下的永恒，用可怕和巨大的方式把西班牙与另外一种永恒相连接，把安东尼奥·马查多与米盖尔·德·乌纳穆诺以及费德里科·加西亚·洛尔卡联系起来。这三人虽死犹生，三人都走了，各有各的方式，令人痛惜，但死得漂亮，三人都去看上帝的面孔了。看看上帝的面孔如何伟大，如同伟大的阳光或者月光照在这倒下的三人脸上，也许三人比别人更幸运吧，看看他们现在如何望着上帝的面孔。

注释：

① 安东尼奥·马查多（Antonio Machado，1875—1939），西班牙著名诗人，1898年一代最年轻的代表人物。青年时期追随现代主义，

中年后转入象征主义，极力表达内心情感。主张对社会应该有所担当。中国道教的生死观对他影响很大。强调应该认真继承人类祖先留下的大智慧，这与他出生在书香世家有一定关系：爷爷是语言文学教授，父亲是法律专家，哥哥曼努埃尔是诗人。童年的生活环境给他留下了终生难忘的美好印象，花园、泉水、果树常常出现在他后来的诗作中。1883年9月8日全家跟随祖父迁居马德里。八岁的安东尼奥进入著名的自由教育协会开办的文明小学读书，接受当时思想最先进的老师们的教育，为首的就是教育家希内尔校长。1899年6月，二十四岁的安东尼奥前往巴黎看望哥哥曼努埃尔。在巴黎，兄弟二人结识了不少哲学家和文学家，如王尔德、伯格森等，与现代主义作家建立了联系。1899年10月，安东尼奥回到马德里，结识拉美著名诗人、现代主义诗歌运动领袖鲁文·达里奥以及西班牙诗坛领袖胡安·拉蒙·希梅内斯，诗歌创作受到他们的影响。1902年4月再度去巴黎，8月回到马德里，年底出版第一部诗集《孤独》。1907年出版第二部诗集《孤独、长廊和其他的诗歌》。这期间他有了一份教书的工作，但不是在首都马德里，而是在索里亚。这是座小城市，有大量中世纪教会建筑，居民文化水平落后、保守。后来他回忆说："在索里亚生活的五年让我看清了西班牙人的本质。"第三部诗集《卡斯蒂利亚的田野》集中了这个时期的作品。1907年，三十二岁的安东尼奥认识了十三岁的小姑娘莱昂诺尔，二人一见钟情，两年后结婚。1911年安东尼奥获得去巴黎进修法语的奖学金，带爱妻前往法国。1912年8月1日妻子因患肺结核不幸病逝，年仅十八岁。诗人痛不欲生。1912年至1919年在西班牙南方巴埃萨教法语，他感觉这七年的生活让他精神上备受折磨。1913年他给大诗人、思想家乌纳穆诺写信说："巴埃萨有一所学院、一所修道院、一家美术学校和几所中学。百分之三十的居民粗通文字。有一家书店，出售明信片、祈祷书、教会杂志和黄色书刊。在哈恩省，巴埃萨是最富饶之地，但城里有大量乞丐和赌徒。"让他感到非常庆幸的是认识了大诗人费德里科·加西亚·洛尔卡，二人成了好朋友。1927年，五十二岁的安东尼奥当选为西班牙皇家学院院士。为此，他写信给乌纳穆诺说："这份荣誉，我从来没想过。我敢这么说，我希望一辈子别有这份荣誉。可是，上帝偏偏把手绢递给了不流鼻涕的人。"1931年，马德里中央大学授予他法语教授称号。这时他的思想处于深刻的矛盾中，在自传里，他这样写道："我深爱着西班牙，但是，我对西班牙的认识是完全否定的。西班牙的一切，我都喜欢，可同时又让我愤怒。生活里，我更多的是让步，而不是反抗，尽管我经常有战斗的冲动，这与我刹那间的乐观情绪有关，但是很快就后悔和脸红了。我更多的是反省自己，不是观察别人。我明白应该指出邻居身上的不义行为，其实我身上也有。我的思想基础是康德哲学，重视重大的思想冲突。诗歌是我排遣愤懑的工具。我坚信：只有精神世界能与感官世界对抗。"安东尼奥相信人的精神价值高于一切。此外，他看到西班牙妇女是祖国未来的希望，因为她们身上具备许多男子不具备的美德和优势。《西班牙文学史教程》的作者马科斯·奥博（Max Aub）认为，安东尼奥出身书香门第，气质浪漫，为人厚道，思想活跃、真诚，忧国忧民，强调人的精神价值高于一切。他代表着一种生存方式。——译注

49 麦泽图一家、拉米罗[1]、玛利亚和古斯塔沃（他们来了）（1920）

今天夜里，当我酣然入梦、滑动在斜坡上的同时，我一面听到附近工厂的机器声，一面心想：这就是大海和歌德告诉我们，在塑像眼睛里，在瀑布中，在天体上……不休息，就是说，不疲倦的理想生活……这就是双重的全面生活啊！这就是完整的老年生活啊！这就是没有黑夜、正反面的生活啊！

而我在这迷迷糊糊的状态下看到的形象中，时而在这里，时而在那里，停下脚步，停留在麦泽图一家人身上，停留在这三根螺旋杆身上，这三个压缩空气锤上，他们像健康人的心脏一样跳动着，一味地刺激着神经。三人是布尔卡诺和米内尔娃的风流子女。拉米罗间歇性地在思想上闹暴风雨，玛利亚是有用的绵绵细雨，古斯塔沃是雷鸣闪电。

注释：

① 拉米罗（Ramiro de Maeztu，1874—1936），西班牙作家。——译注

50 格雷戈里奥·马拉侬[①]

你如果走到他身边，就如同走到了风景秀美的地方，那里适合休息。从他身边可以看到大海，我们头顶湛蓝的天空，让你感到安全放心，相信他不会丢下我们。

他是顶天立地的汉子。像松树吗？树上有鸟巢，树下他巍然屹立，在给我们讲话。眼下，很快，我们就不知道这个形象是真是假了，或者是某位令人激动的大画家对真实、双重真实的描绘。

无菌操作和诗歌合二为一，成了坚实的土地、生活的美景——两者被神奇地关进一个自由的牢笼里。仿佛两者——一枚纯金奖牌的正反面——高高兴兴、慷慨大方地结合在一起，和平、健康地共处。

于是，喝下一口松树里流出的清冽的甘泉，相信智慧女神在前面，继续上路，一手拿着鲜花，一朵给她的鲜花，愉快地坚信：大自然有时候很愉快地在一个样板上或者展览上显露出它全部的特性。这位格雷戈里奥·马拉侬，站如松的汉子，就是相当全面的样板、大自然特性的最佳展示。

注释：

① 格雷戈里奥·马拉依（Gregorio Marañón，1887—1960），西班牙医学家、文学家。反法西斯战士。——译注

51 托马斯·梅奥贝[①]（又一篇）

现在他在大家中间。虽说此前，他来过，没有走近大家，就走了。如今，有些人正走在路上，还没有来到，因为更好的不会来了。在这西班牙灰色与玫瑰色相间的悲惨拂晓中，他待在自己孩子和小鸟中间。

注释：

① 托马斯·梅奥贝（Tomás Meabe，1879—1915），西班牙作家、政治家。西班牙社会工人党的青年团创始人。写过抒情散文、短篇小说、寓言故事等。——译注

52 拉蒙·梅嫩德斯·皮达尔[1]（又一篇）

拉蒙来了一下，办自己的事情，又走了。恰到好处，时针正好一点整，正是他头脑清醒的时刻。每天来来去去，从不缺席，跟太阳一样。

这棵根深叶茂、结实的榆树与展览橱窗里那些娇嫩、枝叶稀疏、有标本鸟巢的树木，真有天壤之别啊！他精心照料的这串葡萄多么密实啊！

肤色饱满，纯褐色加纯黑，发自灵魂深处。这里没有踌躇，没有这个那个，就是褐色加黑色。黝黑的皮肤似乎被一把快刀翻犁过。他的著作用火烧过，像是原始人神奇的烧荒……他的著作令人想起古罗马的城堡，打算固若金汤、江山万代流传。他的作品将来会像那些西班牙建筑在岩石上的城堡、早晚面对红日的城堡。

堂森·托博[2]的座右铭："最坚固的城堡莫过于忠诚！"

注释：

① 拉蒙·梅嫩德斯·皮达尔（Ramón Menéndez Pidal，1869—1968），西班牙语言学家、历史学家、民俗学家。——译注

② 堂森·托博（Sem Tob，约1290—约1369），14世纪西班牙犹太人作家，原名桑托斯·德·卡利翁（Santos de Carrión）。唯一的著作是《道德箴言》。他多次向国王进言，要求善待犹太人。——译注

53 菲德尔·美伊·罗森多

有人这样写道:“何塞·古铁雷斯·索拉纳[1]提交给全国肖像画比赛的作品人物是想象出来的。”其实，即使是想象出来的也无所谓。问题是，这个人物不是想象出来的，画上的人名叫菲德尔·美伊·罗森多，是西班牙阿利坎特省人，著名但谦虚的藏书家。这幅漂亮的油画浓缩了他的一生。

菲德尔·美伊·罗森多走出自己的卧室，来到了这幅肖像画上面。他一向起得早，不在自己身上浪费很多时间。稍稍做做个人清洁卫生工作，保守地点缀一下，随即准备开始一天的劳作。最后一道手续是给手帕滴上一点儿香水。这意味着清洁工作结束了。于是，推开房间的玻璃窗户——他不太在乎大自然的颜色和线条，只注意温度——探出头去，伸出双手，再把窗户关上。

书房有玻璃窗户，上面撒了黄色滑石粉，这让他的注意力完全放在温暖、安静的室内。被黄色玻璃模糊了的阳光，让那走动的污点落在桌子、图书、墨水瓶上，为他分离出来一块足够他幻想的天地。身处模糊阳光的图书、特有的几件东西以及梦想中，这一个上午就悄然度过了。快速但仔细有序地吃点儿东西之后，在躺椅上打个盹儿。随后，他开始了每日最大的冒险活动：去老朋友贝特雷尔的旧书店看看。从旧书店那里可以看见一堵墙，上面有从一家后花园爬过来的常春藤。

菲德尔·美伊·罗森多坐在旧书店里望着那常春藤。他把从书里看来的种种故事情节统统安放在那常春藤上，阳光在常春藤上演绎出来的种种故事情节，他在随后阅读到的书里统统能找到。人们不晓得是什么能让他产生那种感觉，但是，他手心里转动着、转动着手杖。可以肯定的是，那有阳光的常春藤就是他的感官快乐、来自外部的吸引力、他的所爱。

从旧书店踏上街道，天已经大黑，回到了书房，光线黑暗，勉强能看见他的身影。在微弱的灯光下，他把一切整理得井井有条，那是为了明天。晚饭吃得比午饭还少。迈进卧室，再次探头出去，伸出双手，试试夜空下的温度。关窗。微笑着，有着珍珠母色的皮肤，但毕竟年迈的身躯，陷入了松软、舒适的大床里。他合上了灰色的眼睛。这位藏书家过去是金黄、如今是银色的白发，这时在床上显出了决定性的重要性。

注释：

① 何塞·古铁雷斯·索拉纳（José Gutiérrez Solana，1886—1945），西班牙画家、作家。——译注

54 霍阿金·米尔①

咱们能称他为“远近两极的画家”吗？看来，远方太吸引他了，因为在他看来，远方有精华，那里的风光是一种愉快的颠倒。向着远方靠拢过去，离开近处。远近的理想平衡有时会继续存在下去；有时，这个和谐的平衡点会分开，因为远近两点应该可以找到一个和谐的距离。于是，我们就觉得米尔的距离有些模糊。

可是，远近这两点……这个魔幻般的风景：柏树、枯枝上空的绿色天空……还有今天的风景，浪漫主义的未来……

注释：

① 霍阿金·米尔（Joaquin Mir，1873—1940），西班牙画家。他是从自然主义向后印象主义过渡的重要代表。——译注

55 加布里埃尔·米罗①

假设肉体就是一颗裸体的心脏，那么似乎可以说加布里埃尔·米罗就是如此，就是心脏的裸肉。他好像是一面写作，一面守护着一群有感情、有热情、有火气、有不幸的人们，因为他是茫茫草原上唯一的牧师。

他令人想起一种“肉体”文学：无限博大的母亲怀抱着人子。他怀着无限的母爱看待自己的文章。他是真正的文学之子。

他总是有一种怀旧的激情。让一切恢复原状，似乎是沿着一条深刻和神秘的美丽之路，从一开始就包括一年四季的苍茫暮色，包括袅袅炊烟的人家，那是他的家，四海为家，因为他是人人称道的爱情之子。

在他身上，激情就是肉体。激情啊，激情！果肉是激情，海水是激情，衣料是激情。一切都是造就了生命的激情，仿佛创作一开始就是激情。

在他身上，再高的天空距离自己也很近，再深远的土地也在眼前，天不高，地不远。无边的乡愁就在两者之间，就在亲爱的近邻。有时，别人用一天一宿，在村里的牲口圈、在茅屋里发现的宝贝，他手中一直就有。他走在一条土路上，头顶星云，手握鲜花。

注释：

① 加布里埃尔·米罗（Gabriel Miró，1879—1930），西班牙作家，属于1898年一代作家。从小体弱，性格内向，这在他的自传体小说里多有表现。大学攻读法律，毕业后没有合适的工作，专门从事写作。1908年《故事周刊》杂志组织长篇小说征文活动，米罗的长篇小说《患麻风病的主教》荣获一等奖，从此名声大振。成熟之作为《墓园樱桃》，主题写情欲、疾病和死亡。——译注

56 埃乌赫尼奥·蒙特斯[1]

我认识蒙特斯的时候，他在跳探戈，而不是写诗。是个美男子，身条匀称……工作不大上心……

如今这些所罗门式的特点全都转移到他的评论文章里去了。

看问题非常尖锐而且富有建设性。

他的老师埃乌赫尼奥·道尔斯[2]的思想影响着他笔下的西班牙现状，他的思想混杂着各种二加二等于四的陈词滥调。在西班牙做事太难了。

我不知道现在他是不是还跳探戈，既然道尔斯已经打倒了职业培训者们哆里哆嗦、软巴巴的伦巴舞。不管怎么说吧，将来他的舞蹈肯定是硬邦邦的，一定比较成功。

他是用较好方式表现高雅才智的一位年轻人。

注释：

① 埃乌赫尼奥·蒙特斯（Eugenio Montes Dominguez，1900—

1982)，西班牙政治家，作家，人文主义者。——编注

② 埃乌赫尼奥·道尔斯（Eugenio d'Ors，1881—1954），西班牙散文家、小说家，属于1898年一代作家。在艺术评论、哲学研究、诗歌和戏剧创作方面均有建树，主要作品有《哲学第一课》《哲学秘密》《等我安静下来的时候》《莉迪亚信史》《文化的科学》，以及长篇小说《树立善心》。文化专著《论巴洛克》用法语写成，深受法语文化界好评。——译注

57 何塞·莫莱诺·威亚[1]（又一篇）

时不时地觉得累了，因为等候别人崇拜而疲倦了，尽管他知道值得等一等，他渴望别人崇拜，他说希望别人崇拜，可是人们至今还没有崇拜他，于是他自己走下神坛，踏上冷冷清清或者沸沸扬扬的道路，为的是改变一下孤独的状态。是的，他是属木头的，是贵重至极的木头，节制、严格地描过金的木头。

他的歌声就像他单簧管吹出来的声音一样，用自身的旋律制造出植物纤维难以产生的干涩、坚硬的摩擦声。而有时候，他一激动，从单簧管发出金属般的撞击声以及刺耳的恭维。

有一次，人们看出来他是急了。毕竟属木头嘛，易燃。他那颗檀香木的心脏，在密林里散发出一种淡淡的清香……他的树桩深深扎根地下，随着每一缕阳光的渗入，都会带来将有各种声望的萌芽。

他说，他的声音来自巴赫，也许吧。我倒是觉得，他本身就是一种巴赫式的……声音；我认为，那咏叹调唱的就是他的生活。

注释：

① 何塞·莫莱诺·威亚（José Moreno Villa，1887—1955），西班牙诗人、散文家、艺术史专家、画家。——译注

58 莫冷特

我不知道他们几点几刻来，几点几刻走。知道他们在这里，知道他们的情况，知道他们在讲话，知道他们在玩耍。如果我探头到窗外，会看见他身穿大衣，双手插在口袋里，正在走过围栏桥。假如我下楼去吃早饭，会看到他也在吃早饭。有时，他带着皮球会出现在孩子们中间，跟在大风后面去追帽子。

清晨，莫冷特匆匆来到布满绿色冰霜的田野上。

59 玛利亚·路易莎·德·韦尔瓦

——在玛利亚·路易莎·穆尼奥斯·德·布恩迪亚的《没有出口的森林》里

每当我梦见韦尔瓦[1]，那里是有山川、河流的莫格尔[2]的快乐省会和铜都，它五颜六色、熠熠生辉，来自欧洲，来自西班牙的红色山岗和紫色山脉的地貌之美，就突然走到了尽头，我飞着、飞着，像只飞回热带的小鸟，落进了自家的庭院……

（韦尔瓦和莫格尔的庭院不是塞维利亚那种庭院，我是说那种毋庸置疑的庭院，那种有大理石的庭院，那种头等庭院，因为塞维利亚比较富有，还有二等、三等的漂亮庭院；也不是科尔多瓦那种养牲口的庭院，那里有绿地和鲜花，是从后门走进堂屋的；也不是加迪斯那种庭院，没有什么花坛，面积小，只有多层住宅楼，几乎只有天井。地道的韦尔瓦，那座有黄色大门的古镇，不是那种矮矮的栅栏门，不是那种高高的栅栏门，而是黄色大门，它的庭院坐落在每家每户的心脏地带，如同小小的砖砌回廊，墙边有花坛，有种着天竺葵、绣球花、罗勒花的大花盆；有盆栽小树；有柠檬树、石榴树、蜜蜂花；石灰的墙壁上有灌木，有金合欢、夜来香以及各种攀缘植物。）

……韦尔瓦的庭院为我提供了颜色、感觉和香味，仿佛我童年时期的韦尔瓦是一种永久性的理想，有浴场、节假日以及考试的韦尔瓦是一种山梅花、一种蓝色牵牛花、一种忍冬花、一种路易莎草（又名防臭木过江藤）。路易莎草，就是玛利亚·路易莎，有绿叶和鲜花的年轻生命，与那位满面笑容、正派的医生－诗人结合为夫妇，那诗人也是庭院里的一棵树，上面有备用的果实，留给大西洋的日月享用。

这本《没有出口的森林》（什么样的海市蜃楼之风把它带到了这座古镇呢？），可以在韦尔瓦人家、庭院里面以及尽头把树木积压在一起。于是，我想到了玛利亚·路易莎·德·韦尔瓦，她的内院，她倒数第二座森林里的灌木、攀缘植物。庭院和森林很大，处于秘密的孤独状态，像沙漠里一块自由的绿洲，只有与星星为邻的出口。她身穿春装，从庭院到森林，从森林到庭院，来来去去，很难看见她，忙碌一天之后，用一个小时去绽放她诗意的花朵、正在开花的诗歌，请苍茫的暮色欣赏。

注释：

① 韦尔瓦（Huelva），西班牙安达卢西亚自治区韦尔瓦省的首府，位于加迪斯湾畔。——编注

② 莫格尔（Moguer），韦尔瓦省的一座小镇，胡安·拉蒙·希梅内斯的出生地。——编注

60 纳达利亚

只要曙光，不要激情和梦幻，一味地逃避自我的那位狄安娜[①]仙女，逐渐长大成人了。这朵自然的花卉，正处于盛开时期，显得明媚、宁静，成了窈窕淑女，肉体从灵魂生出来。我不知道谁能让肉体和灵魂更加一致。

是的，狩猎的狄安娜，身上还带着森林里的闷气就踏进了家门，坐在家中了。虽然走了远路，依然还有登山的力气，十分美丽的目光注视着雪白的镜子，脸上有阳光，有着无须树叶打扮的优美……

今天是黑色的，很像文艺复兴时期的一座圣母像，那上面，基督教的思想似有若无，似无若有，尊贵，不苟言笑，深居简出，不事张扬，是家中安宁的顶梁柱。严肃，朴实无华，头脑清醒，天庭开阔，印堂发亮，能澄清任何混乱思想。

说话中肯。看到了该看的，该停下就停。拿出来的一定足够。假如需要重新为她命名，复制一下发亮的印堂即可，那叫“尊贵”。

注释：

① 狄安娜（Diana），罗马神话中的月亮女神和狩猎女神。——编注

61 霍阿金·宁恩①

宁恩不在。真的不在吗？真的。那么，谁在演奏啊？是宁恩。可是他不在。

就像是在唱歌的水流里，他在泉水里；就像是太阳与光线同在；就像是芳香陪伴着鲜花。他就是积极灵魂的天意——宁恩既阐释又创新。

宁恩的阐释美若清泉，光明、芳香。

注释：

① 霍阿金·宁恩（Joaquín Nin，1879—1949），古巴作曲家、音乐家。祖籍西班牙。创作了大量钢琴曲和歌曲，改变了西班牙古代的轻快歌谣。——译注

62 塞拉菲娜·努涅斯[1]（又一篇）

塞拉菲娜·努涅斯用一支坚硬的玫瑰红色羽毛笔写诗，那是她左翼上的羽毛，是诗神抵押给女妖的翅膀，让天使以防万一。

塞拉菲娜出门前，因为需要穿戴并盖住翅膀，就从左翼拔下一根羽毛，插在帽子上加以掩饰。（你们大概早就发现了吧。）

因此，她那敏捷的灵感用不着耽搁很久，因为天际和海岸突然抓住了塞拉菲娜的心，尽管她的身躯是在土地上。

注释：

① 塞拉菲娜·努涅斯（Serafina Núñez，1913—2006），古巴抒情女诗人。——译注

63 米盖尔·G. 奥尔特加·斯波多尔诺[①]

斯波多尔诺的肤色像他父亲一样难看，长相像母亲一样漂亮。

注释：

① 米盖尔·G. 奥尔特加·斯波多尔诺（Miguel G. Ortega Spottorno，1911—2006），哲学家奥尔特加·伊·加塞特之子，母亲为罗莎·斯波多尔诺·托佩特（Rosa Spottorno Topete，1884—1980）。——编注

64 理查多·德·欧鲁埃塔[1]

突然之间，他那绿色的眼球转了一圈，就看不见东西了。据说，他晚年永久性失明是出生那天就有了，死神随时随刻会出现在他眼前。那漫长和普通的一天，他心里有数，是日复一日中的一日，如同约书亚[2]向太阳走去，但是并没有得到继续前进的许可。那一天永远停在美丽的废墟上。

波士顿人建议说："你就干一件事吧！就很好了。"这话适合他给化石贴标签。他其余的一切就是，不拘一格的举止行为以及引人注目的鞠躬敬礼，仿佛面向南方的风力磨坊。他属于孔子所说的"谦谦君子"的族群，那是他同外部世界唯一的联系。他因咳嗽而显得文弱，一说起那位恨他的阴柔男子时，出于喜欢和需要，不弯腰就咳嗽起来了。为了避免心里想起此事，他忘掉了一点——西贡萨[3]的侍童，免得亵渎这位作家，瞅瞅周围的一切，如同一架光圈易变的照相机。

但是，突然之间，灰绿色的眼珠一转，他就什么也看不见了。

注释：

① 理查多·德·欧鲁埃塔（Ricardo de Orueta，1868—1939），西班牙艺术评论家，对16、17世纪的雕塑艺术深有研究。——编注

② 约书亚，《圣经》中的人物。犹太人首领，带领族群走出埃及。——译注

③ 西贡萨（José de Sigüenza，1544—1606），西班牙作家。——译注

65 本哈明·帕伦西亚[1]（又一篇）（1923）

那位面带笑容、身体强壮、长相漂亮、属于西班牙画坛的本哈明·帕伦西亚，躲藏到什么地方去了呀？他全神贯注、充满热情、干劲十足，全都处于保密中，一片模糊。忽然有一天，他来了，像一朵小花，蓝色和珐琅色点缀其间，迎着白天的风，站在岩石上。他面带微笑，一身芳香，望着远方，因为鲜花和岩石就是一个人。他过去如何？我不知道。说了三言两语，我们上路。他属于那种先声夺人的性格，因此，无所谓开始。他总是一切该来者必来的样子。他的到来自然而然，像清风，像细雨，像阳光。这个本哈明啊，走了，去创作，创作，创作，像个真正的创造者，如泉涌，直截了当，通体舒服，敏锐，善于综合。

他所做的……

注释：

① 本哈明·帕伦西亚（Benjamín Palencia，1894—1980），西班牙画家。创建了瓦耶卡斯（Vallecas）画派，特点是风格朴实、简约，代表作为《风光》。——译注

66 帕洛玛莱斯侯爵[①]（1916）

为什么人们总是把他藏在太阳照过的花丛里，好像他头上顶着一把无形的绿色华盖，看上去永远像个和蔼可亲的大主教，满面笑容地站在塞维利亚的房前，口里絮絮叨叨地对我们说：欢迎！欢迎！对于这种微笑的人物，对于这种说起话来喜欢打手势的人物，对于这种风华正茂的人物，有他们在身边，生活总是南方和春天，总是向下和靠边（就像一块石头，难看、费力、痛苦、困难、怕冷），总是要冲着他们发泄一番怒火。向上的生活（艺术、科学），高级的生活，总是要镶嵌上灵魂的戒指，像一块理想的绿松石，他在自己位置上，唯一发光的美德就是和蔼可亲。

好像他每天早晨高高兴兴穿过树林来到我们身边时，哪怕是寒冬腊月，也总会这样说道："我来塞维利亚过春天。"面带微笑，仿佛在一支眼花缭乱的万花筒的尽头，有棕榈、柑橘、彩色玻璃、一排排屋顶平台上的花盆、蓝色的牵牛花、栅栏门、茉莉花以及蓝色菖蒲。我不得不离开那里，顺着伐木场绕过瓜达尔基维尔河——"伐木场前有玫瑰花，那是工程师们使用的标识物"——

我驾驶着轻便车，在四月里宁静的黄昏时刻，行驶在喜悦大街的高大槐树下，迷醉在花香里，仿佛走在真正天堂的一座密不透风的大厅中间，直到夜幕降临在特里奥纳大街上空，那里有无与伦比的玫瑰色晚霞。

我忘不了那珍贵的一吻，那是吻在一个年轻人的额头上，他正跪在坟墓中间哭个不停。那是二月里的一个上午，此前一座敞开的墓穴周围凝聚的伤痛这时已经散去，瓜达拉马山白雪皑皑，惟余莽莽，早就靠近了这座孤独、丑陋、封闭的陵园——它的美在于抵抗和压倒寒冷——之中三位姗姗来迟的男人。

注释：

① 帕洛玛莱斯侯爵（El Marqués de Palomares，1819—1872），西班牙南方塞维利亚地区的贵族。——译注

67 玛尔卡莉塔·德·佩德罗索[1]

一个文文雅雅的金发女孩，无须人工雕琢就白里透红，昨天辫子长过腰际，今天亭亭玉立，宛若向日葵，像一把渴望早熟的宝剑，穿过难以追求的爱情草原、各种艺术的荒原、美好幻想的晚霞，向前迈步，像是一曲音乐的序曲，自言自语地去寻找她的第一个加利利[2]。

这个用潺潺小溪来表达她努力的方式，实在感人至深；这个混合着全身颤抖的悦耳声音，实在感人至深。它把秘密的与公开的、地下的与地上的、无知的和已知的糅合在一起了。好品质、好品德用美丽温柔的平衡方式支撑着她那苗条、俊秀、轻盈得堪将一握的腰身。就在春日里深思默想中出现了希望眼睛和光线之间的模糊形象时，话语毫无掩饰地沉湎于无限的幸福中，如同一群新婚飞行的蜜蜂感受到神秘和情欲绵绵的天数。

人们以为，她是从远方来的，一定会走得很远。（也许她就在附近呢。）她的种种努力一定是在高处、宽敞地方，总之是遥远的地平线上。这个玛尔卡莉塔不会也是一个词吧？是一个把整体和个体集合在灵与肉里、没有其他需要的词吗？各路仙女、圣女和女神也有人类的需要吗？她很可爱，来自以前注视着她的人群，从她那难以形容的结尾处（宁静、悲伤、慰藉），开启了一个理想追寻另外一个理想的时刻。

对于这位玛尔卡莉塔来说，愿望是什么呢？在外部世界生活的金色和灰色中，她那明亮、灰色和金黄色的眼睛看见了什么？或者说，打算看到什么呢？在昙花一现里，这样的眼睛要捕捉什么？玛尔卡莉塔反省内观时，什么样的精神花园将会从她生存的土地上建立起来，并且能改变她的看法？如果说从外表可以推测出内心的话，那么在她内心世界里树立起来的肯定是白百合、红百合、海枣树、喷泉一般高大而优美的形象。

注释：

① 玛尔卡莉塔·德·佩德罗索（Margarita de Pedroso），西班牙马德里圣埃斯特万伯爵的掌上明珠。她十五岁时经常从胡安·拉蒙·希梅内斯书房外的街道上走过，诗人望着美丽的少女浮想联翩，产生了柏拉图式的爱情。20世纪30年代初的马德里报纸有详细报道。——译注

② 加利利（Galilee），巴勒斯坦北部地区，史学观点认为耶稣生于加利利的拿撒勒。——译注

68 拉蒙·佩雷斯·德·阿亚拉①

(1)

他的穿戴是精心制作的，懒懒散散地插在英式厚大衣的口袋里。长时间吸烟——据说，他喜欢吸烟，喜欢向四周吐雾。适应文学的程度达到了顶点，凡是他接触的一切，他就按照自己心头所想做出来。我听见他的一位熟人说过："拉蒙桌子上如果不摆满了图书、杂志，那是不能干活的。"融会贯通，适应情况，有益健康，可以发财，一定要反映这个，反映那个，成为反映形势侧面的镜子。

莫莱诺·威亚以及那些似乎是拉蒙的朋友和仰慕者的人说：拉蒙对语言的感觉无人可比。是的，对语言形式，语言常规，语言的挖掘、浇铸都有感觉：就是对语言本身，而不是与什么主语、宾语、从宾语到主语的关系有感觉；就是对由来已久的形式、学术形式、有效形式、冷冰冰干巴巴的形式的感觉。他的散文在挖掘坟墓。

"形式"属于水，属于风，属于火；"形式"是源头，沿着成千上万的渠道四散流淌。佩雷斯·德·阿亚拉的形式是座水库，水面宽阔、平静，像是湖的面膜。一切从四面八方来到水库，静静地留下来，不流淌，不污染，如同随便什么塑像上的乳头和乳房，刻板地说，属于古文。

（2）

他总是跟着另外一些人来。

如果要描写他，那就得先说说跟他一道来的人们，他和他们混在一起，灵与肉的进进出出都在一起。我一直无法把他和他们分离出来。

一个短暂冬日的夜幕降临了——困难和复杂的黑夜来了。

注释：

① 拉蒙·佩雷斯·德·阿亚拉（Ramón Pérez de Ayala，1880—1962），西班牙小说家、诗人、评论家。第一次世界大战期间，他作为阿根廷《新闻报》记者，到过法国、意大利、英国、南美洲诸国以及美国采访。1931—1936年出任西班牙驻英国大使。1936—1939年西班牙内战期间流亡南美洲。写有诗集《小路的平静》。突出的成就在小说创作，如最佳长篇小说《老虎胡安》、心理小说经典《治疗情操的江湖

郎中》和针砭社会时弊的长篇小说《高层迷雾》。1927年荣获西班牙全国文学奖。1928年当选为西班牙皇家学院院士。1931年他同哲学家奥尔特加·伊·加塞特、文学家格雷戈里奥·马拉依一道签署《为共和制效力宣言》，被人们称之为“共和国精神之父”。晚年创作了许多中篇小说，如《普罗米修斯》《周日之光》《柠檬落地》《世界中心》，大多描写西班牙的农村生活场景，突出了野蛮、暴力的阴暗面，善于运用讽刺挖苦和含沙射影，交替使用自然主义、颓废主义和现代主义的手法。——译注

69 弗朗西斯科·比·伊·马尔卡尔[1]

有些人还活着的时候，就经常回忆自己的青年时代了，比如，卡斯特拉尔[2]；有些人到了晚年拿到了自己不朽的肖像，比·伊·马尔卡尔就是如此，因为他的心从一开始就与老年人的常规保持一致……不是说他心老，而是指他追求完美，追求清白。

他似乎是康德考虑的那种人：站在最高之巅、星光之下，独自望着未来。他追求的顶峰是雪白的、公正的、合成的。顶峰上有开花的杏树、皑皑的白雪，山里有柔情和芳香，山川有冰河，山下有奔腾的溪流。他死得其所啊！死得有品位，有尊严，宁静致远啊！与他同行得其所哉啊！在这个非现实的春天里，那开花的杏树依然还在，只是如今被死神变成了化石树，柔情和芳香已经不再，但是，立刻能够回想起来。

注释：

① 弗朗西斯科·比·伊·马尔卡尔（Francisco Pi y Margall,

1824—1901），西班牙政治家、哲学家、法学家、文学家。1873年担任过第一共和国执政委员会主席，有民主社会主义倾向。学术方面，他是19世纪下半叶西班牙最先进的思想家之一，长期研究历史、哲学、艺术、法律和文学。主要著作有《绘画史》《中世纪文化研究》《革命的回声》《反动与革命》《关于1873年的共和制》《文学珍宝》《民族问题》《美洲通史》《联邦宪法》《初次对话》《联邦党纲领》《今天的斗争》等。——译注

② 卡斯特拉尔（Emilio Castelar，1832—1899），西班牙政治家。马尔卡尔的同志。1873年担任过第一共和国执政委员会第四任主席。——译注

70 巴勃罗·皮费雷尔[1]

春天来了，到处是绿色。在有水的地方，黑杨树不知疲倦地鼓掌，为刚刚长出来一些嫩叶而感到紧张。

“吹响风笛吧——舞蹈跳起来！”

在纯粹的蓝色里，紧随黑杨树林之后，好像在博科林[2]的作品里那样，一团团白云匆匆过来，匆匆消散。地面上，水湾处有棵垂杨柳，已经是黄绿色的柳枝垂向粼粼波纹，叶子轮流插入水面，与摇摇晃晃的小船儿嬉戏，要么是燕子低飞，溅起白花花的水珠。

岸边上，一群人在聚会——一双双忧伤的眼睛，因普遍的生活而忧伤——一个年轻人，肤色发黑，面带愁容，身穿得体的衣裳，头戴礼帽，一只手慢慢伸到背后，略带吃惊地望着在圈子里跳舞的人们：

“风笛，别吹了！舞蹈，停一停！”

姑娘们停下舞步，逐渐安静下来，一起看着他。

但是，他突然走了——穿过凉爽的绿地，迎着夕阳——因为这时下午的阳光已经变成了金色水晶的明净信号灯，渐渐落到了暮色里——他低下头，身后留下了长长的影子，忧伤地冲着他那些迷茫、单纯的朋友微微一笑。

注释：

① 巴勃罗·皮费雷尔（Pablo Piferrer，1818—1848），西班牙记者、诗人、散文家。作品多写加泰罗尼亚地区的风土人情。他特别喜欢日耳曼文化，尤其是席勒的作品。不幸英年早逝。——译注

② 博科林（Arnold Böcklin，1827—1901），瑞士画家。他的作品对19世纪末德国艺术家有很大影响。情调忧伤，寓意凶险，开了20世纪形而上学画派和超现实主义艺术的先河。成名作为《树林中的潘神》，重要作品还有《死亡岛》《奥德修斯与卡吕普索》《怪物佩斯特》等。——译注

71 阿雷汉德罗·布拉纳[1]

（纯粹的评论家。在《先锋报》上，有时像一朵鲜花，只说需要的话。）理应如此。

注释：

① 阿雷汉德罗·布拉纳（Alejandro Plana），西班牙文学评论家。胡安·拉蒙·希梅内斯的朋友。——译注

72 曼努埃尔·雷伊纳[1]

(1)

我对曼努埃尔·雷伊纳有过好感，他是我认识他的那个时期“大”诗人中的唯一一位，我认为他是西班牙诗坛上的大理石和玫瑰花，能代表西班牙繁荣时期的某些老诗人，比如，巴拉赫纳[2]、埃斯皮诺萨[3]，因为:“各有各的桂冠/……以及鸟儿和泉水的音乐。”

他有糖尿病，险些失明，曾经从电车上摔下来过，电车拖拉着他行驶了好长的距离。他是来看我的，走路一瘸一拐，戴着厚厚镜片的眼镜，有点儿像法国大诗人戈蒂埃，也是那样的气派，天天头戴着高筒帽，嘴上叼着香烟，背着一把里拉琴，一副“抒情加摩登”的样子，就像我小时候在一本《白与黑》杂志上看到的模样，从那时起一直高出别的诗人一等，我记得有索里亚[4]、努涅斯·德·阿尔塞[5]、甘博阿莫尔[6]、费拉里[7]、格里洛、贝拉尔德、玛利亚·德·帕拉西奥。

他翻翻我的手稿《抒情诗集》，凡是我认为好的、有个性的地方，他都横加指责。他给我写一页纸，题为《燕子归来》，然后扬长而去，在走廊里用他那带安达卢西亚口音的大嗓门吼道："您的花就是含羞草。"

（2）

他来看过我两次。身躯高大，器宇轩昂。身穿燕尾服，头戴高筒礼帽，有些发旧；走起路来，燕尾服的双下摆不停地飞舞。糖尿病闹得他几乎失明。说起话来像喊叫，有浓重的安达卢西亚口音，嗞嗞发响，像那个残酷的外科医生佩德罗。那时他居住在黑泥港大街。

他一面走在走廊里，一面喊叫着说："这个人太敏感了。"

我把《抒情诗集》的手稿交给他。他删掉了那时和现在我认为都是好的或者不坏的全部作品。他说这几首诗是好的：《被绞死的人们》《故事》《城堡》，等等。

雷伊纳有过我不知道那是怎样的光辉，在我年轻不懂事的时候，非常吸引我。他的诗歌（"走在长满桂花和玫瑰的小路上……"）尽管很假，可是有种我说不出的法国高蹈派的味道……一种假抒情诗吧。

注释：

① 曼努埃尔·雷伊纳（Manuel Reina Montilla，1856—1905），西班牙政治家、记者，是西班牙现代主义诗歌的先驱之一。追求诗歌的音乐感。——译注

② 巴拉赫纳（Luis Barahona de Soto，1548—1595），西班牙文艺复兴时期的诗人。——译注

③ 埃斯皮诺萨（Pedro Espinosa，1578—1650），西班牙文艺复兴时期的诗人。——译注

④ 索里亚（José Zorrilla，1817—1893），西班牙浪漫主义诗人的重要代表。——译注

⑤ 努涅斯·德·阿尔塞（Gaspar Núñez de Arce，1834—1903），西班牙从浪漫主义向现实主义过渡的诗人。——译注

⑥ 甘博阿莫尔（Ramón de Campoamor，1817—1901），西班牙现实主义诗人的代表之一。——译注

⑦ 费拉里（Juan Manuel Ferrari，1874—1916），乌拉圭艺术家、诗人。——译注

73 费利西亚诺·罗兰[1]

对于可以受到最好关注的人来说，那就是尊重他的正常状态。从物质或者精神劳作中抬起头来，面对太阳、大山、海洋和星星留下记忆。

那一天并非我的生日，但是，机会非同寻常。我喜欢星期一上午十点钟，因为回到了生活的常态。（费利西亚诺·罗兰，病人，一直怀抱希望，大概也喜欢星期一上午十点钟。）

对于这位真正的诗人、亡友，今天对他最好的关注就是一小时睿智的劳作。

注释：

① 费利西亚诺·罗兰（Feliciano Rolan，1907—1935），胡安·拉蒙·希梅内斯的青年朋友。——译注

74 理查多·卢比奥（又一篇）（1915）

我不知道有谁能让我再回想起古西班牙语，那优美，甚至在谈论欢乐的时候还有些忧伤的卡斯蒂利亚语。一幅仅仅是献给埃尔·格列柯[①]的画像、是献给埃尔·格列柯的色彩和技巧的画像，他自己就是一幅画像，是活着的人们中最为自然的一位，他被搬上了画布。

总是没完没了地批评埃尔·格列柯的克西奥[②]，影响了我对自由教育协会一些人的看法。堂弗朗西斯科·希内尔不是埃尔·格列柯那种人，而是独裁元首里维拉[③]之流。或者也许刚好相反，克西奥感觉自己很像埃尔·格列柯，因此把那些画作看成了生活，混淆了画作与自己生活的界线。

要想找到一些话语描写这位松树般的男子汉可不容易，他在自己的位子上有时方方正正，有时沉默无语，有时魅力四射，有时一头扎进自己安静的关注中，我不知道他的笑容里是否有痛苦，是不是习惯于如此这般的微笑，总是笑容可掬。

注释：

① 埃尔·格列柯（El Greco，1541—1614），西班牙文艺复兴时期的画家、雕塑家、建筑家。——译注

② 克西奥（Manuel Bartolomé Cossío，1857—1935），西班牙教育家、艺术史专家。与希内尔一道创建了著名的西班牙自由教育协会，培养了大批具有先进思想的人才。希内尔去世后，他成为该协会的主要负责人。——译注

③ 里维拉（Miguel Primo de Rivera，1870—1930），西班牙独裁者、贵族、军官。1923—1930年西班牙复辟时期担任西班牙首相，任内实行独裁统治。他的口号是“国家、宗教、君主政体”。——编注

75 萨尔瓦多·鲁埃达[①]

这个时期，萨尔瓦多·鲁埃达经常头戴便帽，脚踏麻底帆布鞋，出没于穷人区，去“搜集资料”。我常常看见他进出自己的石膏像希腊博物馆——复制品博物馆——地点在这里的胡里奥·贝伊塞尔的家中。

有一天，来了这么一封信：

> 那是我最后一次直接知道了他的事情。二十年过去了，我一直没有再见过他。这些年来，每当我去马拉加的时候，都打算看看他。关于他的事情，没人告诉我什么。他对我说过……有时来马拉加是乘坐卖炭人的车辆。

注释：

① 萨尔瓦多·鲁埃达（Salvador Rueda，1857—1933），西班牙现代主义诗歌运动中的先驱者之一。他在诗歌创作方面的成就突出表

现在刻意求新，追求美感、艺术感、情欲快乐。主要作品有《短行诗》《九十首诗节》《安达卢西亚景象》《快乐的天空》《格拉纳达与塞维利亚》，以及长篇小说《萤火虫》《栅栏》《吉卜赛女郎》等。胡安·拉蒙·希梅内斯的文学创作也受到鲁埃达影响，称鲁埃达是“民族彩色大师”。西班牙文学评论界甚至认为，鲁埃达在现代主义诗歌运动中的贡献要超过拉美诗坛领袖鲁文·达里奥。——译注

76 毕加索

锋利的螺旋线。毕加索在我心中，在一次梦境里异常高大。不知道我与他之间究竟是怎么回事，我没完没了地品味着他那优美绝伦、令人心悸的绘画——有画面，有情感，有颜色，有幽默——有必要让一种在乏力的身躯里逍遥自在的精神决定论，把他送上首席。

黎明时分，毕加索已在我心中、我的脑海里，或者可以说，在我的心尖上是对立的吗？转向另一片天空，年纪轻轻已经享有声望——现在有、将来更有的声望——仿佛自古以来就有的声望，超过了过去、现在和将来所有画家的声望，自从埃尔·格列柯就有的声望，我看这还不算完结。

这是同一个等级。在埃尔·格列柯之后和毕加索之前，还没有人——无论是塞尚、凡高，还是高更，还是别的什么敏锐、高大的画家——达到格列柯和毕加索这二人的灵性：敏锐而有远见。我认为，整个立体主义——格列柯是第一人——就是在缘木求鱼，以圆求方，绝无可能——这个盲目追求艺术效果的想法跑偏了方向——扼杀圆满，改变波浪起伏的曲线，使用惊愕的手法掺杂儿童感觉中的惊叹词，加上古老十足的问号。在一种有节奏的直线和曲线的和谐共处中，使生活更有条理，让生活出现在崭新的、秘密的连接点上，比从前的连接点更加深刻和出乎意料。

是否可以说立体主义从解剖学的角度画出了灵魂呢？身体表面的曲线，在所谓古典派那里——希腊、文艺复兴——的矫揉造作的俗套里已经十全十美了。如今出现了赤裸裸逼真的东西，一种要求我们有新灵魂的锋利螺旋的感官快乐，灵魂也随之秘密觉醒——这是立体主义的欢乐！是挥霍立体主义的活力和青春，保证无休止的兴奋状态，是我们时代的珍宝，是法国印象主义的产物，也是法兰西的宝贝儿啊！这个秘密让人们感到高兴，可以在曙光下幸福地站起来直面世界啊！

77 克里斯托瓦尔·鲁伊兹[①]（1916）

一只安达卢西亚小鸟，身穿丧服。为谁呀？知道吗？记得吗？为一切、一切，一切让它伤心的事情。它伤感，敏锐。小黑鸟总是在自己的枝头上，身穿丧服，一副哭相，可它心里是快活的，如同旭日里有片云彩笼罩着露水。

既快活又伤感。像一个男孩拿着自己的玩具，准备晚上画画——五颜六色的大画，使用各种笔法的大画。他看看表，上了闹钟，梦见了曙光，嘴巴上凝聚着灿烂的微笑。黎明时，他已经起床，路灯还亮着，慢慢推门看看是不是真的天亮。

去田野画画吧！在孤寂、寒冷的蓝色峡谷里，那头黑牛冲着玫瑰色的天空哞哞地叫喊。霜花会让人打寒战，患风湿病。但是，没关系。碧空如洗，令人喜欢生活，纯粹至极的碧绿，再加上晨星的亮光，会忘记寒冷，因为天上有一条条玫瑰带，克里斯托瓦尔·鲁伊兹，那是什么玫瑰色，什么白色，什么橘红色呀！

注释：

① 克里斯托瓦尔·鲁伊兹（Cristóbal Ruiz Pulido，1881—1962），西班牙画家。擅长画风景和肖像。重要作品有《跑道》《劳作的土地》，代表作是《安东尼奥·马查多肖像》。西班牙内战期间流亡到波多黎各。——译注

78 圣地亚哥·鲁西诺尔[1]

（1）

他来了，占了半条街，身材高大，急急忙忙，吵吵哄哄。不修边幅、乱麻一样的大胡子，长脸，粗糙，高高低低，似乎总是有扎了吗啡之后蜡一样的汗珠。从单翘、硬翅檐帽的两侧落下来两撮毛发。他的眼睛不是那种圣徒式的，我总是看见他那蓝绿相间的眼珠调皮地转个不停。

他说话的时候，又唱又喊。放荡不羁，傲慢无礼，随随便便，像是流浪汉似的马查多家族成员，让大杂院里出来的团伙感到害怕。乌纳穆诺为了促进血液循环，用酒精洗手。（这是他说的。）安东尼奥·马查多拿金黄色的啤酒偶尔当饮料——布萨达尔牌。

那是下九流们根据信仰而组织的教友会。

（2）

仿佛书页中间夹着的标本花卉或者是死掉的蝴蝶，使出浑身的汁液恢复元气和情绪，那座绿茵茵的花园，如同真正的春天一样吸引着我们。看来水分已经到了花心，蝴蝶好像在飞……

青翠景象刺眼而忘恩负义的样子神奇地展现……

注释：

① 圣地亚哥·鲁西诺尔（Santiago Rusiñol，1861—1931），西班牙画家、诗人、剧作家，现代主义诗歌运动代表人物。著有喜剧《过去的欢乐》、散文集《从我家磨坊说起》、长篇小说《自由，废园》，画作有《花园》等。——译注

79 埃米利奥·萨拉[1]

对待新事物采取开放的态度，我认识的人不多，无人能与埃米利奥·萨拉相比。他的宽容和理解伟大至极——他已经老了，是老师的老师了。他非常喜欢我，怀着真正的爱阅读我的作品。他来看我，我俩一同站在窗前欣赏那些槐树，树冠像绿色和银灰色的天鹅绒，开着黄花，他非常喜欢。

是他教我爱上了罗萨莱斯的作品，是他带给我卡里维尔的著作，那是他女儿，也是他的女弟子。

他派人给我送来他家炖好的蘑菇，味道好极了。他家离我家很近，夏日的夜晚，他带着马赛拉一起来看我。

注释：

① 埃米利奥·萨拉（Emilio Sala，1850—1910），西班牙画家。——编注

80 阿道夫·萨拉萨尔[①]

阿道夫·萨拉萨尔，他生下来就是戴着眼镜的吗？因为他似乎都是从眼镜后面来看待一切的。

的确，他和生活之间总是有一道净化玻璃、淘汰玻璃、统一玻璃。这个世界好像是处在用一种玻璃装饰起来的、最为水晶般清澈的演出剧场里。

注释：

① 阿道夫·萨拉萨尔（Adolfo Salazar，1890—1958），西班牙作曲家、音乐理论家。著有大量钢琴曲和吉他演奏曲以及乐理著作。西班牙内战期间流亡到墨西哥教书。——译注

81 佩德罗·萨利纳斯[①]（又一篇）（1923）

（1）

费德里科·加西亚·洛尔卡说，如果从远处看，佩德罗·萨利纳斯很像水牛，稍微仔细看看，很像美洲野牛；现在从近处看，不像1923年这次我看见他的样子。他理所当然地要逐渐离开那片热土、西班牙那时的金色大地（因为有乌纳穆诺、安东尼奥·马查多、无法解脱的上帝），要离开法兰西一体主义的土壤（儒勒·罗曼[②]，查理·维尔德拉克[③]）。他迁移到了比较寒冷、离开了西方、比较灰色、离子午线远一点的地方：埃菲尔主义的钢架（一方面是让·季洛杜[④]，另一方面是心思费解的体育爱好者，如瓦莱利·拉尔博[⑤]）。《新法兰西评论》[⑥]的朴素计划中有从前英国人的抛头露面（弗朗西斯·汤普森[⑦]）。上述的专业分类在吸收早期营养上是有用的，那里面的铁元素是不会离开血液的，会永久留在他最佳的形体状态里，从此永远活在心中。

（我们以为听见了佩德罗·萨利纳斯的声音，但觉得不像是他。回身去看，发现是他！他在说话呀，可是听不清楚，真是怪事。佩德罗·萨利纳斯没有声音，没有声调。我们走到近处看看，他说的话不像是真的，在他可能要表达的感情与混乱的话语之间没有联系，词不达意啊。）

对我来说，今日萨利纳斯诗作之美妙就是颜色，就是一片纯钢淬火后的彩虹色，驾驭着各种色彩，包括他笔下南方或者东南沿海地带的蓝天和阳光（从来没有充足过）。整体上有照在春天海上的一种日偏食的光辉，那是纯钢般的阳光，柔和至极，既是阳光又是月光。我们可以说它是“智性之光”，那是萨利纳斯伟岸的身躯屹立在沙滩上，光天化日之下，如同释放巧妙的中国焰火那样在释放彩色小针。那是按照学院画派的颜色，灰色的主调与白色的和声融合成银水。国际上有两位窈窕淑女，一曰紫红色“修辞”，一曰玫瑰色“诗学”，用白金平面图下方的星座，唱完了他的歌。

现在，佩德罗·萨利纳斯带着自己的诗歌，通过一片平原，从自己使用方便的书脊前走过。平原被众多溪水，确切地说是解冻时期的哗哗水流声分割成条条块块，互相交叉，互相纠缠，互为兄弟，分分合合，在一阵阵互不干涉的窃窃私语中，平静而愉快地继续并肩前行。这一切都当成珍宝和榜样讲述出来，没有丝毫的更改。间或有某支深水溪流涨水，甚至好像要溢出河床。不会的，佩德罗的治水精神引领溪流不会走出有序的河床。丰富多彩的云朵同样边走边唱，在液体深处歌颂自己美丽的身躯。岸边上，颜色洁白的花朵，用有趣、原始、新潮的讽刺，几乎没了香气，还在精心安排，装点着那永久存在的安宁与和谐。

（2）

到了如今的1923年，那位萨利纳斯……已经变成另外一个人了。橘汁酒醉人，他醉了。如今，他到处搞鬼，侈谈政治……自私自利，弄虚作假。鸡零狗碎，胆小如鼠。

注释：

① 佩德罗·萨利纳斯（Pedro Salinas，1891—1951），西班牙诗人、学者、戏剧家、散文家，1927年一代作家。1914—1917年在巴黎大学教书，后来执教于英国剑桥大学。1936年西班牙爆发内战后，移居美国，先后在马萨诸塞州韦尔斯利学院以及巴尔的摩市霍普金斯大学教书。主要著作有诗集《预兆》《厄运必临》《为你歌唱》《明朗些等其他诗歌》等。他是研究15世纪西班牙诗人霍尔赫·曼里克以及拉美著名诗人鲁文·达里奥的专家。他是古诗《熙德之歌》今译的译者。——译注

② 儒勒·罗曼（Jules Romains，1885—1972），法国作家路易·法里古勒（Louis Henri Jean Farigoule）的笔名。他是小说家、剧作家、诗人和“一体主义”文学运动的倡导者。他的喜剧《科诺克医生》和长篇小说《善意的人们》蜚声法国文坛。他倡导的“一体主义”坚持

四海之内皆兄弟的理念应该与集体意识相结合。他的第一部重要诗集就题为《一体的生活》。第一部重要的集体主义小说题为《某人之死》。他的杰作——长河小说《善意的人们》（1932—1946年，总共27卷）试图再现1908年10月6日至1933年10月7日的时代精神：正直、善良的男女老少在黑暗中默默地为自由而奋斗。——译注

③ 查理·维尔德拉克（Charles Vildrac，1882—1971），法国作家查理·梅萨热（Charles Messager）的笔名。他在诗歌、戏剧、随笔等方面的创作都有建树。他信仰博爱主义并以此指导自己的创作。组织过青年艺术家、文学家团体。第二次世界大战期间积极参加反法西斯的抵抗运动。1963年荣获法兰西学院文学大奖。主要著作有《诗集》《形象与幻影》《绝望者之歌》，剧作有《坚韧号邮船》《米歇尔·奥克莱尔》《争吵》《贝利阿夫人》《父辈敌人》《圣诞节圣父的玩具》，散文有《诗艺论》，小说有《玫瑰岛》等。——译注

④ 让·季洛杜（Jean Giraudoux，1882—1944），法国先锋派作家。在小说、戏剧、散文方面都有建树。他的作品通过人物的戏剧冲突，试图揭示重大主题：战争与和平、生与死、男人与女人。但是他的艺术手法十分奇特，用聊天、朗诵、插科打诨的形式以及讽刺幽默、含沙射影的语言讲述故事。主要作品有《苏珊与和平》《西格弗里德和利木赞人》《贝拉》《特洛伊之战不会爆发》《门口的老虎》《罪恶天使》等。——译注

⑤ 瓦莱利·拉尔博（Valery Larbaud，1881—1957），法国小说家、文学评论家。家境殷实，一生四处游历，是法国与欧洲、美洲文学

交流的重要中介人。主要著作有《佛米娜·马尔凯次》《巴纳布特》《儿童时代》《情人，幸福的情人》《罗马色彩》《黄、蓝、白》等。他翻译过英、美作家，如托马斯·布朗爵士、巴特勒、惠特曼等人的作品。——译注

⑥ 《新法兰西评论》(*La Nouvelle Revue Française*)，法国文艺评论杂志。1909年2月由作家纪德、科博、施卢姆贝克尔等人创办。他们希望通过杂志讨论美学问题，坚持独立思考，不受派别影响。在两次世界大战期间发表了大量重要文章。——译注

⑦ 弗朗西斯·汤普森(Francis Thompson，1859—1907)，英国19世纪90年代唯美主义运动诗人。著名诗篇《天堂猎犬》描写上帝追逐人类灵魂的故事。重要作品有《诗集》《姐妹之歌》《新诗》，以及散文评论《论雪莱》等。1913年英国出版了《汤普森作品集》。——译注

82 安赫莱斯·桑托斯[1]

在巴利亚多利德市[2]与首都马德里之间，她有一系列画布和画稿产生：是闪亮的或者无光泽的白色化装面具的图画，上面有窟窿眼，全都注意到了新旧质量问题，她那蓝色深邃的目光注视着白雪、清泉、黑土，那是窟窿眼留住的太阳和星星。

在这些图画后面是平原、石块和野草，是卡斯蒂利亚运河[3]，是两岸排列的白杨树，是从巴利亚多利德市一直到帕伦西亚市[4]的丘陵——轮廓清晰的丘陵，是干净的空气（霍尔赫·纪廉就生活在其中），是乡下人，男男女女，是鸟群。我们在瓜达拉马山的这一侧，在画上的面孔是一副漠不关心的样子，分别手持百合花、画笔、刻刀、羽毛笔。划分得深刻啊！

有人出于好奇靠近画布，从一个窟窿眼里向内张望，看见安赫莱斯·桑托斯脸色阴郁地赤脚在河岸上奔跑。眼睛上画绿叶，给太阳洒水，用炭笔画仙人掌。逃跑。回来。走掉。忽然，她的目光注意到了化装面具上的眼睛是与我们的眼睛贴在一起的，她望着，我们望着她。她不知道在看谁。我们在望着她。她在观望。

注释：

① 安赫莱斯·桑托斯（Ángeles Santos Torroella，1911—2013），西班牙女画家。祖居塞维利亚，后迁居巴利亚多利德市。再后来，迁居首都马德里。三座城市成为她绘画的三个时期。十八岁成名，用超现实主义手法创作了大型油画《一个世界》，后为西班牙国家艺术博物馆所收藏。她的画风经历了超现实主义、表现主义和后印象主义。20世纪30年代的一批西班牙著名诗人、作家、评论家，如胡安·拉蒙·希梅内斯和费德里科·加西亚·洛尔卡，坚决支持她在艺术风格上的大胆追求。作品题材包括人物肖像、海景画和城市内部生活场景等。——译注

② 巴利亚多利德市（Valladolid），西班牙西北部的城市，巴利亚多利德省首府。——编注

③ 卡斯蒂利亚运河（Canal de Castilla），西班牙北部的一条运河，位于卡斯蒂利亚和莱昂自治区，流经布尔戈斯省、帕伦西亚省，以及巴利亚多利德省。——编注

④ 帕伦西亚市（Palencia），西班牙西北部城市，帕伦西亚省首府。——编注

83 胡利安·桑斯·德尔·里奥[①]

这是尊敬的胡利安·桑斯·德尔·里奥先生的身影。在我眼里，他就是令人目眩的浪漫主义之光，是来自德国浪漫主义哲学的阳光，是西班牙大墙下的阴凉。有一次，我在老街口遇见了他，有一次是在大学的走廊上，他犹如一块硕大的紫斑，很像一本书里出现的紫罗兰花斑，给他的记忆装上了紫色的花边，用的是胭脂色、黄色，是另外一种花卉，它开放在人们不会再读的旧书里，比如说，里奥先生的著作里。也许就在那本书里吧。那是一棵倒映在西班牙不流动死水中的柳树。

我想象着胡利安·桑斯·德尔·里奥在海德堡、在布拉格（1840年代吧）采摘克劳泽主义哲学的情景，就像是采摘一朵高处的鲜花，然后带回西班牙，满怀无限美妙的幻想。在西班牙，他设法让一些被看作是宗教狂徒的热心人爱上了克劳泽主义。我想象着那些浪漫主义哲学的狂徒是如何比我们更困难地进出西班牙，如何乘坐那个时代的公共马车和火车的情景；想象着他们比今天的我们更加困难地眺望自然和社会道德风光的样子（今天所谓的容易也是虚拟的）。在我们看来，那些风光令人讨厌。我想象着那些秋天下午的上课情景：倒霉的哲学家们依然胸怀抽象的美好大志，大步走进自己的教室。他们会比我们现在更难过、更孤独吗？

这位有创见、直截了当、“有灵气”的哲学家是与世永存了。可是，展示、翻译、引进这位哲学家思想的人，跟随自己的欢乐时光和幻想一道走了。

片刻前，克西奥告诉我：“这个时候堂弗朗西斯科·希内尔先生大概应该到平民公墓了。本来咱们可以送他去自由教育协会的花园。我想堂弗朗西斯科·希内尔会愿意跟堂胡利安待上片刻的。”听了这话，我觉得堂胡利安走得太急、太快了。于是，我脑海里浮现出这样的场景：尊敬的胡利安用干枯的手拿着克劳泽主义的干枯花朵，来迎接左边的弗朗西斯科·希内尔。我觉得这似乎是有生以来第一次见到他这个样子。他依靠在那棵大概还存在的柳树，一动不动的柳树，柳枝轻轻摇曳，从已经变形的太阳上点点滴滴地洒下一两滴水珠，落在弗朗西斯科·希内尔的坟头上，明天希内尔就会来静静地陪伴他了，两人之间仅仅间隔一点点黄土罢了。

注释：

① 胡利安·桑斯·德尔·里奥（Julián Sanz del Río，1814—

1869），西班牙哲学家。青年时期就读于德国海德堡大学，攻读克劳泽哲学思想。后来成为西班牙引入这一思想的第一人，著有《克劳泽逻辑分析哲学体系教程》，在教育界影响巨大，推动西班牙自由教育协会的成立。其创办人之一就是弗朗西斯科·希内尔。——译注

84 路易斯·席马罗[①]

（1）

虽说那里是一座外科手术疗养院，可路易斯·席马罗博士还是设法为我在疗养院里面找到了一卧一厅，像旅馆一样，就因为我受不了马德里市中心的喧嚣。

尊敬的路易斯·席马罗博士待我如亲生儿子，常常带我去见一些令人愉快或者令人崇敬的人士，例如，希内尔、萨拉[②]、索罗亚[③]、克西奥；经常送书给我；给我朗诵伏尔泰、大卫·休谟、尼采、康德、威廉·冯特[④]、斯宾诺莎、卡尔杜齐[⑤]的著作。

我不知道他有多少次把想象中的死神从我身边赶走，给我送来毅力、宁静和欢乐。

后来，他夫人，美丽、善良的麦尔塞德斯·罗卡仙逝，他邀请我去他家住了一年。

我永远不会忘记那些冬日的黄昏、皑皑的白雪、寒风、苦雨、孤寂的环境，意外地从窗前看见夜幕降临前席马罗大夫的小马车缓缓地驶入那座令人十分凄惶的花园。

（2）

在自由教育协会的楼道里，到处可见这样的告示："请勿吸烟！"我俩去吃晚饭，路上，席马罗边走边吸烟，那是他装在金黄烟盒里的凉烟。尊敬的弗朗西斯科·希内尔慢慢推开了阳台门。一月，下雪，大家已经习惯的晚上十点钟。席马罗身穿皮大衣，在火炉旁边坐下来，满面笑容，继续吸烟。

尊敬的弗朗西斯科·希内尔多次说："您（指席马罗）只有物质生活，而他（指我）只有精神生活。"席马罗肯定不把我放在眼里，但是他请我跟他一起生活，亲如父子，因为那时我患上了重度抑郁症。席马罗真的喜欢我。我跟着席马罗学会了英语和德语。他给我朗诵伏尔泰、大卫·休谟、斯宾诺莎、冯特、法朗士、叔本华、卡尔杜齐、勒南[6]的著作。……后来，为了要对我有些模糊影响，他阅读了尼采，还有谁来着……我给他朗诵了鲁文·达里奥、魏尔兰、坡、路易斯·德·莱昂教士[7]、梅特林克[8]的作品。他笑得可厉害呢！

他从六十岁开始，很像勒南。时间对他来说一向就是一部肖像集。只有在给我把脉的时候，我才看见他掏出怀表。他的指导思想就是运气。可是运气来给他提供一个合适的题目时，他发出来的思想之声，是多美的音乐啊！

注释：

① 路易斯·席马罗（Luis Simarro，1851—1921），西班牙心理学家。希梅内斯的好友。——译注

② 埃米利奥·萨拉（Emilio Sala，1850—1910），西班牙画家。——编注

③ 索罗亚（Joaquín Sorolla，1863—1923），西班牙画家。——编注

④ 威廉·冯特（Wilhelm Wundt，1832—1920），德国心理学家、哲学家。——编注

⑤ 卡尔杜齐（Giosuè Carducci，1835—1907），意大利著名作家。1906年获得诺贝尔文学奖。——译注

⑥ 勒南（Ernest Renan，1823—1892），法国著名哲学家、历史学家和宗教学家。——译注

⑦ 路易斯·德·莱昂教士（Fray Luis de León，1527—1591），西班牙文艺复兴时期著名作家。——译注

⑧ 梅特林克（Maurice Maeterlinck，1862—1949），比利时象征主义诗人、剧作家和散文家。——译注

85 贝尔塔·辛赫尔曼

她是形象得体的女主人，态度完美，举手投足讲规矩，表情优美，潇洒之处与众不同，声音柔美，能很好地控制激情。

一个孤僻的诗人无法理解她，只记得她非常出众和最为闪光之处。

86 索罗亚[1]

大自然有时自诩最有造诣。你们见过朝霞和晚霞，见过海浪，见过风吹太阳花园的情景，见过森林起火。从外部看，从情趣看，颜色，只有颜色。索罗亚就是如此，他有自然的力量，比如大海，比如风，比如火焰。他不是安克拉达·卡马拉萨[2]笔下那种颜色，而是一种更多内在的颜色，位于外衣和心灵之间的颜色。面对安克拉达，我们很想脱去他画面上的外衣，看看裸体。面对索罗亚，我们很想脱去他的裸体，看看他的灵魂……

注释：

① 索罗亚（Joaquín Sorolla，1863—1923），西班牙画家。早期追随历史现实主义画派，后期讲究光的效果。重要作品有《人们说鱼贵》《海滩上的孩子》等。——译注

② 安克拉达·卡马拉萨（Hermenegildo Anglada Camarasa，1871—1959），西班牙后印象画派杰出代表。代表作为《哈卡的恋人们》系列组合。——译注

87 米盖尔·德·乌纳穆诺[1]（又一篇）

——乌纳穆诺的宗教信仰

乌纳穆诺的宗教信仰非常简单，用两句话可以说出来：乌纳穆诺相信自己是神，当然是西班牙的神，但也统治非洲。至少，他喜欢当神。有好多次，他自认为比神高明，认为超越了自我，因为既然已经超越了自我，就自以为是神，比神高明。乌纳穆诺拉着神到处跑：报社、教室、协会、咖啡馆、电车。他拿神当桌子下面的火盆。在这方面他很像圣女特蕾莎[2]。

没人像他这样拉着神到处跑，因为乌纳穆诺之神，不是客厅里的摆设，不是教堂里供奉的对象，而是每时每刻之神，跟大家在一起之神，神和人都需要。因此，乌纳穆诺有时跟神说话像个天使，有时像个赶车人。有时还邀请神吃香肠。

我不知道有哪位作家或者诗人能像乌纳穆诺那样觉得神就是神，而不能是别的什么。他把神时时刻刻与自己联系起来，好像神是他的至爱亲朋。这一点他可超过了圣女特蕾莎。在随心所欲地使唤神方面，他也很像圣女特蕾莎。他把自己有时当成神，当成国王，当成老爷，当成朋友，当成父亲，当成儿子，当成哥们儿，当成敌人；一会儿赞美神，一会儿辱骂神，一会儿贬低神，一会儿拥抱神，一会儿与神分手。为了不忘记神，他把神放在妹妹的十字架上，那十字架本来是妹妹的基督像，现在他挂在自己胸前。十字架长三十厘米，沉甸甸，很讨厌。

有一次，我对乌纳穆诺说："尊敬的米盖尔·德·乌纳穆诺，如果基督不是死在您刚才给我看的那个十字架上，而是死于绞架、断头台或者电椅上，那您胸前挂着一个断头台或者电椅，该是多不舒服啊！"他说："越是不舒服越好呢。十字架比这个人体肉刑早，比人类早。"我说："比神早。对，就是比神早。"可是，尊敬的米盖尔不是因谦虚，而是因傲慢而难过。无论在哪个方面，他都愿意多多忍耐，比任何人都能忍耐。我还记得独裁暴君普利莫·德·里维拉决定把乌纳穆诺流放到加那利群岛的富埃特文图拉岛的时候，乌纳穆诺对那位独裁者说的话："我比您本事大，我比您能干活，我比您长得帅，我比您更能赢得女人的欢心。"

（感到不舒服的是：穿着衣服睡觉、桌子底下有火盆的桌子、他的羊皮背心。晚年的生活非常松弛，第一个征兆就是打上领带去王宫见阿尔卡拉－萨莫拉[3]，那是第二共和时期。一打上领带，嘿，怎么就老啦！其实是年轻多了。）

等到尊敬的米盖尔流亡到法兰西的时候，不能住在巴黎，因为没了这位神仙，他不能生活，他之所以找不到这位神仙，是因为乌纳穆诺之神是西班牙人，粗暴的西班牙人。他离开西班牙的时候，把神仙留在家中，留给家人了；而挂在胸口上的神，只能让他感受到自己离开了，缺少了一位在自己家中随便走来走去亲人般的神。他需要这位神的“形象和存在”。他想拿神作诗的时候，就选择委拉兹开斯[4]画的神像充当自己的神。对他来说这神就是一位普通的高人，挂出来是给别人看的。他不选中世纪的基督，也不选戈雅笔下的基督，因为那基督几乎是女的。

乌纳穆诺跟基督亲热的程度，如同圣女特蕾莎跟基督一样，也是很过分的，区别是圣女特蕾莎的亲热表现在爱情上，而乌纳穆诺则表现在打架上，多次打架。在圣女特蕾莎看来，基督是情郎，是爱人，只为她所独有，虽然她遮遮掩掩。在乌纳穆诺心中，基督是“我”的对立面，属于大家共有。乌纳穆诺和圣女特蕾莎，生前一个在阿维拉省，一个在萨拉曼卡省，互为邻省；死后，如今在地下，遗骸距离很近，假如早就相识，那可就是大事啦。如果乌纳穆诺要写写圣女特蕾莎的话，他写什么呢？如果圣女特蕾莎要写写乌纳穆诺，她又写什么呢？他和她是我们堂吉诃德的弟弟和妹妹，因为圣女特蕾莎毕竟是西班牙吉哈德地方的女子嘛，她像乌纳穆诺一样，是个理想主义者和喜欢走路的行者。

科克托[5]，巴黎林荫大道上的讽刺警句大师的名言是：“维克多·雨果是维克多·雨果自以为是的疯子。”这话可以用到乌纳穆诺身上，但稍做变化：“神是乌纳穆诺自以为是的疯子。”

我不知道乌纳穆诺有什么神性，但显而易见的是，他一离开我们的西班牙，就从大街上带走了许多神仙。由于乌纳穆诺这个错误，我们少了许多神仙。这是谁也无法否认的。事情既然如此，那就有它的道理。的确是这样的，乌纳穆诺一死，西班牙显然就死了一位神仙、一位苏格拉底式加上基督式的神仙。将来人们会再次供奉他，给他穿上巴黎时尚的天蓝色加玫瑰色的衣裳，为他梳上永恒的发型，女士们喜欢的那种发型，但是，对待尊敬的米盖尔，别来名利场那一套。

注释：

① 米盖尔·德·乌纳穆诺（Miguel de Unamuno，1864—1936），西班牙著名作家、哲学家、教育家。——译注

② 圣女特蕾莎（Santa Teresa，1515—1582），又译作圣德肋撒。西班牙修女，天主教伟大奥秘神学家和圣女之一，灵修经典文献著作家。大力倡导加尔默罗会改革。——译注

③ 阿尔卡拉-萨莫拉（Niceto Alcalá-Zamora，1877—1949），西班牙第二共和时期的首任总统。——译注

④ 委拉兹开斯（Diego Velázquez，1599—1660），西班牙伟大画家。——译注

⑤ 科克托（Jean Cocteau，1889—1963），法国诗人、作家、画家、演员、导演。——译注

88 卡尔梅拉·巴尔德斯

卡尔梅拉年轻，人性之光照耀着她。很快她就出现在高大的人墙上面了，苗条的身材孤孤零零。人性之光照亮了那文学性很强的诗歌，有着水晶之美，是排除障碍后，从缝隙处意外看到的水晶之美。水晶有着固定的光辉思想，是面向每天见识感到吃惊的镜子。

这位新秀生活在一种要求严格、时刻警惕的思想体系中。我不清楚她控制别人或者被别人控制到什么程度，她的书面语言里有必须收藏的正面、生动象征物。卡尔梅拉·巴尔德斯拥有掌握秘密百宝箱的指挥能力。

我也不清楚她会有什么艺术问题。但是，她那早熟的艺术风格十分丰富，善于把外界的意象与内心的旋律熔铸成一个和谐、美妙、前所未有的象征之中。

89 拉蒙·德尔·巴列－因克兰①

从我第一次见到巴列－因克兰，他就真的给我留下了好感。那时候我正在《公正的星期一》杂志上陆续发表《秋天奏鸣曲》，每天上午我在花园的长凳上看稿子。一天下午，他给我送来了包着绿色壁纸的一本书。

巴列－因克兰比我小十岁，对我友好，平易近人，经常给我朗诵他喜欢的诗歌——我的作品。一天下午，他朗诵道：

“真好啊！”“黄昏要结束了……”他的表情，我终生难忘。

只要巴列－因克兰一来我家，几个女儿就会大闹特闹一番。

一场大雪让马德里与外界断了三天联系，突然一日，巴列－因克兰来了，样子又瘦又黑，身后是孤寂的白雪世界。我赶忙下楼，给他打开栅栏门：

“巴列，这种天气您怎么来了呀？”

“说话得算数啊。”

注释:

① 拉蒙·德尔·巴列-因克兰(Ramón María del Valle-Inclán, 1866—1936),西班牙诗人、戏剧家、小说家。著有诗歌《四季奏鸣曲》《圣洁之花》《阴暗的花园》等。长篇小说《班德拉斯暴君》对拉美小说有影响。——译注

90 费尔南多·维拉

费尔南多·维拉为什么总是一副非常害怕的样子啊？他戴着帽子，有护耳，身穿西装，那眼神好像刚刚从火焰里、地下室里、钟楼上、可怕的噩梦杀人现场溜出来。嘴里还在喘气，问答中还有打冷战的死气沉沉。（他是不是穿错了衣裳，把噩梦中某人的衣物给用上了呢？因为他这身衣服并不合身。）总而言之，我认为检查“新诗”的机关还不至于如此过分。

费尔南多·维拉，灰色派系失事中的英雄，年复一年地把自己真正地道、漂亮的玛瑙丢进了那堆多变、混乱的无限普遍性之中，开始十分精致地加以打磨。我没有忘记在他受到惩罚的荒原入口处那绿意盎然的景象，那片评论诗歌的小小绿洲。这里、那里，从被遗忘在角落枯黄色的糟粕里，还在发出美丽的叹息，经常冒出一块有器官、感觉、重要意义的宝贵结晶体，它把昔日的时光做成了悲惨、破碎的花环。

他对自己公开追求次序混乱的成果感到不安吗？他真的愿意让自己蒙眬的眼神迷失在上上个春天的原野中，在孤寂和遗忘中闪光吗？我在我家的电影室银幕上，看见他在爬坡，心情沮丧，背景是白色的仙人掌，他动作缓慢，无精打采，脚下是上下行人道、没完没了地上坡和下坡。毫无目的地走着，始终驼背。他那身西装由于驼背而打起皱褶并且长期定型，成了不可能实现的东方希望之核每日燃烧的敏感标志。

91 弗朗西斯科·威亚艾斯贝萨[①]（1936）

弗朗西斯科·威亚艾斯贝萨（我正在给《太阳》写我在诗歌界认识的第一位朋友，题目是“我记得”）一度是太阳神的传播者，是抒情诗的散发者，是缪斯女神的推广者。他为索里亚，对，为鲁埃达，为费德里科·加西亚·洛尔卡，特别是为洛佩·德·维加[②]写过文章。威亚艾斯贝萨与洛佩有很多联络点。我想过一段时间之后，人们有可能谈到这位烈性的阿尔梅里亚[③]人，如同现在人们用类似的方式谈洛佩一样。

我希望有闲工夫的评论家们要提前预约弗朗西斯科·威亚艾斯贝萨。米盖尔·佩雷斯·费雷罗始终坚持在《先驱者》报上评论诗人，如今他为撰写一部大众化的传记掌握了大量丰富多彩的生平（艰难的生活）和创作的资料。

注释：

① 弗朗西斯科·威亚艾斯贝萨（Francisco Villaespesa，1877—

1936），西班牙作家。现代主义美学传播者。——译注

② 洛佩·德·维加（Lope de Vega，1562—1635），西班牙黄金世纪最重要的诗人和剧作家。——编注

③ 阿尔梅里亚（Almería），西班牙安达卢西亚自治区阿尔梅里亚省首府，位于西班牙东南部，濒临地中海。——编注

92 埃乌赫尼奥·道尔斯[1]，绰号蛇牛斯

（1）

魏盖说过，蛇牛斯就是抄写员，资料分类员，奥斯曼的笔杆子，也会用自来水笔。

大夫，我不发烧。但是，还是请您给我试试体温吧。

理发师傅，请把我的鬈发染成紫色的吧。

三号化石，在属于无足轻重教授的一号玻璃柜里。

（2）

蛇牛斯走了。这位诗人看到了如下提议："蛇牛斯，请你……"

哲学家对诗人说："这首讽刺短诗太过分了。"诗人回答说："那是骂我的。可您是我们的贵宾……"

贵宾走了。数月后，给高丽娜大街寄来一百份他的《评论集》

出版情况，附带登记册和一份黏黏糊糊的请求书。

注释：

① 埃乌赫尼奥·道尔斯（Eugenio d'Ors，1881—1954），西班牙散文家、小说家，属于1898年一代作家。在艺术评论、哲学研究、诗歌和戏剧创作方面均有建树。主要作品有《哲学第一课》《哲学秘密》《等我安静下来的时候》《莉迪亚信史》《文化的科学》，以及长篇小说《树立善心》。文化专著《论巴洛克》用法语写成，深受法语文化界好评。——译注

93 伊格纳西奥·苏洛阿卡[①]

（1）

苏洛阿卡手持一个标志又一标志，逐渐爬到了山顶。他以往的西班牙越来越属于当下了。关于他的文学创作，人们已经说得很多了，但是，苏洛阿卡的作品满大街随时可见。下面这三位大画家中，安克拉达有外衣，索罗亚裸体，苏洛阿卡心里面是赤裸裸的。

（2）

苏洛阿卡的个性，我认为尤其可以定义为：从感情上说，他理解、喜欢、说明西班牙那些令人反感的话题。下面我试着说清楚。每个国家、地区、村落、个人都有不太让人喜欢的特性，与所谓高雅相对应的粗俗。按照自然法则说，这些特性是人们灵魂深处最持久的东西，也是赋予人们最具个性的东西，因此，在普遍的评估中，得不到认可。在西班牙，每个时代都留下来一些说不完道不尽的、令人反感的话题，因为人们这份热情是没有穷尽的（马德里那些报纸、广场上的议论、古巴女人手里的鹦鹉、某些颜色、某些家具、面孔，不用去发掘，一直保持这种反感的态度……）所有这些情绪，苏洛阿卡都搬上画面近景，以此，向我们展示西班牙一副嘴脸——很深刻，可怕，可恨，但特别真实！

注释：

① 伊格纳西奥·苏洛阿卡（Ignacio Zuloaga，1870—1945），西班牙画家。为1898年一代作家画了许多肖像。他喜爱的题材是斗牛和自然风光。代表作为《基督之血教友会》。——译注

94 路易斯·德·苏鲁埃塔[1]

假如你来到他身边，那就如同踏进了一条窄窄的地下通道，墙壁是红砖的，干燥，有回声。

你看到附近有柏树、锄头和墓穴。外面的空气非常纯净，因为有蜜蜂和天竺葵花，散发着淡淡的教堂气味，以及教堂深处谦卑的、被革除了教籍的气味。

我不清楚他这套自由的神秘主义是否来自一次极度的悲伤或者来自一次非宗教性的起葬。不管怎样，此人身上有黑红色特征，是生活的大地、起源、天空造成的。

因此，他有原始人和当代人的成分，对吗？他掏空了自己，胸怀全局，这是大家都看见的。有些人模仿他，其中有一位希腊的爱奥尼亚人，他有一只能预见未来的乌鸦；还有一位哥特人，带着一只不被人们记住的老雕。

注释：

① 路易斯·德·苏鲁埃塔（Luis de Zulueta，1878—1964），西

班牙作家、政治家、教育家。在第二共和时期担任过国务部长、外交官。他支持希内尔的教育改革计划。著有散文集《美洲的激情》。——译注

94 路易斯·德·苏鲁埃塔

95 安东尼奥·德·苏鲁埃塔[1]（路易斯的弟弟）

他哥哥路易斯是红色分子，弟弟安东尼奥是白色分子。不仅白色，而且僵硬。哥哥身上那股意大利式的禁欲主义是干巴巴的，到了弟弟身上变成了加泰罗尼亚俗人的一种宗教信仰。这是一张他哥哥留下的苍白画像、漫画像。

请大家看看他这副样子：衬衣的纽扣没有系好，一只脚是瘸的，走在他种下的小鹰嘴豆田里，走在带水龙头的蛤蜊堆中……

下午，天气晴朗，他常常出门去博物馆前面的小花园散步。

您好！您来这边干什么？就这么随随便便的样子。

您看，事情是这样的，这座小小的花园对我们很有用处啊：一草一木、一花一虫……都应该属于我们。

我利用这小动作去征服……是的，先生，我拍拍手，某一天跟园丁要一朵花，再一天，我摘下一朵，就用这种方式逐渐接收整座……

注释：

① 安东尼奥·德·苏鲁埃塔（Antonio de Zulueta，1885—1971），西班牙生物遗传学家。——编注